HEYNE ALLGEMEINE REIHE
Nr. 01/7787

Titel der amerikanischen Originalausgabe
I AM A LESBIAN
Deutsche Übersetzung von Eva Malsch

Copyright © 1962 by Monarch Books, Inc.
Copyright © der deutschen Ausgabe 1989 by
Wilhelm Heyne Verlag GmbH & Co. KG, München
Printed in Germany 1989
Umschlagfoto: Bildagentur Mauritius / Bach, Mittenwald
Umschlaggestaltung: Atelier Ingrid Schütz, München
Satz: IBV Satz- und Datentechnik GmbH, Berlin
Druck und Bindung: Elsnerdruck, Berlin

ISBN 3-453-02926-7

MIRIAM GARDNER

SCHWESTERN DER BEGIERDE

Roman

Deutsche Erstausgabe

WILHELM HEYNE VERLAG

MÜNCHEN

1.

Es sah wie ein Schlafzimmer aus, nicht wie ein Schlachtfeld. Und es war hübsch, wie der Rest des Hauses auch. Ruhige Farben, moderne Möbel aus hellem Holz, gedämpfte Lampen, ein dicker Teppichboden. Jenseits der großen Fenster blinkten die Lichter der Stadt, dahinter drohte der dunkle Schatten der San Saba Mountains. Nichts an diesem Schlafzimmer war falsch – außer dem Bett.

Nein, ich will fair sein. Auch das Bett war in Ordnung, genauso wie der Mann, der darauf saß. Alles in diesem Raum war okay – nur ich nicht.

Mit nacktem Oberkörper hockte Tim auf der Bettkante und kämpfte mit seinen Reitstiefeln aus geprägtem Leder. Sein hellbraunes Haar, von der Sonne fast blond gebleicht, hing ihm zerzaust in die Stirn. Die heiße Texas-Sonne hatte ihn braun gebrannt, so daß er fast einem Indianer glich. Die Brauen über den strahlenden Blauaugen sahen aus, als hätte sie jemand mit einem schwarzen Stift gezeichnet. Auf den breiten, muskulösen Schultern glänzte ein dünner Schweißfilm.

Zögernd stand ich bei der Tür und beobachtete seine Hände, die an den Stiefeln zerrten – stark wie das Leder. Schmerzhafte Liebe stieg in mir auf, wie ich sie nie zuvor empfunden hatte. Vielleicht würde diesmal alles gut und richtig sein, vielleicht würde ein Wunder geschehen. Dazu war es noch nie gekommen, aber ich hatte mir geschworen, mein Bestes zu tun. Ich wollte Tim lieben, ich *liebte* ihn. Manchmal, wenn wir über verlassene Straßen wanderten oder im Schatten unserer geliebten Berge ritten, wandte sich mich zu ihm und dachte, an seiner Seite könnte ich für den Rest meines Lebens glücklich sein. Wenn es doch dabei bliebe – wenn er sich damit begnügte... Doch das tat er nicht. Kein Mann wäre dazu fähig.

Und da stand ich nun. Endlich hatte er sich auch von dem zweiten Stiefel befreit, warf ihn auf den Teppich und erhob sich. Sein geschmeidiger Gang erinnerte mich an einen Kater oder Leoparden. Er kam auf mich zu, legte die Hände auf meine Schultern und beugte sich herab, um mich zu küssen. »Du siehst so sexy in Hosen aus. Damit kannst du einen Mann wahnsinnig machen, Lee. Aber du hast ja noch nicht mal angefangen, dich auszuziehen, Liebling.« Ich schluckte krampfhaft, und er tätschelte meinen Arm. »Schon gut, mein Schatz. Ich geh' unter die Dusche.« Seine Lippen streiften meine Schläfe, dann fiel die Badezimmertür ins Schloß, und ich hörte seine Baßstimme singen, vermischt mit Wasserrauschen.

Er schien glücklich zu sein, und das war auch sein gutes Recht. Aber ich – hatte ich mir nach jenem letzten Mal nicht vorgenommen, nie wieder hierherzukommen? Trotzdem war ich hier. Langsam begann ich meine schicke Westernbluse aufzuknöpfen – aus schwarzweißer Seide wie Tims Hemd. Diese Sachen hatten wir bei der Rodeo-Parade getragen. Er fand, daß ich in Hosen sexy wirkte. Welch ein Witz – oder war es kein Witz?

Ich zwang mich, das Licht brennen zu lassen, während ich meine Kleider ablegte. Andere Frauen taten das auch. Plötzlich errinnerte ich mich an das Zimmer auf dem College – an Norma, die sich vor dem Spiegel ausgezogen hatte, im Glauben, ich würde schlafen. Wie Gold war das Licht auf die helle Pfirsichhaut gefallen, und sie hatte ihre Brüste umfaßt... Nein, ich durfte mich nicht an Norma erinnern. Ich legte die Seidenbluse über einen Stuhl, zog die schwarze Reithose aus und warf einen Blick in den Spiegel.

In meinem hellblauen Spitzen-BH und dem passenden Slip kam ich mir vor wie jedes andere Mädchen. Vielleicht ein bißchen größer und schlanker. Ohne Schuhe maß ich fast einsfünfundsiebzig. Ich hatte breite Schultern – wie ein Mann, behauptete Mickey –, und wenn ich auch keine Brüste wie Marilyn Monroe besaß, so gab es an ihrer Form nichts auszusetzen. Meine Taille war schmal, auch das Becken, so daß ich in Hosen gut aussah, besonders von hinten. Mein Haar trug ich nicht kürzer, als es der Mode entsprach, zimtbraun, mit Naturlocken und spitzzulaufendem Ansatz in der Stirnmitte. Ängstlich starrte ich in den Spiegel, als wollte ich mich vergewissern, daß nichts an mir – nun ja, *anders* war.

Nein, ich betrachtete ein ganz normales Mädchen.

Tim kam aus dem Bad zurück und ich atmete auf, weil er ein Handtuch um die Hüften gewickelt hatte. Es wäre mir unangenehm gewesen, ihn anzuschauen. Warum sind die Männer so stolz auf ihre Körper? fragte ich mich. Ich fand Frauen viel hübscher, aber die Männer stolzierten herum, als wären ihre flachen Oberkörper und geraden Hüften genauso schön wie Kurven. Und das lächerliche Ding da unten...

Hastig unterbrach ich diese Gedanken. Sie waren nicht richtig. Der Körper eines Mannes mußte einer Frau gefallen, mitsamt den Geschlechtsorganen. In den Sekunden, ehe er das Hndtuch fallen ließ, erinnerte ich mich an Kate – ihr glückliches Lächeln, als ich sie gebeten hatte, mich daheim zu entschuldigen. Sie wußte, daß ich mit Tim zusammen war, und sie freute sich darüber.

Er legte sein Kinn auf meine Schulter. Es fühlte sich

rauh an. Dann schlang er von hinten beide Arme um mich, seine Hände umschlossen meine Brüste, ganz sanft. »Alles wird gut, Liebste«, flüsterte er, hob mich hoch und trug mich zum Bett. Als er mich auf die Decke gleiten ließ, hoffte ich, daß diesmal *wirklich* alles klappen würde.

Tim kniete neben mir nieder, die sonnengebleichte Locke fiel in seine gerötete Stirn. Er roch nach Seife und sauberem Schweiß, sein Mund hatte einen bitteren Geschmack, den ich nun kennenlernte, während er mich küßte – zunächst zart, dann mit wachsender Leidenschaft. Ich klammerte mich an ihn, wünschte mir verzweifelt, alles richtig zu machen, mich zu ändern.

Meine Gedanken kehrten zu jenem Tag vor zwei Monaten zurück, wo ich Kate mein Herz ausgeschüttet hatte und sie von ihrem Stuhl aufgestanden war, um mich in die Arme zu nehmen, als wäre ich wieder ein kleines Mädchen. Was hatte sie gesagt? »Das liegt nur an deiner verzögerten Entwicklung, Shirley.« Komisch. Wenn mich jemand anderer Shirley nannte, wollte ich ihm am liebsten den Hals umdrehen. Tat Kate das, schmolz ich dahin. Es klang so weich, so mütterlich.

Während Tim mich küßte, stahlen sich seine Hände hinter meinen Rücken, um den BH zu öffnen. Und ich dachte wieder an Kates Worte, als könnten sie eine magische Wirkung ausüben: »Es gibt viele Frauen, die den Sex erst genießen, wenn sie jahrelang verheiratet waren. Ich halte dich weder für einen Freak noch für pervers oder lesbisch. Du hast dir bloß niemals eine Chance gegeben, dich niemals entspannt, wenn du mit einem Mann beisammen warst.« Mit strahlendem Gesicht hatte sie hinzugefügt: »Ich wäre so glücklich, wenn du einen Mann fändest, den du lieben könntest. Und ich weiß, das würde wunderbar für dich sein.«

Nun, wenn es Kate glücklich macht, werde ich es versuchen, und wenn ich dabei sterbe, nahm ich mir vor. Aber ich war noch nicht tot. Und ich erkannte, daß Kate das Opfer ihres Wunschdenkens geworden war.

»Hey, Lee...«, Tim legte eine Fingerspitze unter mein Kinn, hob mein Gesicht empor und küßte mich noch heftiger. »Komm zur Erde zurück. Du bist hier, bei mir – erinnerst du dich?«

Hier bei Tim... Ich bemühte mich, alle Erinnerungen zu verdrängen. Das Gewicht seines Körpers war unangenehm, aber ich tat alles, um mich zu entspannen, um die Situation zu genießen. Wenigstens empfand ich keine Schmerzen mehr... Ich redete mir ein, dies müsse ein gutes Zeichen sein. Aber sonst fühlte ich nichts, gar nichts... O Gott, finden manche Frauen wirklich Gefallen an alldem? Nein, das war schon wieder ein falscher Gedanke. Ich würde versuchen, wenigstens *ihn* glücklich zu machen. Um es leichter zu ertragen, beschwor ich ein Bild vor meinem geistigen Auge herauf. Mickey, ihre sanfte Wange an meiner, ihr Körper, so erstaunlich hart und knochig, ihre Hände rauh wie seine...

Nein! Nein! Beinahe hätte ich aufgeschrien. Verdammt will ich sein, wenn ich in Tims Armen liege und dabei an eine Frau denke. Sein Gesicht war verzerrt, häßlich vor Begierde. Nichts ist so häßlich wie einseitiges Verlangen. Wäre ich von der gleichen Sehnsucht erfüllt wie er, würde ich ihn jetzt schön finden...

»Verdammt«, flüsterte er plötzlich voller Ungeduld, »tu doch was!«

So war es immer. Ich ging auf ihn ein, so gut ich es vermochte, er flehte um etwas, das einfach nicht existierte, und ich versuchte hilflos, etwas vorzutäuschen, das ich mir nicht einmal vorstellen konnte. Auf einmal wurde mir schlecht vor Abscheu und ich wußte nicht, ob es an der Häßlichkeit seiner Leidenschaft lag oder an meiner armseligen Komödie.

Abrupt befreite ich mich aus seinen Armen. »Es hat keinen Sinn!« Ich brüllte ihn beinahe an, Tränen erstickten meine Stimme. »Laß mich in Ruhe! Es geht nicht! Ich bin nicht die Richtige für dich – für keinen!« Verzweifelt setzte ich mich auf und schlug die Hände vors Gesicht. Tim versuchte nicht, mich festzuhalten. Er legte sich auf die Seite und ich spürte, daß er um Fassung rang.

Schließlich fragte er tonlos: »Was ist los mit dir, Lee? Nein, bemüh dich nicht, mir wieder vorzumachen, es wäre nichts. Was ist *wirklich* los?«

Ich versuchte den Klumpen in meiner Kehle hinunterzuschlucken. Die Worte, die ich sagen wollte, lagen wie ein großer, unverdaulicher Bissen in meinem Mund, und der Zwang, diese Worte nicht hinauszuschreien in dieses hübsche, friedliche Schlafzimmer, bereitete mir Halsschmerzen. *Ich kann keinen Mann lieben! Ich bin lesbisch!*

Zitternd saß ich da und fragte mich, was in diesem letzten Jahr mit mir geschehen war. Früher hatte ich mir gesagt: »Okay, ich bin also lesbisch – na und? Tu ich damit irgend jemandem weh? Ich bin glücklich mit meiner Veranlagung, warum sollte ich daran etwas ändern?«

Was war geschehen? Was tat ich hier? Wieso verfluchte ich mich selbst? Warum, zum Teufel, hatte ich den Entschluß gefaßt, eine ›normale‹ Frau zu werden? Und warum hatte ich Tim da mit hineingezogen?

Er griff nach meiner Hand. Ich riß mich nicht los, und so setzte er sich nach einer Weile auf und umarmte mich. Müde lehnte ich mich an ihn. »Lee, du hast mir nie eine faire Chance gegeben.«

Ich schüttelte den Kopf. »Es hat keinen Sinn, Tim, es ist immer dasselbe.«

»Du liebst mich doch, nicht wahr?«

»Das habe ich geglaubt.« Wenn man einen Mann liebt, will man mit ihm schlafen. Aber ich hatte mir in all diesen Monaten eingeredet, Tim und mich würde etwas Schöneres verbinden als Sex. Wir hatten dieselben Interessen, dieselben Freunde, den gleichen Sinn für Humor, und wir waren beide in dieser Stadt aufgewachsen, die einen wesentlichen Teil unseres Lebens bildete. Wie glücklich hätten wir sein können – ohne dieses Problem.

Er griff über mich hinweg, um sich eine Zigarette zu nehmen. »Hör mal, Schatz, vielleicht fürchtest du dich vor einer Schwangerschaft. Aber das brauchst du nicht. Wir werden bald heiraten, also spielt das keine Rolle.«

Eine kalte Hand schien nach meinem Herzen zu greifen. Daran hatte ich nie gedacht, zumindest nicht bewußt. Nun begann ich zu verstehen, wie viele unterschwellige Strömungen es zwischen uns gegeben haben mußte. Aber – ich und schwanger? Das war nicht einmal komisch.

Tim sprach weiter, ohne mein Entsetzen zu bemerken. »Warum heiraten wir nicht schon jetzt? Dann brauchst du dir keine Sorgen zu machen. Was den Sex betrifft – dieses Risiko nehme ich auf mich. Ich liebe dich, und meine Leidenschaft reicht für uns beide. Auch wenn du jetzt kalt bleibst...«

Verzweifelt drückte ich den Kopf an seine Schulter. Möglicherweise war das die Erklärung. Kalt? Das klang hübsch und nett, verglichen mit dem, was ich war. Aber vielleicht... Verdammt, andere Frauen heiraten, ehe sie zum erstenmal mit einem Mann ins Bett gehen. Sie beißen einfach die Zähne zusammen und ertragen es. Vielleicht würde mir das auch gelingen.

Tim zog mich wieder an sich. »Es wird besser werden, glaub mir«, redete er mir zu und liebkoste mich, dann warf er mich auf das Bett. »Komm, wir wollen herausfinden, ob es schon besser geworden ist.«

Plötzlich geriet ich in helle Wut. Offenbar dachte er, alle Mädchen auf dieser Welt ließen sich mit irgendwelchen Zaubertricks erobern. Man brauchte nur auf den richtigen Knopf zu drücken, die richtige Liebestechnik anzuwenden, und schon umarmt man eine süße kleine Sexbombe... Angewidert stieß ich ihn von mir.

»Lee, was...«

Ich sprang auf, packte meine Kleider und begann mich anzuziehen. Er starrte mich an, dann erhob er sich ebenfalls und kam zu mir. »Lee, um Himmels willen...«

Unsanft schob ich ihn von mir. »Laß mich in Ruhe! Ich verschwinde, und zwar sofort!«

»Verdammt, was soll das? Du reizt mich bis aufs Blut, und dann bildest du dir ein, du könntest einfach davonlaufen? Du kleines Biest...« Er war stärker als ich, und diesmal ging er nicht mehr so behutsam mit mir um wie zuvor. Brutal drückte er mich aufs Bett hinunter, hielt mich fest, und meine Gegenwehr erlahmte.

»Also gut«, sagte ich bitter. »Zeig mir, was für ein großer, kräftiger Mann du bist! Nimm mich mit Gewalt! Meinst du, das würde meine Liebe zu dir vertiefen? Nachdem du diesmal und das letzte Mal keine Gefühle in mir wecken konntest – glaubst du, es würde mir besser gefallen, vergewaltigt zu werden?« Unbeweglich lag ich da.

Tim ließ mich los, und ich stand auf. Zitternd ging ich ein Stück zur Seite. Er saß auf dem Bett und sah aus, als wolle er jemanden ermorden. Ich zündete mir eine Zigarette an und sog den Rauch tief in die Lungen, wie ein Betäubungsmittel, dann schlüpfte ich in meine Reithose. Mit der Unterwäsche hielt ich mich gar nicht erst auf.

»Lee, ich hätte nicht die Beherrschung verlieren dürfen«, sagte er leise. »Ich hätte dich niemals vergewaltigt.«

»Bestimmt nicht!« Im Spiegel sah ich sein verwirrtes, unglückliches Gesicht, und plötzlich tat er mir leid. »Es war nicht deine Schuld, Tim. Vergiß es. Ich passe einfach nicht zu dir – zu einem Mann.«

»Ach, zum Teufel...« Er beobachtete, wie ich in meine schwarzweiße Seidenbluse schlüpfte. »Ich weiß nicht, was ich denken soll, Lee.« Nun griff auch er nach einer Zigarette. »So etwas verletzt den Stolz eines Mannes«, fügte er mit gepreßter Stimme hinzu, ohne mich anzuschauen.

Ich spürte, was in ihm vorging. Seufzend blickte ich mich um. Der Raum sah nicht mehr wie ein Schlafzimmer aus, sondern wie ein Schlachtfeld, und ich trat bestürzt den Rückzug an. Nun konnte ich nichts weiter tun, als den Kopf hochzuhalten.

Tim zog seine Hose an. »Soll ich dich nach Hause bringen?« fragte er kühl.

»Nein, danke. Ich komme schon allein zurecht.« Das stimmte. Ich brauchte keinen Mann. Nicht im Bett, nicht als Begleiter auf dunklen Straßen – nirgendwo.

»Jetzt müßte ich wohl sagen, bleiben wir Freunde«, stieß er hervor. »Aber ich möchte nicht dein Freund sein, Lee. Ich habe dich geliebt und geglaubt, du würdest meine Gefühle erwidern.« *Das habe ich getan, wirklich, bei Gott*, wollte ich entgegnen, aber sein hartes, grausames Gesicht hielt mich davon ab. »Hoffentlich sehe ich dich nie wieder, Lee.«

Meine Kehle krampfte sich zusammen. Wir hatten so viel geteilt, Tim und ich, wir könnten so viele glückliche Tage erleben – aber am Ende jedes Tages beginnt eine

Nacht, und dann würde ein Schlafzimmer warten – ein Bett.

»Leb wohl«, sagte ich und verließ das Zimmer, ohne zurückzublicken. Ich wußte, daß ich ihn nie mehr sehen würde. Genausogut könnte er zu existieren aufhören. Ich widerstand der Versuchung, die Tür hinter mir zuzuwerfen und schloß sie lautlos.

Es war nicht viel später als Mitternacht, und ich mußte nur eine Viertelmeile zurücklegen, doch als ich die Hauptstraße erreichte, brannte nur noch hinter einem einzigen Fenster Licht. Die restliche Stadt schlief. Zum erstenmal seit sechs Monaten haßte ich sie wieder. Ich gehörte einfach nicht hierher. So innig ich meine Heimat auch liebte – ich paßte nicht zu ihr. Ich hätte nicht zurückkehren dürfen. San Antonio lag nur zwanzig Meilen entfernt, aber so weit weg wie der Mond.

Das Café war noch geöffnet. Natürlich, erinnerte ich mich, es bleibt die ganze Nacht offen. Daran hatte ich nicht gedacht, weil ich seit meiner Heimkehr noch nie so spät unterwegs gewesen war.

Ich ging hinein. In einer Nische im Hintergrund saßen ein paar Männer in Stiefeln, mit Stetsons, tranken Kaffee, unterhielten sich und lachten – noch nicht bereit, das Rodeo ausklingen zu lassen. Ein großer Junge im roten Hemd – er hatte ein Kalb mit dem Lasso eingefangen – winkte mir zu, aber ich starrte durch ihn hindurch und setzte mich an die Theke.

»Sie sind spät dran, Miß Chapman«, sagte der Barkeeper und servierte mir eine Tasse Kaffee. »Man braucht wohl eine Weile, um sich nach all den Aufregungen in den letzten drei Tagen wieder zu beruhigen. Morgen wird die Stadt für ein weiteres Jahr in Schlaf versinken.«

Schlaf? Nein, dachte ich, sie wird in ihren Sarg zurückkriechen und sterben...

Die Tür schwang auf, zwei Mädchen in Schwesterntracht traten ein. Offenbar hatten sie ihren Dienst im Krankenhaus eben erst beendet. Sie nahmen in einer Nische Platz, und plötzlich erfaßte mich Fernweh wie ein kalter Wind. Wenn dieses Lokal in der Salazar Street läge, würde das Leben erst jetzt, nach Mitternacht, richtig anfangen. Und wenn zwei solche Mädchen hereinkämen, würde ich es *wissen*. Vielleicht würde ich eine anschauen, und ihr Lächeln würde mich fragen: »Gehörst du zu uns?« Und nach einer Weile würde ich vielleicht hinübergehen und mich erkundigen, ob sie schon was vorhabe...

Ein Mädchen wie ich kam in einer großen Stadt gut über die Runden. In einer Stadt wie dieser waren die Frauen in meinem Alter schon längst verheiratet. Und ich galt mit meinen siebenundzwanzig Jahren als alte Jungfer. In der Großstadt wäre ich eine Karrierefrau – und wenn ich meine lesbischen Neigungen eingestand, wäre das ganz okay. Ich würde in der Menge untertauchen. In einem Buch hatte ich einmal gelesen, wie einsam man sich manchmal inmitten vieler Menschen fühlt. Aber die Einsamkeit erscheint einem noch schlimmer, wenn es keine Menge gibt, in der man sich verlieren kann, wenn man eine Maske tragen und vorgeben muß, etwas zu sein, was man nicht ist, weil man sonst auffallen würde wie ein englisches Rennpferd in einem Corral voller Ackergäule.

Ich griff nach meiner Kaffeetasse und versuchte fair zu sein, mich an die Kehrseite der Medaille zu erinnern. Die Verzweiflung in den Augen älterer Frauen, vierzig- oder fünfzigjähriger in maßgeschneiderten Hosen und Männerhemden, der hungrige Blick, wenn sie auf frische junge Mädchen starrten... Die gräßlichen Männer um die Sechzig, die alternden Schwulen mit den gepuderten faltigen Gesichtern, aus deren trauri-

gen Mündern ein albernes Falsettkicher drang... Die
Eifersuchtsszenen, das prahlerische Geschwätz...
Und die Nacht, wo wir Lissa mit dem Gesicht nach unten in der vollen Badewanne gefunden hatte, weil ihr
Mädchen mit einer anderen weggerannt war... Und
die Polizeirazzia, nach der wir im Gefängnis gelandet
waren, wo Molly, die Turnlehrerin von der katholi-
schen Schule, versucht hatte, sich in der Toilette mit einem Nylonstrumpf zu erhängen... Und Normas sanftes, spöttisches Lächeln, wenn ich mit Kate nach Hause
gekommen war...

Die Krankenschwestern in der Nische am Ende der
Theke tranken ihre Kaffeetassen leer. Die größere griff
mit einer herrischen Geste – so verräterisch wie ein Lo-
sungswort oder ein ritueller Händedruck – nach beiden
Kassenbons, dann stand sie auf und ließ ihrer Freundin
den Vortritt. Ein Rodeo-Cowboy ging zu ihr und sagte
etwas – ich konnte mir denken, was, doch sie schüttelte
lächelnd den Kopf. Der Mann kehrte zu seinen Kame-
raden zurück, die Mädchen verließen das Café, Arm in
Arm. Meine Blicke und Gedanken folgten ihnen. Allein
und unglücklich beobachtete ich sie, dann starrte ich in
den langen Spiegel hinter der Theke. Warum, zum
Teufel, saß ich hier? Wie war das alles gekommen?
Wann hatte es begonnen? Warum war ich eine Lesbierin?

Eine Lesbierin. Ein Ladylover. Ein kesser Vater. Se-
xuell anormal, so steht es in dicken Fachbüchern. Homosexuell, lautete das höfliche Wort, das die College-
Psychiaterin gebraucht hatte. Schwul nannte es die Clique, mit der ich in San Antonio herumgezogen war.

In jenem Augenblick beschloß ich, alles niederzu-
schreiben, um einen Sinn darin zu finden. Wenn ich
Ordnung in mein Leben brachte und es als ganzes betrachtete, nicht als eine Aneinanderreihung von Einzel-

heiten, würde ich vielleicht lernen, mich selber zu verstehen. Und wenn man mich und alle Mädchen, die ich kenne, mit einer Million multiplizierte – vielleicht würde das etwas über unsere Welt aussagen, das ich begreifen konnte. Vielleicht auch nicht. Jedenfalls muß ich es versuchen.

2.

Wie fängt man einen solchen Bericht an? Am besten mit der Feststellung, was ich *nicht* bin. Die Leute haben seltsame Ansichten über Lesbierinnen. Früher las ich Romane über meinesgleichen, weil ich hoffte, etwas darin zu finden, was mir meine Veranlagung erklären könnte. Einige waren recht gut, die restlichen ähnelten sich und entlockten mir nicht einmal ein Lächeln. Vier oder fünf Autorinnen konnten möglicherweise eine Lesbierin von einem Schoßhund unterscheiden. Die anderen hatten ein paar psychologische Bücher studiert und glaubten, sie wären imstande, schockierende Bestseller zu schreiben, die man in Boston verbieten würde. Wenn die Aktivitäten zwischen Mann und Frau zu langweilig wurden, ließ man einfach eine Lesbierin auftreten, mit kurzem Haar, im Smoking mit Krawatte, und die spielte dann eine Zeitlang mit der Heldin herum, bis diese reumütig zum Helden zurückkroch. Großartig!

Außerdem gibt es die ›männlichen Frauen‹. Diese Mädchen beneidete ich. Es war ganz einfach – ein Mann steckte in einem Frauenkörper. (In diesem Buch gaben sogar die Ärzte zu, daß sie auf diese Weise geboren wurden.) Etwas an ihnen war anders, das spürten sie. Sie führten ein hartes Leben, aber sie hatten zumindest eine Erklärung dafür. Sie waren eben so auf die Welt gekommen, ganz einfach.

Was wäre geschehen, wenn auch ich als Mann in einem Frauenkörper das Licht der Welt erblickt hätte?

Homosexualität wird (das einzige, was ich mir von einem Psychologiekurs im ersten Semester gemerkt habe) als sexuelle Verirrung definiert, aber soviel ich weiß, muß ich schon homosexuell gewesen sein, ehe ich meine ersten Sexerfahrungen gesammelt hatte. Mit Sex fing es also nicht an.

Oder doch? Das erste, was in der Existenz eines jeden Menschen geschieht, ist die körperliche Vereinigung seiner Eltern. Sex bildet für uns alle die Startlinie.

Also wollen wir damit beginnen.

Die Vorstellung, meine Mutter könnte sich jemals für Sex interessiert haben, fällt mir schwer. Seit ich denken kann, war sie stets die gleiche – mit harter Miene, streng, eine große, dünne, knochige Frau mit dunklem Haar, das vielleicht einmal einen schönen kastanienroten Schimmer gezeigt hatte, und einem beherrschten Mund, dem ich weder Gelächter noch Küsse zutraute. Sie verwendete niemals Lippenstifte und trug nicht einmal ärmellose Kleider. Ich glaube, in den sechsundzwanzig Jahren ihrer Witwenschaft hat sie kein einziges Mal einen Mann angeschaut.

Von meinem Vater zu berichten, fällt mir etwas schwerer. Das einzige Foto, das ich von ihm besitze, zeigt ihn in Jeans und Reitjackett. Lachend hält er ein beigefarbenes Pferd am Zügel und wirkt viel jünger als mein Bruder Jesse. Mutter meint, ich würde Dad ähnlich sehen, und dieser Gedanke hat mir immer gefallen. Auf diesem Bild ist er der attraktivste Mann, den ich kenne – ein ganzer Kerl, waghalsig, aber mit seltsam ruhigen Augen. Ich wünschte, ich hätte ihn gekannt.

Ich bin das fünfte Kind in der Familie. Bei meiner Geburt war Jesse zwölf, mein Bruder Joe zehn, Rafe fünf und Ronald drei. Mutter erzählte mir, mein Vater sei so glücklich über seine Tochter gewesen, daß er beschlossen habe, von nun an ein häuslicheres Leben zu führen. Lange konnte er sich nicht an mir freuen. Ich war vier Jahre alt, als er auf einen rostigen Nagel trat – vor den Tagen des Penicillins und der Sulfonamide. Abgesehen von heißen Packungen und Gebeten wußte man nicht, was man für ihn tun sollte. Er starb an Wundstarrkrampf, und das ist ein höllischer Tod.

Ich war zu jung, um etwas davon zu merken, aber es brachte auch mich fast um. Der Schock trocknete die Brüste meiner Mutter aus. Sie mußte mich entwöhnen, und dagegen wehrte ich mich. »Lee, du warst so ein widerspenstiges kleines Ding«, sagte sie einmal. »Ich saß da und hielt dir das Fläschchen an den Mund, und du lagst da und spucktest alles wieder aus.« Das glaube ich ihr gern. Ich hasse Milch, immer noch, und ich weigerte mich, aus der Flasche zu trinken. Meine Familie fürchtete, ich würde verhungern. Vermutlich wäre ich die jüngste Selbstmörderin der Geschichte gewesen. Nachdem ich fünf Pfund abgenommen hatte, begann mir mein Bruder Jesse mit einem Löffel Rindfleischbrühe, Apfelmus und Brei einzuflößen. Sie glaubten, das würde mich töten – damals bekamen Babys noch keine feste Nahrung, ehe sie ein Jahr alt waren. Aber da sie ohnehin mit meinem baldigen Ableben rechneten, ließen sie ihn gewähren. Ich nahm wieder zu, und bald war ich kugelrund und lebhaft.

Ich kann meiner Mutter nicht übelnehmen, daß sie schon damals die Überzeugung gewann, ich sei schrecklich eigensinnig. Hätte *ich* ein solches Baby, ich würde kein solches Getue machen, sondern es einfach verhungern lassen. Jeder muß selber sehen, wo er bleibt.

Nach Dads Tod zog Mutter mit uns fünf Kindern auf die Ranch ihres Vaters. Anderswo wäre es einfach eine große Farm gewesen; in Texas war es eine Ranch. Mein Grandpa Maddox zählte keineswegs zu den texanischen Millionären, aber das Grundstück war groß genug, um sieben bis acht Männer das ganze Jahr über zu beschäftigen. Sobald die Jungs alt genug waren, um auf Pferderücken zu sitzen, packten sie mit an. Und das führt zum nächsten Punkt auf der Liste: ›Was ich *nicht* bin.‹

Manche Frauen glauben, sie wären lesbisch geworden, weil sich ihre Eltern einen Sohn gewünscht und versucht haben, die Mädchen in Jungs zu verwandeln. Da ich mit vier Brüdern aufwuchs, könnte man meinen, ich hätte mich zu einem Lausejungen entwickelt. Nun ja...

Nachdem meine Mutter vier Söhne aufgezogen hatte, war sie ganz entzückt von ihrer Tochter. Sie bildete sich ein, sie hätte ein Mädchen und bestand darauf, daß ich mich wie ein Mädchen benahm und wie ein Mädchen aussah. Nach Shirley Temple, deren Filme damals helle Begeisterung hervorriefen, hatte sie mich Shirley genannt, und nun bemühte sie sich, ein Ebenbild des kleinen Stars aus mir zu machen, mit Löckchen am ganzen Kopf und Rüschenkleidchen. Davon war ich nicht besonders angetan. Zu meinen ersten Erinnerungen gehört ein heftiger Streit, bei dem es um mein weibliches Geschlecht ging. Ich muß ungefähr sechs gewesen sein. Es war im Frühling, und Rafe und Ronny verkündeten, sie würden zuschauen, wie die Rinder in die Corrals getrieben und mit Brandzeichen versehen, beziehungsweise kastriert wurden. Natürlich hielt ich es für selbstverständlich, daß sie mich mitnahmen. Letztes Jahr hatte ich um diese Zeit mit Masern im Bett gelegen und mir das große Ereignis entgehen lassen müssen. Die Idee, ich dürfte nicht dabeisein, kam mir niemals in den Sinn.

Jesse und Joe waren bereits aufgebrochen, um den Männern zu helfen. Als Rafe und Ronny ihr Frühstück hinuntergeschlungen hatten und losrannten, sprang ich ebenfalls auf, ließ ein halbgegessenes heißes Biskuit mit Honig auf meinem Teller zurück und wollte ihnen nachlaufen. Ich erinnere mich immer noch an die entsetzte Stimme meiner Mutter. Ruckartig blickte sie von ihrer zweiten Tasse Kaffee auf. »Shirley Jean Chapman! Was hast du vor?«

»Ich geh mit den Jungs!« schrie ich und beschleunigte meine Schritte, weil mir ihr Tonfall verriet, daß es irgendwelche Gründe gab, die meinen Absichten widersprachen.

Rafe drehte sich um. »Bleib da. Du bist noch zu klein.«

»Ich bin sechs, und Ronny war mit sechs auch schon dabei.« Ich wandte mich zu Ronny, um diese Behauptung bestätigen zu lassen. Er war kaum größer als ich, blond und zart gebaut im Gegensatz zu uns anderen, die nach Mutter gerieten – hochgewachsen und grobknochig.

»Ja«, sagte er boshaft, »aber du bist ein Mädchen, und Mädchen dürfen da nicht mitkommen.«

»Ich will aber!«

Mutter packte mich an meiner Schärpe. Energisch erklärte sie mit ihrer gleichmäßigen Stimme, kleine Mädchen könnten nicht zwischen all den Rancharbeitern bei den Corrals rumlungern. »Außerdem«, fügte sie hinzu und bemühte sich erfolglos, eine einschmeichelnde Nuance in ihre Worte zu legen, »würdest du dein hübsches Kleidchen verderben und dich ganz schmutzig machen. In Wirklichkeit willst du gar nicht da runtergehen.«

Doch, genau das wollte ich. Mein hübsches Kleid war mir völlig egal, was ich laut und deutlich zum Ausdruck brachte, während sie mich ins Eßzimmer zurückzuführen versuchte. So leicht gab ich nicht auf. Ich brüllte und tat mein Bestes, um mich loszureißen und den Jungs nachzulaufen, aber sie hielt mich eisern fest, bis sie mir beinahe den Arm auskugelte. Inmitten dieses Kampfes erschien Jesse, um einen Krug Eiswasser zu holen. Mutter ließ mich los, und ich warf mich auf ihn und umklammerte seine Knie. Er war damals schon so groß wie ein erwachsener Mann und benahm sich auch so. »He, Lee, was soll das?« fragte er, hob mich hoch und hielt mich auf Armeslänge von sich. »Vorsichtig, ich bin furchtbar schmutzig. Was soll das Theater?«

Jammernd trug ich mein Anliegen vor. Jesse stellte mich wieder auf die Füße und tätschelte meinen Kopf. »Um Himmels willen, Mom, warum darf sie nicht mitkommen? Wozu das Getue?«

Wenn Mutter in Wut geriet, sahen ihre Augen wie Steine aus. »Sie wird sich ihr Kleid ruinieren.«

»Gibt es in diesem Haus keine alten Kleider? Zieh ihr abgelegte Jeans von Ron oder sonstwas an.«

Ich war im Siebten Himmel, umarmte Jesse und hüpfte wie ein Sperling umher. Mein Bruder kam mir vor wie ein Märchenritter, der gerade im rechten Moment aufgetaucht war, um mir beizustehen. Aber ich hatte nicht mit Mutter gerechnet. Sie zog die Oberlippe nach unten und stieß in unheimlichem Flüsterton hervor: »Ich sage – nein! Wenn du glaubst, ich lasse ein kleines Mädchen da unten bei diesen fremden Männern rumlaufen...«

Ich glaube, Jesse hat nie gelernt, sich gegen Mutter zu behaupten. Keinem in unserer Familie ist das jemals gelungen. Er zuckte mit den Schultern und tätschelte mich noch mal. »Okay, Lee, tu, was Mom will«, empfahl er mir und ging hinaus.

Also ließ mich auch mein Märchenritter im Stich. Ich hatte das Gefühl, in einen tiefen Abgrund zu stürzen. Das war einfach nicht *fair*! Wütend und untröstlich warf ich mich zu Boden, trommelte mit den Fäusten darauf, trat nach allen Seiten und brüllte wie am Spieß.

Jetzt verstehe ich, wie verwirrt meine Mutter gewesen sein muß. Immerhin tat sie ihr Bestes für mich. Sie hob mich auf und fragte unsicher, ob sich nette kleine Mädchen so benehmen dürften, und ich schrie, ich sei kein nettes kleines Mädchen und wolle auch kein nettes kleines Mädchen sein und würde niemals ein nettes kleines Mädchen werden. Nie, nie, nie! Letzten Endes wurde die Rückseite meines hübschen Kleidchens verhauen, und Mutter verbot mir, an diesem Tag die Vorderveranda zu verlassen.

Am Spätnachmittag fuhr Grandpa mit Mutter und mir im Laster nach unten, und wir sahen zu, wie einige Rinder an einer Nebenstrecke der Bahn in einen Viehwaggon verfrachtet wurden. Die Kälber, die munter die Rampe hinaufliefen, und die Stiere, die einander mit ihren gestutzten Hörnern anstießen, heiterten mich ein wenig auf. Doch das war nur eine oberflächliche Fröhlichkeit. In der Tiefe meines Herzens fühlte ich mich elend. Die Jungs hatten soviel Spaß da draußen, während ich neben meiner Mutter im Lastwagen saß und mich gut benahm. Grandpa chauffierte mich in die Stadt und kaufte mir heiße Schokolade und ein Buch mit Ausschneidepuppen, aber das nützte nicht viel.

An diesem Tag wurde ich mit der Tatsache konfrontiert, daß ich ein Mädchen war, und Mädchen zählten nicht. Mädchen mußten zimperlich sein und durften nichts tun, was ihnen Vergnügen bereitete, weil sie sonst die Kleider verdarben, an denen ihnen ohnehin nichts lag. Mädchen hatten mit Puppen zu spielen, und man hielt sie entweder auf der Vorderveranda oder im Innern eines Lastwagens fest. Als Großvater nicht herschaute, zerriß ich die Papierpuppen und schob sie in den Küchenherd. Verdammt wollte ich sein, wenn ich ein *Mädchen* aus mir machen ließe!

Nachdem der Kampf begonnen hatte, wurde er in den nächsten sieben oder acht Jahren nicht unterbrochen. Ein Mädchen durfte nicht zusehen, wie die Rinder zusammengetrieben wurden; ein Mädchen durfte nicht mit den Jungs auf Pferden reiten, es mußte auf einem albernen Shetlandpony über den Rasen traben. Ein Mädchen saß beim Rodeo still auf seinem Platz, während die Jungs vorn an der Arena überm Zaun hingen und sich mit den sehnigen, wettergegerbten Cowboys und den Reitern und Lassostars unterhielten. Wenn ein Mädchen endlich ein Pferd bekam – an meinem elften Geburtstag wartete im Stall eine schöne kupferbraune Stute auf mich –, mußte es gebügelte Reithosen und bis zum Hals zugeknöpfte Blusen tragen, statt bequemer verwaschener Jeans und alter Hemden.

Ein Mädchen – jedenfalls in meiner Familie – wanderte gesittet auf dem Rummelplatz umher, hielt Grandpas Hand fest und paßte auf sein gestärktes blaues Kleid auf, während die Jungs rumrannten, mit dem Riesenrad fuhren und an den Schießbuden ballerten. Im Zirkus durfte ich nicht auf den Elefanten reiten, nie konnte ich auf Karussellpferde klettern, weil mich die scharfen Augen meiner Mutter ständig bewachten, weil sie unentwegt die Stirn runzelte und flüsterte: »Zieh deinen Rock runter!«

Jesse heiratete vor meinem zehnten Geburtstag, und Joe ging etwa um die gleiche Zeit zur Army. Hin und wieder lud mich Rafe auf dem Jahrmarkt zu einer Riesenradfahrt ein, oder wir stiegen in eine Schiffsschaukel. Er kaufte mir Zuckerwatte und machte kein Aufhebens, als ich mich auf dem Flugzeugkarussell übergeben mußte und ihn ganz schmutzig machte. Aber dann führte er mich zu Grandpa zurück und zog mit seinen Freunden davon. Ich starrte ihnen nach, und vor Neid wurde mir zum zweitenmal schlecht.

Als Rafe seine Freundin auf den Rummelplatz mitbrachte, klebte ich meine Zuckerstange an die Rückseite ihres schönsten Kleides. War das ein Wirbel! Mutter verstand nicht, warum ich mich wie ein Teufel benahm, wo sie sich doch so bemühte, ein nettes kleines Mädchen großzuziehen.

Da ich auf einer Ranch lebte, lernte ich natürlich schon in jungen Jahren eine ganze Menge über die Sexualität – das heißt, über die Sexualität im Tierreich. Das gefiel mir, da war nichts zu spüren von diesem rätselhaften, frustrierenden Unterschied zwischen privilegierten Jungs, die taten, was ihnen beliebte, und netten kleinen Mädchen, die von zahllosen Verboten eingeengt wurden. Die Gegensätze zwischen Stuten und Hengsten, Kühen und Stieren begriff ich, denn die konnte ich *sehen*. Die Hengste scharrten mit den Hufen am Boden, die Stuten schwollen an, und dann bekamen sie mysteriöserweise über Nacht süße kleine Fohlen, die auf wackeligen Beinen unter ihren Bäuchen standen, an ihren Zitzen sogen und umhertappten.

Aber eine Stute konnte genauso schnell laufen wie ein Wallach, und mein Collie-Weibchen Lady war ein Hund wie jeder andere auf der Ranch. So gelangte ich schon sehr früh zu einer Überzeugung, die ich allerdings für mich behielt – die angeblichen Unterschiede zwischen Mädchen und Jungs wurden nur von den Müttern erfunden, damit sich die kleinen Mädchen unglücklich fühlten und zu scharfzüngigen, bösartigen Frauen heranwuchsen.

Da ich nur selten mit anderen kleinen Mädchen

spielte – wir wohnten zu weit außerhalb von der Stadt, ich mußte stets in der Nähe des Hauses bleiben, wenn ich auf meiner Stute Penny ausritt, und alle waren immer zu beschäftigt, um mich irgendwohin zu fahren –, hatte ich keine Chance festzustellen, daß nicht alle Mädchen so behandelt wurden wie ich.

Sex – nun ja, das trieben die Tiere, wenn Grandpa wollte, daß eine Stute ein Fohlen, eine Kuh ein Kalb oder Lady junge Hündchen bekam. Vielleicht ist das albern, aber ich erlitt den schlimmsten Schock meines jungen Lebens, als ich eines Morgens nach draußen ging und Lady mit einem häßlichen braunen Köter herumspielen sah. Er hatte die Vorderpfoten auf ihren Rücken gestellt. Irgendwie machte mich das krank. Ich ergriff einen Stock und begann den braunen Hund zu schlagen, aber obwohl beide die Zähne fletschten und knurrten, spielten sie einfach weiter. Dann kam Rafe aus dem Haus gelaufen und riß mir den Stock aus der Hand. »Laß das, Lee. Geh hinein.«

Ich begann zu weinen. »Der alte Hund soll aufhören. Er tut Lady weh!«

Rafe wurde puterrot. »Reg dich ab, Lee, er tut ihr nicht weh. Geh jetzt ins Haus.« Er stellte sich zwischen mich und die Hunde, so daß ich sie nicht mehr sah, packte meine Schultern und drehte mich herum.

»Warum macht er das?« beharrte ich. Aber im Innersten wußte ich es schon. Vielleicht wollte ich von Rafe hören, daß es nicht so war.

Doch er erwiderte nur: »Das ist okay«, in einem Ton, der mir das Gefühl gab, das alles wäre grundfalsch. »Frag Mom, wenn du willst. Und jetzt rein mit dir, oder ich versohle dir den Hintern.«

An Mutter konnte ich mich nicht wenden. Irgendwie wußte ich, daß sie rot werden und in Verlegenheit geraten würde wie Rafe. Vielleicht würde sie mich sogar ohrfeigen, weil ich über so schmutzige Dinge redete; so wie damals, als ich gefragt hatte, warum der Hahn auf die Hühner sprang und ob sie Froschhüpfen spielten. Jedenfalls war mir jetzt alles klar. Diesmal bekam Lady häßliche braune Babys. Grandpa erklärte, er müsse sie alle weggeben, und ich widersprach nicht.

Ich muß ungefähr elf gewesen sein – um die Zeit, als Joe übers Meer fuhr –, als die dritte Lektion meiner Sexualerziehung erfolgte. Die erste hatte zu der Erkenntnis geführt, daß Jungs alles durften und Mädchen nicht, die zweite, daß gewisse Dinge gemein und häßlich sein konnten. Die dritte – nun ja, ich will ihr den Titel ›Das kann *dir* auch passieren‹ geben.

Da Jesse, Joe und die meisten Farmarbeiter bei der Army waren, mußte Rafe unserem Grandpa auf der Ranch helfen, obwohl er erst sechzehn Jahre zählte. Ronny litt an Heuschnupfen und Asthma, deshalb war er nicht stark genug.

Da meine gestrenge Mutter uns nie mit anderen Kindern spielen ließ, verbrachten Ron und ich viel Zeit miteinander. Solange ich meinen Status als untergeordnetes Mädchen nicht vergaß, verstanden wir uns recht gut. Wir ritten oft zusammen aus, er auf Black Star, ich auf Penny. Als Spielgefährtin war ich ihm gut genug – bis ein anderer Junge auftauchte. Natürlich konnte ich Ron nicht verübeln, daß er lieber mit einem Freund spielte. An seiner Stelle hätte ich genauso gehandelt.

Für einen Dreizehnjährigen war er relativ klein, ich für eine Elfjährige ziemlich groß, und deshalb überragte er mich nicht. Wir rangen gern miteinander, und ich platzte fast vor Stolz, wenn ich meinen Bruder zu Boden zwingen und mich auf ihn setzen konnte. Er war als einziger in der Familie ein ebenbürtiger Gegner für mich. Die anderen hatten das Erwachsenenalter erreicht, noch ehe ich zur Schule gegangen war. Wenn

Grandpa uns beim Ringen erwischte, versohlte er Ron den Hosenboden und beschimpfte mich. Ronny durfte sich nicht mit Mädchen balgen, und es war nicht ladylike, wenn ich mich mit einem Jungen auf dem Boden herumwälzte. Ob es sich nun für ein Mädchen schickte oder nicht, mir gefiel es, und wir taten es, wann immer sich eine Gelegenheit dazu ergab.

An einem regnerischen Tag, als Ron nicht ins Freie gehen durfte, spielten wir im Haus Karten. Plötzlich schlug er vor: »Komm, Shirley, ringen wir.«

Aus irgendeinem Grund wollte ich nicht. Er faßte mich anders an als sonst, auf ganz komische Art. Und während er seine Beine um mich schlang, versuchte er meinen Rock hochzuziehen. »Sei doch lieb, Shirley«, flüsterte er. »Ich will dir was zeigen. Gib mir eine Hand.« Und er packte meine Finger und schob sie in seine Jeans. Da spürte ich was ganz Merkwürdiges. Meine strenge Mutter hatte stets verhindert, daß ich die Jungs nackt sah. Und ich wette, auch sie hatten mich niemals unbekleidet erblickt, seit ich den Windeln entwachsen war.

Plötzlich stieg eine unerträgliche Neugier in mir auf. Ich wußte, daß Ronny etwas besaß, was ich nicht hatte, und nun wollte ich es unbedingt sehen. Gleichzeitig erkannte ich, welches Unrecht wir begingen. Mutter hatte mir zwar nie ausdrücklich verboten, nackte Jungs anzuschauen, aber ich zweifelte nicht an der Verwerflichkeit unserer Absichten.

Ronny öffnete seine Jeans und zeigte es mir. Ich fand es so ulkig, daß ich laut auflachte. »Jetzt bist du dran«, sagte er. Ich zog meine Unterhose runter, und er lachte auch. »Wie komisch die Mädchen aussehen. Mit gar nichts da unten.«

Jetzt wäre es einfach, zurückzublicken und Ronny die Schuld an allem zu geben. Aber nun erkenne ich, daß er genauso verwirrt und einsam, genauso hin und hergerissen zwischen seinem Halbwissen und unserer prüden Erziehung war wie ich. Andererseits hatte er Freunde, die ihm alles mögliche erzählten, und ich nicht.

Ronny war der kleinste von den Jungs. Ich wurde verhätschelt, er immer nur herumgeschubst. Nur mir gegenüber – dem einzigen Familienmitglied, das noch kleiner war als er, vermochte er seinen Willen durchzusetzen. Von Joe und Rafe mußte er sich herumkommandieren lassen, aber mich zwang er hin und wieder, dies oder jenes zu tun. Und ich war das einzige Mädchen weit und breit, das seine Neugierde befriedigen konnte.

Doch solche Überlegungen gingen mir damals natürlich nicht durch den Kopf. Statt dessen ärgerte ich mich, weil er bei meinem Anblick lachte.

»Komm, ich zeig dir noch was«, sagte er und drückte mich zu Boden. Zuerst glaubte ich, er wollte ringen. Dann mußte ich an das Spiel zwischen Lady und dem braunen Köter denken und fühlte mich elend. Ich wand mich umher und trat nach Ronny. Schließlich nahm ich ihn zwischen meinen Knien in die Zwange, so daß er nicht näher an mich heran konnte. Er riß mich an den Haaren, und bald schlugen wir schreiend aufeinander ein, als wollten wir uns umbringen.

Plötzlich schob er mich weg und zerrte meinen Rock nach unten. Schritte näherten sich auf dem Flur, und Mutter stieß die Tür auf wie ein Polypentrupp in einem Gangsterfilm. »Was treibt ihr denn da?« schimpfte sie. »Ronald, ich habe dir doch oft genug verboten, hinter geschlossener Tür in Shirleys Zimmer zu spielen!«

Ronny verdrehte mein Handgelenk – außerhalb ihres Blickfeldes. Offenbar hatte er Angst, ich würde ihn verpetzen. Wieso ich es wußte, kann ich nicht sagen – jedenfalls war mir klar, daß er in schreckliche Schwierigkeiten geraden würde, wenn ich das täte. Und so erklärte ich: »Wir haben nur ein bißchen gerungen.«

»Wie oft habe ich euch schon gesagt...« Diesen Worten folgte eine lange Strafpredigt. Danach bemerkte sie meine heruntergezogene Unterhose, und ich wurde so kräftig verhauen, daß ich stundenlang nicht sitzen konnte. Was mit Ronny geschah, weiß ich nicht. Vielleicht glaubte er, ich hätte ihn veraten, nachdem er von Mutter hinausgeschickt worden war, denn in den nächsten Wochen sprach er kein Wort mit mir. Wir rangen nie wieder. Seltsamerweise wollte ich etwas später, als ich über alles nachgedacht hatte, noch einmal auf diese Art mit ihm kämpfen, aber dazu fanden wir keine Gelegenheit mehr.

Eine Familie wie die meine fiebert jedem Rodeo entgegen; es war das größte Ereignis des Jahres. Eine Parade fand statt, die Kinder, die Sattelpferde besaßen, zogen Westernsachen an und ritten mit. Und so lernte ich Kate Stanley kennen.

Schon bei der Parade fiel sie mir auf, und später entdeckte ich sie beim Faßrennen. Groß, schlank und kerzengerade saß sie auf einem schwarzen Hengst mit weißen Fesseln. Zunächst interessierte ich mich, wie jedes kleine Mädchen, mehr für das Pferd als für die Reiterin. Ich flehte Mutter an, sie solle mich doch an der Parade teilnehmen lassen, aber sie erlaubte es nicht, und so hockte ich schmollend auf der Tribüne.

Das Mädchen auf dem Rappen hatte schulterlanges schwarzes Haar und trug einen Pagenkopf. Unter feingeschwungenen Brauen, von einem weißen Sombrero überschattet, leuchteten Augen von einem so intensiven Blau, wie ich es nie zuvor gesehen hatte. Sie war schlank genug, um eine gute Figur in Reithosen zu machen, besaß aber weibliche Kurven, die das Westernhemd eng umspannte. Silberne Muscheln schmückten den Gürtel und den Sattel. Ich hätte meine Ohren geopfert, wäre ich auch so schön gewesen. Während sie ihr Pferd geschickt um die Fässer herumlenkte, zeigte ihr Gesicht einen ernsten, ein wenig geistesabwesenden Ausdruck, ein glückliches Lächeln umspielte ihre Lippen. Atemlos saß ich auf der Kante unserer Bank. Schließlich erscholl der Ruf: »Siegerin des Faßrennens – Kate Stanley!« Ich war genauso entzückt, als hätte ich selbst den ersten Preis gewonnen.

Die anderen Wettbewerbe – das Stangenbiegen und die Lassokonkurrenz – waren belanglos. Immer wieder verrenkte ich mir den Hals, um das Mädchen in Schwarzweiß zu beobachten, bis Mutter mir mit scharfer Stimme befahl, stillzusitzen. Aber zu meiner freudigen Überraschung ging Grandpa nach dem Ende der Veranstaltung zur Arena hinunter und kehrte mit dem Mädchen zurück. »Anna«, wandte er sich an Mutter, »das ist Lou Stanleys Tochter Kate. Ich habe sie eingeladen, das Wochenende bei uns zu verbringen. Das ist dir doch recht?«

Mir war es jedenfalls sehr recht. Ich blieb im Hintergrund und starrte Kate an, während Grandpa sie mit Rafe und Ronny bekanntmachte. Schließlich schüttelte sie auch mir die Hand. Zum erstenmal in meinem Leben wünschte ich mir nicht mehr, ich wäre ein Junge. Ein Mädchen konnte immerhin so sein wie Kate. Ihre Stimme klang so weich und melodisch, wie ich sie mir vorgestellt hatte. »Hallo, Shirley! Warum bist du nicht bei der Parade mitgeritten?«

»Mutter hat es nicht erlaubt.«

»Wie schade!« meinte sie mit aufrichtigem Bedauern und drehte sich zu Grandpa um. »Mr. Maddox, nächstes Jahr müssen Sie Shirley mit uns reiten lassen.«

Ich war keineswegs erstaunt, als Grandpa nickte und sagte: »Okay«, denn ich fand es ganz natürlich, daß er sich – genau wie alle anderen Leute – Kates Wünschen fügte.

Sie verbrachte das Wochenende tatsächlich bei uns und teilte mit mir mein Zimmer – was ich mit angehaltenem Atem zur Kenntnis genommen hatte. Damals mußte sie etwa sechzehn gewesen sein; für eine Zwölfjährige ist das so gut wie erwachsen. Ich war schrecklich schüchtern, als wir das erste Mal zu Bett gingen. Nie zuvor hatte ich mit jemandem in einem Raum geschlafen, geschweige denn in einem Bett. Ich kleidete mich aus, während Kate im Bad ihre Zähne putzte, und schlüpfte unter die Decke. Als sie sich auszuziehen begann, schaute ich schamhaft in die andere Richtung. Aber sie unterhielt sich so unbefangen mit mir, daß ich mich schließlich umdrehte und zu ihr hinblickte. Nie zuvor hatte ich ein erwachsenes Mädchen beim Auskleiden beobachtet. Und ich hatte noch nie etwas Schöneres gesehen als Kates Körper. Sie war schlank und rank, rosig und weiß, und sie schlüpfte in einen hübschen Schlafanzug mit rosa Schnörkelmuster, der mir viel besser gefiel als mein blauer Flanellpyjama. Später sah ich ihre Brüste noch oft vor meinem geistigen Auge.

Als sie ins Bett stieg, rückte ich höflich zur Seite, um ihr Platz zu machen. Wir sprachen noch eine Weile, hauptsächlich über Pferde. Ich fand es wundervoll, mit ihr zu reden, und ich hätte nie gedacht, ein Mädchen könnte sich für die gleichen Dinge interessieren wie ich. »Du bist wie ein Junge«, meinte ich.

Kate lachte. »Willst du mich beleidigen, du komischer kleiner Racker?« Sie scherzte, aber ich hörte ihrer Stimme an, daß ihr meine Bemerkung mißfiel.

»Ich wäre lieber ein Junge«, beharrte ich.

Verblüfft wandte sie sich zu mir. »Wirklich? Du meine Güte, das möchte ich um nichts auf der Welt!«

Das war ein völlig neuer Gedanke für mich. Noch nie hatte ich ein Mädchen getroffen, das beim Rodeo wie ein Junge brillierte, aber nicht mochte, daß man das erwähnte. Ich selber strahlte vor Glück, wenn Grandpa sagte: »Lee, du bist fast so schlau wie ein Junge.« Was selten genug vorkam.

Natürlich waren die meisten Mädchen alberne, verweichlichte Dinger. Kate bildete offenbar eine Ausnahme. Ich wollte sie danach fragen, aber sie gähnte und lächelte. »Schätzchen, es muß schon Mitternacht sein. Hören wir zu schwatzen auf und schlafen wir.«

Da raffte ich mich zum kühnsten Wagnis meines bisherigen Lebens auf. »Kate, würdest du mir einen Gefallen tun?« fragte ich.

»Klar.«

»Gibst du mir einen Gute-Nacht-Kuß? *Bitte!*«

Kate brach in ihr warmherziges, kehliges Gelächter aus. »Natürlich, Süße, komm her!« Sie nahm mich in die Arme und küßte mich auf die Wangen, dann auf den Mund. »So, Baby, und jetzt mußt du schlafen.« Aber statt mich loszulassen, drückte sie mich an sich, und mein Kopf sank auf ihre Schulter.

Reglos lag ich da und stellte mich schlafend, doch ich fand keine Ruhe. Nachdem Kate eingeschlafen war, blieb ich sicher noch eine gute Stunde wach, lauschte ihren leisen Atemzügen und wagte mich nicht zu rühren, aus Angst, sie zu stören. Meine Hand lag auf einer ihrer weichen Brüste. Noch nie im Leben war ich so glücklich gewesen. Bis zum heutigen Tag kann ich diese vollkommene Zufriedenheit spüren, wenn ich die Augen schließe. Damals hätte ich vor lauter Seligkeit sterben mögen.

Kate war das erste Mädchen, das ich wirklich gern hatte und bewunderte. Sie übte eine magische Wirkung auf alle aus, sogar auf Mutter. Ich konnte einen Tag lang quengeln, und Mutter ignorierte mich. Aber sie war ganz Ohr, sobald Kate etwas sagte. Und sie hörte auch zu, als Kate bemerkte: »Mrs. Chapman, wenn Sie Lee zwingen, ständig Röcke zu tragen, werden Sie's ihr noch ganz verleiden, sich hübsch anzuziehen.«

Zögernd erwiderte Mutter: »Ich finde, Mädchen sehen in Hosen irgendwie unanständig aus.«

Lachend zupfte Kate an meinen Locken. »Für ein so wildes Mädchen wie Lee sind Hosen die anständigsten Kleidungsstücke, die es nur gibt.«

Nie werde ich vergessen, wie frei und unbeschwert ich mich in jenem ersten Sommer fühlte, wo ich Hosen tragen durfte – nicht nur beim Reiten, sondern immer. Ich mußte nicht mehr auf meine Röcke achten, die ständig hochgeflogen waren und meine Unterwäsche entblößt hatten, und wenn ich nicht in die Kirche ging, zog ich Tag für Tag Hosen an.

Wir sahen Kate sehr oft, weil sie anfing, sich regelmäßig mit Rafe zu treffen. Wenn sie mit ihm ausging, trug sie Röcke und enge Pullover, die ihre Schönheit betonten. Allmählich merkte ich, daß es durchaus Spaß machen konnte, ein Mädchen zu sein. Es war Kate, die mir zeigte, wie man einen Lippenstift benutzte, und ihr Charme entwaffnete sogar Grandpa, der das verbieten wollte. Als er zu schimpfen begann, fiel sie ihm ins Wort. »Ich male mir doch auch die Lippen an, Mr. Maddox. Sehe ich etwa wie ein Tramp aus?«

»Bring ihr wenigstens bei, das Zeug ordentlich aufzutragen«, brummte er und sagte nichts mehr.

Sie wischte meinen dunkelroten Nagellack weg, von

dem ich geglaubt hatte, er würde mich erwachsen machen, und schenkte mir einen rosafarbenen, der zu meinem Lippenstift paßte.

Und sie schenkte mir noch etwas, das ich noch nie bekommen hatte – Liebe. Ich bezweifle, daß Mutter und Grandpa mich jemals geküßt haben, außer an meinem Geburtstag. Wieso ich in jener Nacht den Mut gefunden hatte, Kate um einen Kuß zu bitten, wußte ich später nicht. Jedenfalls brach er das Eis, und danach gab sie mir immer einen Gute-Nacht- oder Abschiedskuß. Es mag albern klingen, aber um zu verstehen, wie wichtig mir das war, muß man bedenken, wie sehr ich mich nach Zärtlichkeit sehnte. Allein schon das Bewußtsein, daß jemand mich genug mochte, um mich zu küssen, genügte mir.

Nein, kommen Sie nicht auf falsche Gedanken. Ich liebte Kate inbrünstig, aber ich werde jeden ermorden, der ihr die Schuld an meiner weiteren Entwicklung gibt. Kate war und ist hundertprozentig normal. Selbst nachdem ich den Unterschied zwischen mir und anderen Mädchen erkannt hatte, wäre ich lieber gestorben, als sie wissen zu lassen, daß ich nicht nur freundschaftliche Gefühle für sie hegte.

In ihrer Nähe war ich einfach glücklich. Ich brauchte mich nicht mehr für meine Existenz zu entschuldigen. Niemals verhielt sie sich so, als müßte ein Mädchen ein unsichtbares Schild mit der Aufschrift tragen: *Ich bin zu nichts nütze.* Wäre sie meine Schwester gewesen und mit mir zusammen aufgewachsen – vielleicht hätte ich ein anderes Leben geführt und meine Weiblichkeit nicht so gehaßt.

Aber vielleicht hätte es nichts geändert. Jedenfalls war es ohnehin schon zu spät, als sie in mein Leben trat ...

Die nächsten Jahre will ich überspringen. Da geschah

nichts Besonderes. Ich wuchs und ging auf die High School, ritt bei der Rodeo-Parade mit und spielte Basketball, statt Seilzuspringen. Im großen und ganzen kam ich gut zurecht. Die meisten Mädchen mochten mich, aber ich hatte keine engen Freundinnen. Mit den Jungs verstand ich mich besser. Sie hielten mich für einen guten Kumpel.

Manchmal ritt ich mit ein paar Jungs und einigen Mädchen aus meiner Schule für einen ganzen Tag in die Berge, oder wir angelten am See. Hin und wieder gingen wir zum Bowling. Das gefiel mir besser als die Tanzabende in der Schule. Auf diesen Partys stand ich nur ungeschickt herum und fand mich zu groß für mein Kleid – ich war größer als die meisten Jungs in unserer Klasse – hin und hergerissen zwischen der Hoffnung, jemand würde mich zum Tanz auffordern und der Angst davor, weil ich mir so albern vorkam, wenn ich meine Partner überragte.

Ich begriff diese widersprüchlichen Gefühle in meinem Inneren nicht. Manchmal galoppierte ich über die Felder, bis Penny mit Schaum bedeckt und völlig erschöpft war und ich am ganzen Körper zitterte. Das war während der Kriegszeit, als man kurze, enge Röcke trug. Ich wuchs so schnell, daß meine Beine viel zu lang für solche Röcke waren. Die Blusen spannten sich über meinen Brüsten, und Mutter kaufte mir einen BH, der mir weh tat und den Eindruck in mir erweckte, ich würde für mein Wachstum bestraft und in einen Panzer gesteckt.

Sie sprach auch mit mir über Jungs und Sex und so weiter, was immer aufs selbe hinauslief – ich müsse ein nettes Mädchen sein, süß und unschuldig, bis ich mich eines Tages verlieben und dann heiraten würde.

Ich war unschuldig, sicher, wenn man unschuldig mit unwissend gleichsetzt – unwissend wie ein junges

Hündchen, dessen Augen noch geschlossen sind. Allerdings hatte ich begriffen, was Ronny mir hatte zeigen wollen. Und Kate erzählte mir von Babys, ohne Aufhebens, nicht in dem schockierten Flüsterton, den Mutter angeschlagen hatte. Wenn eine Frau einen Mann liebe, erklärte Kate, schlafe sie mit ihm, und da entstünde ein Baby in ihrem Bauch. Irgendwie konnte ich mir nicht zusammenreimen, was Liebe mit den seltsamen Vorgängen zu tun hatte, die sich zwischen den Tieren abspielten, ehe sie Fohlen, Kälber und winzige Hündchen bekamen, aber ich zweifelte nicht an Kates Worten.

Den Erläuterungen meiner Freundin und meiner Mutter entnahm ich, daß ich eines Tages einem gewissen Mann – dem *Richtigen* begegnen und etwas Mysteriöses erleben würde, das man ›sich verlieben‹ nannte. Dann würden wir heiraten, denn das tat man, wenn man sich verliebt hatte, und Kinder kriegen.

Ich hatte komische Vorstellungen von Sex, und ich muß jetzt noch lachen, wenn ich daran denke. Für mich war Sex ein mutiges, wunderbares Opfer, das eine Frau dem geliebten Mann brachte, etwas Gräßliches, das sie mit Hilfe einer Zaubermacht namens *Liebe* ertrug. Ich malte mir aus, es müßte so sein wie in dem Film, den ich gesehen hatte – ›The Sign of The Cross‹. Da läßt sich ein Mädchen in der römischen Arena bereitwillig den Löwen vorwerfen, weil es einen Mann liebt. Wenn man einen Mann liebte, mußte man es wohl daran erkennen, daß man *das* mit sich machen ließ. Und wenn man ihn nicht liebte, würde man dabei sterben oder so was ähnliches. Aber allein schon der Gedanke, das mit irgend jemandem zu tun, widerte mich an, und ich konnte mir nicht denken, daß es mir jemals Vergnügen bereiten würde.

Gegen Kriegsende wurde Rafe eingezogen. Ich war

nicht erstaunt, als ich am Bahnhof sah, wie er Kate küßte; sogar mich küßte er, wozu er sich höchstens zweimal im Jahr aufraffte. Die beiden versprachen, einander zu schreiben.

Vor seiner Abreise war das Haus voller Verwandter gewesen, und die vielen Menschen hatten mich ermüdet. Während Tante May am späten Abend Klavier spielte, nahm ich ein paar Möhren für Penny aus dem Kühlschrank und floh in den Stall.

Ich streichelte sie, hörte zu, wie die Möhren zwischen ihren Zähnen knackten, und sie schmiegte ihre weichen Nüstern in meine Hand. Als ich wieder gehen wollte, drang ein Geräusch vom anderen Ende des Stalls herüber. Ich ging darauf zu, um nachzusehen, ob sich ein Pferd losgemacht hatte, und da hörte ich Kate lachen. Im Halbdunkel sah ich sie ausgestreckt im Heu liegen.

Rasch trat ich hinter Pennys Box. Kate konnte mich nicht sehen. Ihr Körper schimmerte weiß, der Rock war bis zur Taille hochgeschoben, und mein Bruder Rafe kniete neben ihr. Was er flüsterte, verstand ich nicht, aber ich hörte ihre langgezogenen, tiefen Atemzüge. Die beiden verschmolzen miteinander, und Kate schrie auf. »O ja, Liebling – ja, ja, ja!«

Ich wandte mich ab und rannte davon. Ob sie mich bemerkt hatten, wußte ich nicht. Wohl kaum. Ich lief ins Haus und die Treppe hinauf und übergab mich in der Toilette.

Kate, Kate, so lieb und schön und kostbar, spielte mit Rafe so wie damals meine Hündin Lady mit dem häßlichen braunen Köter. Kein Wunder, daß sie keine Zeit mehr fand, um was Vernünftiges mit mir zu unternehmen, zum Beispiel auszureiten... Sie war lieber mit Rafe zusammen. Ich kroch ins Bett, zog mir die Decke über den Kopf und war froh, daß man Kate für diese

Nacht in einem Gästezimmer untergebracht hatte – nicht hier bei mir. Das wäre unerträglich gewesen.

In grausigen Träumen sah ich Ronny, der seine Hose öffnete. Kate starrte auf mich herab. Sie hatte lange Schlappohren wie Lady und unter dem hochgeschürzten Rock ein Ding wie ein Mann... Schreiend wachte ich auf und mußte eine Zeitlang das Licht brennen lassen, ehe ich wieder einschlafen konnte.

Den ganzen nächsten Tag hielt ich mich von Kate fern. Am Nachmittag stellte sie mich schließlich zur Rede. »Was ist los mit dir, Lee?«

»Nichts«, murmelte ich und brachte es nicht fertig, sie anzuschauen. Sie war einfach nicht mehr Kate.

»Shirley, Darling, du hast einmal gesagt, du willst mich als Schwester haben. Wie wär's, wenn ich deine Schwägerin würde? Ich habe Rafe gefragt, ob ich's dir erzählen darf. Wir werden heiraten.«

Da blickte ich sie an. »Ja, das müßt ihr wohl.«

»Was soll das denn heißen?«

»Ich hab' euch im Stall gesehen!« stieß ich hervor.

»O Gott!« Tränen glänzten in ihren schönen Augen. »Lee, hör zu, Schätzchen – ich wünschte, du wärst nicht dort gewesen. Nein, ich schäme mich nicht, aber so etwas kannst du nicht verstehen, ehe du's selber erlebt hast. Ich würde es dir so gern begreiflich machen. Es ist keineswegs schrecklich. Ich liebe Rafe, und er liebt mich.« Ich starrte sie nur an, und sie schüttelte verzweifelt den Kopf. »Ich weiß nicht, was ich sagen soll.«

»Du brauchst gar nichts zu sagen. Ich werde euch nicht bei Mutter verpetzen.«

»Oh, du kleine...« Noch nie war sie so böse auf mich gewesen. Hätte sie mich geschlagen, wäre dieser krampfhafte Schmerz in mir vielleicht geschwunden, und ich hätte mich besser gefühlt. Aber sie seufzte nur. »Schade, daß du so darüber denkst, Lee. Aber bei deiner Erziehung ist das wohl unvermeidlich. Willst du denn nicht sagen, daß du dich freust?« Sie legte einen Arm um meine Taille, doch ich riß mich los. »Du komisches kleines Ding! Man könnte fast meinen, du wärst eifersüchtig.«

Das war ich auch. Wütend und furchtbar eifersüchtig. Ich betrachtete Kate nicht mehr als meine Freundin. Sie gehörte zu Rafe, und diesen Gedanken ertrug ich nicht. Ich fühlte mich beinahe erleichtert, als ich die Hochzeit überstanden hatte. Die beiden zogen nach Parris Island, wo Rafe bei der Navy stationiert war. Ich wollte Kate nicht wiedersehen.

Und ich sah sie erst wieder, nachdem ich das College verlassen hatte.

3.

Nie werde ich die erste Begegnung mit Norma Crandall auf der Creegan-Universität vergessen. Sie stand am Fenster des kleinen Raumes in der Halleck Hall, dem Mädchenquartier, und das Nachmittagslicht umfloß ihre Gestalt wie eine Statue aus Gold und Elfenbein. Ich stellte meinen Koffer auf den Boden und fragte schüchtern, ob sie meine Zimmerkameradin sei. Und dabei überlegte ich, ob wir Freundinnen werden könnten. Schon in der nächsten Sekunde entschied ich, daß das unmöglich wäre. Ich war zu scheu für ein so schönes Mädchen.

Kleiner als ich und gertenschlank, hatte sie hellblondes Haar, das ihre Schultern wie ein Seidenvorhang umhüllte, dünne Arme und Handgelenke, lange, schmale Finger und Hände. Und ihre Züge – wenn man in Normas Gesicht schaute, dachte man an griechische Münzen und Marmorskulpturen unter der Mittelmeersonne.

»Ich hoffe, die haben mir ein erträgliches Mädchen geschickt«, sagte sie in klagendem Ton. »Letztes Jahr mußte ich mein Zimmer mit einem Schwein teilen. Es sah aus wie in einem Saustall. Ich bat um ein Einzelzimmer, doch man erklärte mir, das sei nicht erlaubt. Deshalb möchte ich nur mit jemandem zusammenwohnen, der einigermaßen sauber und ordentlich ist.« Sie setzte eine Hornbrille auf, um mich zu mustern. Das kam mir so vor, als wäre Venus plötzlich durch Augengläser verunstaltet worden. Norma war so kurzsichtig, daß sie nicht einmal ihr Gesicht im Spiegel erkannte, aber sie trug ihre Brille nicht regelmäßig. Das gehörte zu den Dingen, mit denen sie die Leute wahnsinnig machte.

Aber damals hatte ich Angst vor ihr und bemühte mich um ihr Wohlwollen. Ich protestierte nicht, als ich bemerkte, daß sie bereits den Löwenanteil des Schranks vereinnahmt hatte. Sie besaß wunderschöne, sichtlich teure Kleider. Träge beobachtete sie, wie ich auspackte, doch als ich nach einer Zigarette griff, sprang sie auf. »Du rauchst doch nicht?« Sie tat so, als wäre das unmoralisch und illegal und genauso schlimm, als würde ich in einer Opiumhöhle herumlungern. Ich erklärte, ja, ich würde rauchen, und da wimmerte sie: »Hoffentlich nicht *hier*! Mein Hals ist so empfindlich. Zigarettenqualm macht mich krank. Und der gräßliche Geruch würde an allen meinen Kleidern hängenbleiben.« Ehe ich wußte, wie mir geschah, versprach ich, nur unten im Aufenthaltsraum zu rauchen.

Das war nur der Anfang. Fast zwei Jahre wohnte ich mit Norma Crandall zusammen, und ihr Verhalten änderte sich nicht. Es ging immer nur darum, daß Norma ihren Willen durchsetzte, und sie wollte nie dasselbe an zwei aufeinanderfolgenden Tagen. Zum Beispiel begann sie nach Weihnachten ganz plötzlich und ohne ersichtlichen Grund, eine Zigarette an der anderen anzuzünden. Manchmal war sie high und dann wieder so deprimiert, daß ich dachte, sie würde sich aus dem Fenster stürzen. Alle Jungs auf dem Campus rannten ihr nach. Ich wußte nicht, ob sie eine Nymphomanin war oder... Doch ich möchte nicht vorgreifen. Es dauerte lange, bis ich die Wahrheit herausfand.

Während der ersten Tage fühlte ich mich wie ein Fisch, den man aus einem Seerosenteich geholt und in ein großes Aquarium zu unzähligen anderen Fischen geworfen hat. Ich verirrte mich in dem großen Gebäude. Die vielen Akzente – vom näselnden Bostoner

Tonfall bis zum gedämpften Georgia-Dialekt – verwirrten mich ebenso wie die Mahlzeiten im großen Saal, wo dreihundert Mädchen auf einmal redeten.

Als ich am ersten Abend zum Duschen hinunterging, war ein Dutzend Studentinnen versammelt. Ich zögerte, ehe ich meinen Bademantel fallen ließ. Außer Kate hatte ich noch nie eine nackte Frau gesehen. Der Anblick all dieser entblößten Körper versetzte mir einen Schock. Ein Mädchen hatte eine völlig flache Brust, ein anderes war fett wie ein kugelrundes kleines Schweinchen, ein Rotschopf besaß einen runden Hintern wie ein Shetlandpony. Die Dicke sah mich dastehen und lachte. »Was ist los, du Frosch? Glaubst du, daß du was hast, was wir noch nicht kennen?«

Du bist albern, sagte ich mir, du führst dich auf wie deine prüde Mutter. Der Rotschopf schrie: »Ah, das ist die Kleine aus dieser frommen Gegend – Texas oder Oklahoma?« Sie drückte flüssige Seife aus einem Wandbehälter und verrieb sie auf ihren Schultern. »Wahrscheinlich hält sie es für eine Sünde, mit nacktem Arsch rumzulaufen.«

Eine solche Ausdrucksweise war mir fremd, und daß sie aus dem Mund eines Mädchens kam, entsetzte mich. Trotzdem fand ich es irgendwie auch lustig. Mein Leben lang hatte ich gelernt, nette Mädchen dürften keine vulgären Wörter gebrauchen und sich nicht vor anderen Leuten ausziehen, und da war ein ganzer Raum voller Mädchen – offensichtlich sehr netter Mädchen –, die beides taten. Plötzlich fühlte ich mich wie befreit, holte tief Atem, setzte meine Duschkappe auf und schlüpfte aus dem Bademantel. Den Eindruck, daß mich alle anstarrten, konnte ich allerdings nicht loswerden...

Seit ich meine Veranlagung kenne, verstehe ich noch etwas anderes: die meisten Mädchen achten nicht auf andere weibliche Körper. Normale Frauen halten ihre eigene Nacktheit und die anderer für etwas Selbstverständliches. Nichts weiter als Haut. Ein Mädchen, das übertriebene Scham empfindet oder auf den Anblick anderer Frauen reagiert, neigt meistens zur Homosexualität, bewußt oder unbewußt.

Damals wußte ich noch nichts davon. Ich versuchte mich nur den anderen anzupassen. Aber ich glaubte, sie würden mich genauso anschauen wie ich sie – verstohlen, kritisch. Und es gelang mir nie, meinen Bademantel ohne dieses Gefühl fallen zu lassen, obwohl ich mich nach einiger Zeit daran gewöhnte.

Es dauerte eine Weile, bis mir auffiel, daß Norma den gemeinschaftlichen Duschraum nie benutzte. Auch mir gegenüber war sie sehr schamhaft. Sie trug hochgeschlossene, langärmelige Pyjamas und kam oft zu spät in die Kapelle, weil sie wartete, bis das Badezimmer leer war; oder sie badete zu merkwürdigen Zeiten, etwa mittags. Da alle anderen so unbefangen waren, fragte ich mich, ob sie vielleicht einen körperlichen Makel hatte, ein häßliches Muttermal – ein großes rotes Brandmal am Rücken wie Jenny Krazinsky oder eine Blinddarmnarbe wie Mitty Wayland. Norma war so verschämt, daß ich Komplexe bekam, wenn ich mich in ihrer Gegenwart auskleidete. Hielt sie mich für eine Exhibitionistin?

Es war Norma, die mein erstes Rendezvous arrangierte. Sie wollte es nicht glauben, als ich ihr erzählte, ich sei noch nie mit einem Jungen ausgegangen und hätte Jungs nur auf Schulpartys, bei Picknicks und Ausflügen getroffen, zusammen mit der ganzen Clique. Sie selbst war nur eine Woche in der Schule gewesen, und schon hatten ihr alle Jungs den Hof gemacht. Nun traf sie für mich eine Verabredung mit einem Studenten namens Buck Mansell.

Ich kam mir komisch vor und verspürte eine vage Angst, während ich in das türkisblaue Strickkleid schlüpfte, das man in einem Laden daheim als ›hübsches kleines Rendezvouskleid‹ bezeichnet hatte. Die Nylonstrümpfe juckten, und in den hochhackigen Schuhen fühlte ich mich furchtbar unbehaglich. Dann rief mich der Student an, der gerade Pfortendienst in der Halle hatte, und ich ging hinunter. Drei Jungs warteten. Einer mußte Normas Begleiter sein, und der blonde, schüchtern wirkende Bursche, der zusammen mit mir die Mathematikvorlesungen hörte, war hoffentlich meiner. Doch der dritte, klein und breitschultrig, mit dunklen glühenden Augen und schwarzem Kraushaar, stand bei meinem Anblick auf und stolzierte auf mich zu, als wäre er eine Gottesgabe für die Frauen. »Lee Chapman? Ich bin Buck Mansell.« Er packte meine Hand, und mein Mut sank. Mein Begleiter war also nicht nett, scheu, still und blond.

Auf dem Weg zu seinem Auto erinnerte ich mich an einen Ratschlag, den ich in einem Teenagermagazin gelesen hatte. »Wenn du mit einem Jungen ausgehst, bring ihn dazu, von sich selber zu erzählen.« Und so fragte ich Buck, was er studierte.

Dieser Tip war offenbar richtig für ihn. Er redete ohne Punkt und Komma, bis wir im Kino saßen, berichtete von seinen Vorlesungen, seiner Position in der Football-Mannschaft, seinen Professoren, – angeblich eine Schar alter Ziegenböcke, die ihn um seinen Körperbau und sein Auto und seine Freundinnen beneideten und ihm Rache geschworen hatten. Und so weiter und so fort. Ich lauschte – mit interessierter Miene, wie ich hoffte – und wurde mit dem Lob belohnt, ich sei eine ›gute Gesprächspartnerin‹. Natürlich meinte er ›Zuhörerin‹.

Den Film hatte ich schon seit langer Zeit sehen wollen. Und nun wollte ich ihn auch wirklich sehen. Als Buck meine Hand ergriff, dachte ich: Okay, warum nicht. Doch damit gab er sich nicht zufrieden. Seine Finger krochen über mein Knie. Vorsichtig legte ich sie dahin zurück, wo sie hingehörten. Er wandte sich zu mir und flüsterte: »Was ist los?« – in so indigniertem Ton, daß ich überlegte, gegen welches Gesetz ich verstoßen haben mochte. Ich wollte kein Aufhebens machen, also ließ ich mich betatschen.

Nach dem Film aßen wir Hamburger in einem Lokal nahe dem College, und ich fand das Rendezvous gar nicht so übel. Aber ich hatte vergessen, daß mir noch die Rückfahrt bevorstand. Zweimal versuchte Buck seinen Arm um meine Schultern zu legen, und ich mußte ihn ermahnen, auf die Straße zu achten. Dann schob er seine Hand unter meinen Pullover, und ich stieß ihn weg. Da trat er auf die Bremse. »Wollen wir die Sterne beobachten?« Nicht einmal fünf Kometen, eine Mondfinsternis oder ein Meteorhagel hätten sein Interesse geweckt. Seine Hände krabbelten über meinen ganzen Körper. Als ich mich losreißen wollte, fragte er: »Was hast du? Bist du frigid?«

»Hör mal«, erwiderte ich und überlegte, ob so etwas bei *allen* Rendezvous passierte. »Ich knutsche nicht, wenn ich zum erstenmal mit einem Jungen ausgehe. Du bist mir zu stürmisch.«

»Und ich verschwende meine Zeit nicht mit Mädchen, die mir keinen Spaß gönnen. Komm schon, deine Zimmergenossin hat gesagt, du wärst ein nettes Ding. Sei nicht so langweilig!«

Er nahm mich wieder in die Arme. Verzweiflung stieg in mir auf. Ich wollte tun, was die anderen Mädchen taten, natürlich innerhalb gewisser Grenzen, doch ich hatte einfach keine Lust, diesen schleimigen Kerl zu küssen.

Jetzt weiß ich, daß nicht alle Jungs so sind. Aber Buck gehörte offenbar zu den Typen, die sich einbildeten, sie müßten es mit jeder Frau treiben, die sie ausführten, weil sie das ihrer Männlichkeit schuldig wären. Jedenfalls prägte dieses Erlebnis meine künftige Meinung über Rendezvous. Ich konnte nur an Kate und Rafe denken, die sich im Heu gewälzt hatten.

Buck preßte seinen Mund auf meinen, und ich glaubte ein Schwein zu küssen. Er quetschte meine Lippen, bis sie sich notgedrungen öffneten, und schob seine Zunge dazwischen. Es war gräßlich, und mir wurde übel. Ich stieß ihn weg und forderte ihn unmißverständlich auf, mich nach Hause zu bringen.

Das tat Buck. Er war wütend, aber er tat es. In der Halleck Hall stürmte ich in mein Zimmer und putzte mir zehn Minuten lang die Zähne, um den Geschmack dieser widerlichen Küsse aus meinem Mund zu entfernen. Als ich zu Bett ging, erschien Norma und fragte, wie es gewesen sei.

»Norma, um Himmels willen, führen sie sich bei jedem Rendezvous so auf?«

Sie lachte, und das klang, als würde Papier zerrissen. »Schätzchen, jeder Mann will sich ein Stück vom Kuchen abschneiden. Wenn du ihnen nicht gibst, was sie haben wollen, sitzt du allein daheim, während sich alle anderen amüsieren. Mach einfach die Augen zu und denk an was anderes.«

»Lieber würde ich...« begann ich hilflos.

»Ich weiß.« Sie tätschelte meine Schulter. Zum erstenmal berührte sie mich. »Die Männer sind nun mal so, Lee. Brutales Ungeziefer. Aber wir leben in einer Männerwelt, das läßt sich nicht ändern.«

In ihrem weißen Seidenpyjama saß sie auf meinem Bett und erzählte mir ihre Lebensgeschichte. Sie war das einzige Kind einer reichen Witwe. Ihr Vater, ein

Schauspieler, hatte sich schon einige Jahre vor seinem Tod von der Mutter scheiden lassen. Die hatte keine Zeit für ihre Tochter gefunden, sie schickte Norma in teure Internate und Ferienlager und schenkte ihr alles außer Aufmerksamkeit.

Nach ihrem fünfzehnten Geburtstag hatte ihr ein Chauffeur gezeigt, wie man die ersehnte Aufmerksamkeit erlangte. Im nächsten Sommer probierte sie ihre neuen Fähigkeiten am reichsten Freund ihrer Mutter aus, und das klappte so gut, daß sich ihr innigster Wunsch erfüllte. Von da an war sie nicht mehr ausschließlich auf ihre Mutter angewiesen.

Schockiert hörte ich ihr zu. Um die College-Regeln zu befolgen, hatten wir das Licht bereits löschen müssen, und das Mondlicht, das auf Normas helles Haar und ihr weißes Gesicht schien, verwandelte sie in einen Weihnachtsengel. »In dieser Welt gibt's nur eine einzige Möglichkeit für ein Mädchen, voranzukommen, Lee. Wenn ein Mann dich begehrt, kannst du alles von ihm haben. Und wenn die Kerle dir zeigen, wie gemein sie sind, kannst du sie um so mehr verachten. Freut es dich denn nicht, daß du Buck, diesem Widerling, überlegen bist?« Ich erschauerte, und sie preßte die Lippen zusammen, sah im Mondschein hart und verschlossen aus. Dann fragte sie: »Du bist immer noch eine brave kleine Jungfrau, was?« Der häßliche Klang ihrer Stimme ließ mich zusammenzucken.

Ich ging mit anderen Jungs aus. Aber dem Einfluß des Rendezvous mit Buck konnte ich mich nicht entziehen – auch nicht, wenn mein Begleiter nett war. Zum Beispiel David Ellender, mit neunzehn Jahren schon über eins neunzig groß, ein scheuer, blonder Medizinstudent. Er lud mich zu einer Pizza ein und ging mit mir in ein College-Konzert (was nichts kostete, da wir beide

Studentenkarten hatten). Es machte mir nichts aus, seine Hand zu halten. Auf dem Heimweg nahm er mich in die Arme, und es störte mich auch nicht, geküßt zu werden. Es war ein zärtlicher, freundschaftlicher Kuß, weder aufregend noch leidenschaftlich. Ich traf mich etwa ein dutzendmal mit David und seinem Kumpel Jim Rouse. Als ich Jimmy kennenlernte, wußte ich, daß ich einen Freund fürs Leben gefunden hatte.

Jimmy war schon ein älteres Semester und stand kurz vor dem Lehrerexamen, aber wir besuchten zwei Vorlesungen gemeinsam. Der stille junge Mann, klein und schlank, hatte weiches dunkles Haar, blaue Augen, kindliche, volle rote Lippen und eine sanfte Stimme. Er lispelte ein bißchen, also redete er nicht viel. Meine Begeisterung für Pferde teilte er, und als er erfuhr, daß ich auf einer Ranch aufgewachsen war, lächelte er fasziniert. Wir mieteten fast jeden Samstag Pferde und ritten miteinander aus. Unter der Woche sahen wir uns abends. Meistens wanderten wir nur um den Block herum, tranken Cola oder aßen Eis und unterhielten uns.

Eines Abends versuchte Norma mir einen ihrer abgehalfterten Verehrer aufzuhalsen. Ich erklärte, ich sei bereits mit Jimmy verabredet, und das löste eine Explosion aus. »Jimmy? Jimmy Rouse? Soll das heißen, daß du mit diesem *Schwulen* rumziehst?«

Ich wußte nicht, was sie meinte, und das sagte ich ihr auch. Da hörte ich zum erstenmal in meinem Leben das Wort ›homosexuell‹. Norma beendete ihre Tirade mit der Feststellung: »O Gott, wie ich diese Schwulen hasse! Sie beleidigen alle Frauen auf Erden, allein schon durch ihre Existenz! Sie glauben, sie kämen ohne Frauen aus! Diese schmutzigen Perverslinge!«

Plötzlich erinnerte ich mich an die Tanzpartys im Mädchenquartier. An drei Abenden pro Woche ließen

die Studentinnen den Plattenspieler im Aufenthaltsraum laufen, und neunundneunzig von hundert tanzten miteinander, zwischen halb acht und neun. Norma
stand nur arrogant herum, und als ich sie einmal zum
Tanz aufgefordert hatte, war sie in höhnisches Gelächter ausgebrochen. »Ich bin doch nicht verrückt!« Und
da dachte ich, sie hätte einfach keine Lust zum Tanzen.
Ich war als Partnerin sehr gefragt, wegen meiner Größe
und weil ich gut führen konnte.

Nach Normas Explosion fühlte ich mich in Jimmys
Nähe irgendwie komisch. Ich hatte bereits gemerkt,
wie empfindsam und schüchtern er den Mädchen gegenüber war, aber geglaubt, das läge daran, daß er ein
Knabeninternat besucht hatte und daß er sich für seinen Herzfehler schämte, die Folge eines rheumati-
schen Fiebers, die ihm sportliche Aktivitäten auf dem
Footballplatz und anderswo verbot. Nun wußte ich,
warum er mich nie richtig zu küssen versuchte und
meine Wangen immer nur ganz leicht mit seinen Lippen streifte. Da mir das gefiel, hatte ich mir bis jetzt
keine Gedanken darüber gemacht.

Darin besteht die eigentliche Tragödie eines Mädchens von meiner Sorte – ich brauchte männliche Gesellschaft, und dafür mußte ich bezahlen, indem ich
mich betatschen ließ. Mit Jimmy war das anders. Im
Lauf des Semesters wurden wir immer bessere
Freunde, aber ich verschwieg Norma, daß ich mich immer noch mit ihm traf.

Andere Dinge begannen mir aufzufallen. Zum Beispiel gab es in Halleck Hall ein Mädchen namens Mitty.
Sie hatte eine dünne Knabenfigur ohne Rundungen
und trug Männerhemden und -pyjamas, die auf der falschen Seite zugeknöpft wurden. Die würden ihr besser
passen, erklärte sie. Ich wunderte mich über Mitty,
aber die Wahrheit fand ich nie heraus.

Und dann wurde mir was anderes klar – das Wichtigste. Seit ich mit Norma ein Zimmer teilte, setzte sie sich abends auf mein Bett, wenn sie nach Hause gekommen war, erzählte von ihren Rendezvous und berichtete, was der Junge gesagt und gewollt und wieviel sie ihm erlaubt hatte. Ich weiß nicht, warum ich sie niemals bat, den Mund zu halten. Einiges, was ich da zu hören bekam, drehte mir den Magen um. Hätte ich das alles lernen wollen – sie hätte mir mit dem größten Vergnügen beigebracht, wie man einen Mann bis zur Weißglut reizte, ohne ihm irgendwas zu geben.

Als ich den Abend mit Buck Mansell schilderte, lachte sie schallend und erklärte, ich hätte ihn auf mehrere verschiedene Arten glücklich machen können und nichts zu tun brauchte, was mir widerstrebte. Auch das ekelte mich an. Trotzdem freute ich mich immer wieder auf diese Gespräche. Wenn sie mir mit ihrer seltsamen, sanften, klagenden Stimme alles erzählt hatte, lag ich noch lange wach im Dunkeln, dachte an all das, was die Jungs so gern machten, und dabei kamen mir manchmal die Tränen.

Eines Abends kehrte sie mit verschmiertem Lippenstift und zerzaustem Haar in unser Zimmer zurück. Ich war nicht ausgegangen, weil ich am nächsten Tag eine Prüfung in Geschichte ablegen mußte. Als sie eintrat, erwachte ich und starrte sie an, weil sie sich ein Paar von meinen letzten guten Strümpfen ausgeliehen hatte – sie borgte sich immer meine Sachen aus, obwohl mir nicht soviel Taschengeld zur Verfügung stand wie ihr – und es hoffnungslos zerrissen hatte, wie ich mit einem kurzen Blick feststellte. Sie setzte sich nicht auf mein Bett, sondern warf sich vollständig angekleidet auf ihr eigenes und begann zu weinen. Ich stand auf und ging zu ihr. Da drehte sie sich um und jammerte: »Oh, ich hasse die Männer! Ich hasse sie alle!«

Ich nahm sie nicht ernst. Das sagte sie immer. »Hasse sie morgen und hör zu weinen auf, zieh dich aus und kriech unter die Decke. In zehn Minuten läutet es, dann müssen wir das Licht ausmachen.«

Aber sie rührte sich nicht, lag nur da und schluchzte, und ich saß neben ihr und streichelte ihr helles Haar. Die Glocke erklang, ich löschte meine Nachttischlampe, und Norma stand auf, um sich im Mondschein auszukleiden. Als sie nur noch ihr Höschen trug, kam sie zu mir. »O Lee, ich weiß nicht, was ich ohne dich tun würde«, flüsterte sie und nahm mich in die Arme. Erstaunt erwiderte ich die Umarmung, und nach einer Weile hob sie den Kopf und küßte mich. »Lee, laß mich heute nacht bei dir schlafen.«

Wir legten uns in mein Bett, und sie schob einen Arm unter meinen Nacken. »Warst du wirklich noch nie mit einem Mann zusammen?« Das wußte sie doch. »Bist du nicht einmal neugierig?«

Was sollte ich antworten? Einerseits war ich neugierig – andererseits nicht. Ich spürte ihren warmen Körper, und das erfüllte mich mit einer sonderbaren atemlosen Spannung. Weil mich ihre Fragen in Verlegenheit brachten?

»Ich liebe dich, Lee«, sagte sie plötzlich und küßte mich auf den Mund. »Du liebst mich doch auch ein bißchen, nicht wahr, Darling?«

Sie zitterte, und das ertrug ich nicht. Ich hätte es auch nicht ertragen, sie wieder weinen zu sehen, und so gab ich ihr den Kuß zurück. »Natürlich«, wisperte ich. »Das weißt du doch.«

Ihre Lippen waren so weich, und ehe ich mich versah, öffneten sie sich unter den meinen. Die Hitze ihres Mundes breitete sich in meinem ganzen Körper aus. Irgend etwas geschah in mir, etwas, das ich nie zuvor erlebt hatte. Ihre langen schlanken Finger öffneten meine

Pyjamaknöpfe, ihre Hand schloß sich um eine meiner Brüste. Sie sah mir in die Augen. »Lee, Lee, kein Mann kann dich jemals so lieben wie eine Frau. Ich will es dir zeigen. Laß mich dich lieben.«

Ich bebte vor Angst. Mein Körper fühlte sich an, als würde sie mich in winzige Stücke zerteilen, ihre Finger schienen in mich hineinzuschneiden wie Messerspitzen in dünnes Leinen. Wenn ich nichts unternahm, würde ich in Stücke zerfallen – aber ich wollte nicht, daß sie aufhörte, um nichts auf der Welt.

Bis zum heutigen Tag weiß ich nicht, wie es ihr gelang, mir den Pyjama auszuziehen. Ich erinnere mich nur an ihren schlanken, nackten Körper in meinen Armen, heiß und kalt zugleich, an ihr Keuchen, als ich sie atemlos an mich drückte, unfähig, ihr zu widerstehen.

Und dann verloren wir uns in einem wilden Rhythmus, der alle Gedanken verdrängte. Es gab nichts mehr auf der Welt außer Norma und dieser übermächtigen Freude, die mich durchströmte. Später schlief ich ein, nackt von ihren Armen umschlungen.

4.

Immer wieder habe ich den Satz gehört: »Am nächsten Morgen werde ich mich hassen.« Mir ging es nicht so. Als mich die Morgendämmerung weckte und das erste Tageslicht durch die zugezogenen Vorhänge schimmerte, hielt ich Normas schmalen, kühlen, süßen Körper immer noch umfangen. Ich blieb reglos liegen, um sie nicht zu stören, so glücklich, daß ich zu bersten glaubte.

Wie ich bereits erwähnt habe, las ich einmal lesbische Romane – zu neunzig Prozent Peepshow, zu zehn Prozent prüde Moralpredigt. Offenbar will man uns glauben machen, eine Frau, die sich zum erstenmal ihrer ›perversen Lust‹ hingibt, müßte von Schuldgefühlen und Scham überwältigt werden. Das will ich korrigieren.

Für mich ist das Wirklichkeit. Das bin *ich*. Seien Sie ruhig schockiert – ich werde nichts verfälschen, nur um der Moral Genüge zu tun. Es war das Wunderbarste, was ich je erlebt hatte. Später wurde es schrecklich. Trotzdem gehören jene Nacht und der Morgen danach zu meinen wenigen vollkommen schönen Erinnerungen, und deshalb will ich sie nicht mit dem zerstören, was ich hätte empfinden *sollen*. Ich verspürte weder Scham noch Gewissensbisse, nur Glück – als wären alle rauhen Kanten in mir mit dem Schmirgelpapier abgeschliffen worden, als hätte jemand die Verwicklungen in meiner Seele mit einer weichen Bürste glattgestrichen.

Jetzt, wo ich älter bin, verstehe ich das alles besser. Während meiner Kindheit hatte mich diese gräßliche

Abscheu vor der Sexualität gequält, und ich war mit einem heftigen Haß gegen die Männer aufgewachsen. Nun erkenne ich, daß ich schon ein paar Jahre vor jenem besonderen Morgen an einer starken sexuellen Anspannung gelitten hatte, ohne zu ahnen, was es gewesen war.

Ein sinnliches Mädchen, das nicht von Neurosen gepeinigt wird, pflegt früh zu heiraten oder hat zumindest viele Liebhaber. Aber eine Frau wie ich, ebenso sinnlich und voller Abneigung gegen die Jungs, hat ein Problem. Will sie es auf gesunde Weise lösen, muß sie ihre Einstellung dazu ändern. Wenn ihr niemand dabei hilft, wird sie früher oder später eine Lösung für ihr Sexproblem finden, ohne ihre innere Haltung zu revidieren, die zu ihrer Persönlichkeit gehört. Neurotisch? Vielleicht. Ich habe nie behauptet, das Paradebeispiel eines perfekt ausgeglichenen Mädchens zu sein. Dies ist kein Roman, sondern eine komplizierte Lebensgeschichte.

Damals wußte ich noch nicht, was ich getan oder welche Kompromisse ich zwischen meiner Sexualität und den Forderungen der Gesellschaft geschlossen hatte. Ich erkannte nur, daß ich zum erstenmal in meinem Leben den Zusammenhang zwischen Liebe und Sex verstand. Das war nichts Häßliches, sondern eine Macht, die mir Kraft gab. Ich begriff sogar, was Kate in ihrer Liebe sah – die Sehnsucht, dem anderen ganz nahe zu sein.

Norma schlief wie ein Kind, die Morgensonne berührte ihr Haar mit Goldstrahlen. Der unzufriedene Ausdruck war aus ihrem Gesicht geschwunden, sie sah kindlich und süß aus. Ich beugte mich hinüber und küßte einen ihrer Augenwinkel. »Wach auf, Liebling«, wisperte ich.

Sie öffnete die Augen, lächelte schläfrig, dann erstarb das Lächeln. Ärgerlich runzelte sie die Stirn und rieb sich mit beiden Fäusten über die Lider. »Was... O Gott, ich muß stinkbesoffen gewesen sein!«

»Alles ist gut«, sagte ich und küßte ihre nackten Brüste.

»Hey!« Unsanft stieß sie mich weg, griff blitzschnell wie eine angriffslustige Schlange nach ihrem Morgenmantel und schlüpfte hinein.

Verwirrt starrte ich sie an. Sie sah wütend aus, aber sie schien auch den Tränen nahe zu sein. »Was ist denn los, Norma?«

Sie beruhigte sich ein wenig und berührte meine Wange. »Schon gut. Morgens bin ich immer schlecht gelaunt. Lauf los und dusch dich, Lee, sonst kommst du zu spät.« Ich wollte sie küssen, aber sie wandte sich ab. »Sei nicht albern!«

Fröstelnd, von tiefer Enttäuschung ernüchtert, ging ich zum Duschraum. Aber in meinen Gedanken verteidigte ich sie immer noch. Es war nun mal ihre Art, die Leute auf Distanz zu halten – auch nach einer solchen Nacht. Doch weil ich mich so verändert fühlte, wie umgewandelt, verstand ich nicht, daß sie etwas anderes empfand.

Wie in Trance saß ich an diesem Tag in den Hörsälen und lebte nur für den Augenblick, wo ich Norma wieder umarmen und küssen und ihr sagen würde, was in mir vorging.

Wir hatten verschiedene Stundenpläne. Einmal traf ich sie im Korridor und bat: »Geh mit mir essen!« Aber sie schüttelte den Kopf, murmelte etwas Unverständliches und rannte davon.

Nun begreife ich ihre Verzweiflung, ihr Unbehagen. Für Norma war ich eine tickende Zeitbombe. Sie wußte nicht, was ich sagen oder tun würde. Nach der letzten

Vorlesung rannte ich zur Halleck Hall und glaubte, ich müßte ersticken, wenn ich sie nicht sofort wieder sehen könne. Sie stand im Slip vor dem Spiegel. Ihr schönstes Kleid, ein enges Modell aus eisblauer Seide, lag auf dem Bett. »Süße, hast du noch ein paar Strümpfe für mich? Ich hab' mein letztes Paar zerrissen.«

»Dann trag eben Socken wie wir armen Farmer«, erwiderte ich und küßte ihre nackte Schulter an der Stelle, wo sie von ihrem blonden Haar berührt wurde. Sie zuckte zusammen, als hätte sie sich verbrannt.

»Laß das, um Himmels willen, Lee! Ich muß mich fertigmachen, und du hältst mich auf.« Mir war, als hätte sie einen Dolch in mein Herz gestoßen, und sie fuhr gnadenlos fort: »Buck hat Karten für ›Bittersweet‹.«

»Buck?« Ich starrte sie an und schluckte. Dieser Widerling? Beim Gedanken, seine Hände könnten über Normas Körper wandern, verkrampfte sich mein Magen. Den Gesprächen der Mädchen hatte ich entnommen, daß sich nur wenige öfter als einmal mit ihm trafen, obwohl er von verschwenderischer Großzügigkeit war.

»Ja. Ich bin ganz verrückt nach dieser Show.«

Das ertrug ich nicht. Ich legte meine Hände auf ihre Schultern und flehte: »Norma, geh nicht mit ihm aus. Wenn du nur die Show sehen willst... Ich lade dich dazu ein.« Die Karten würden ein gewaltiges Loch in meine Kasse reißen. Aber irgendwie würde ich es schon schaffen.

»Was, zum Teufel, ist denn heute mit dir los, Lee? So kannst du dich doch nicht aufführen! Komm, mach mir den Reißverschluß zu! Kannst du mir nun Strümpfe leihen oder nicht?«

Mit zitternden Händen zog ich den Reißverschluß über ihrem elfenbeinweißen Rücken nach oben. »Nimm sie dir aus meiner Schublade.« Ich hätte mir das

Herz aus der Brust gerissen, um es ihr zu schenken. Was war im Vergleich dazu ein Paar Strümpfe?

»Norma – wie kannst du dich mit diesem Ekel abgeben? Du weißt doch, wie er sich benimmt. Wenn du...« Ich schluckte. »Wenn du unbedingt mit jemandem ausgehen mußt – warum nicht mit einem anständigen Jungen?«

Sie lachte spröde. »Soll das ein Witz sein? So übel ist er nun auch wieder nicht. Es gibt Jungs, die einen flachlegen wollen, und Schwule, die das nicht interessiert. Die Jungs, die auf mich scharf sind, wollen wenigstens was, das ich habe! Die schlagen den Frauen nicht die Zähne ein, indem sie so tun, als könnten sie ohne unsereins auskommen!« Auch Norma zitterte, während sie in meine Strümpfe schlüpfte.

Ich ertrug es nicht, sie so verzweifelt und unglücklich zu sehen. »Willst du *wirklich* mit Buck ausgehen? Ich dachte, du haßt ihn.«

Sie fuhr zu mir herum, als würde sie *mich* hassen. »Ich gehe mit Buck aus, und jetzt laß mich in Ruhe, verdammt!«

Nachdem sie das Zimmer verlassen hatte, konnte ich mich nicht auf meine Studien konzentrieren, und so zog ich Jeans und einen Pullover an und setzte mich in die Bibliothek. Meistens starrte ich nur auf die Buchseiten, ohne den Text wahrzunehmen. Alles, was ich sah, während die Uhrzeiger dahinkrochen, war Buck Mansells Gesicht. »Hey!« rief ich erschrocken, als jemand meine Schulter berührte. Ringsum ertönte ein mißbilligendes »Pst!«

– »Du bist aber sehr nervös heute abend«, wisperte David Ellender. »Komm, trinken wir ein Malzbier, das wird dich beruhigen.«

Alles war besser, als hier zu sitzen und zuzuschauen, wie Bucks Hände vor meinem geistigen Auge über

Normas honigbraun bestrumpfte Beine glitten. Ich stand auf und folgte ihm. Kameradschaftlich schob er seinen Arm unter meinen. »Wo ist das blonde Glamourgirl?« wollte er wissen. »Ihr steckt doch sonst zusammen wie siamesische Zwillinge.«

»Sie ist ausgegangen – mit Buck Mansell«, antwortete ich, und er grinste.

»Die zwei haben einander verdient.«

»Wie meinst du das?« fragte ich kühl.

»Ich dachte, du hättest dich mal mit Buck getroffen.« Ich nickte, und er fuhr fort: »Ich weiß, du bist mit dieser Crandall befreundet, Lee, also sei bitte nicht sauer. Aber – hat sie nicht versucht, dich in ihre wilde Clique reinzuziehen? Zu Buck paßt sie jedenfalls. Angeblich ist sie sein weibliches Äquivalent – verdammt scharf.«

»Du darfst nicht alles glauben, was du hörst.«

Hastig wechselte er das Thema: »Gehst du morgen mit mir zum Spiel?«

Morgen würde Norma wahrscheinlich zu Hause bleiben. »Tut mir leid, Dave, ich kann nicht.«

»Und am Sonntag?«

»Da muß ich mir die Haare waschen.«

»Wie wär's mit Montag abend? Wir könnten Pizza im ›Nicola's‹ essen.«

Was sollte ich angesichts seiner Beharrlichkeit schon sagen? »Okay.«

»Du bist so still heute abend.« Er steckte einen Strohhalm in sein Malzbier. »Man könnte fast meinen, du wärst verliebt.« Ein seltsamer Schmerz umfaßte mein Herz. Plötzlich drängte es mich, ihm alles anzuvertrauen. Aber trotz meiner Naivität besann ich mich eines Besseren. Und dann fiel mir Jimmy ein. Norma hatte behauptet, er sei homosexuell. Vielleicht würde er mich verstehen.

»Einen Penny für deine Gedanken«, sagte David.

Weil ich überrumpelt wurde, entgegnete ich: »Norma hat mir etwas über deinen Freund Jimmy Rouse erzählt.«

Aufmerksam und ein wenig ärgerlich erwiderte er meinen Blick. »Ich dachte, er wäre auch dein Freund.«

»Das ist er, wirklich.«

»Kann ich mir vorstellen... Was hat sie gesagt?«

»Daß er...« Ich brachte das Wort nicht über die Lippen.

»Daß er ein Homo ist? Ein Schwuler?« Ich nickte, und David beugte sich zu mir herüber. »Hör mal, Lee, Jimmy ist ein guter Junge. Ich habe ihn sehr gern, und das kannst du verdammt noch mal so auffassen, wie du willst. Nun, ich bin nicht schwul. Ich interessiere mich für Mädchen. Und wenn irgend jemand falsche Schlüsse draus zieht, daß ich so oft mit ihm zusammen bin – zum Teufel, ich mag ihn nun mal.«

»Du brauchst dich nicht zu entschuldigen.«

»Und glücklicherweise muß ich auch nicht eifersüchtig sein.« David griff nach meiner Hand. »Sag mal, Lee – angenommen, es ist wahr, und der alte Jim hat nur was vom Sex, wenn er mit Jungs schläft – geht mich das was an? Soll ich ihm deshalb die Nase einschlagen?«

»Natürlich nicht.«

»Ich hab' nicht allzu viele Freunde, und ich kann mir's nicht leisten, so oft auszugehen wie andere Leute. Drei Jahre College und vier Jahre Praktikum an einer Klinik liegen noch vor mir. Und ich bin auch nicht besonders gesellig. Über Jimmy weiß ich zufällig eine ganze Menge. Ich würde sagen, er findet sich gut im Leben zurecht. Und er wurde nur homosexuell, um der Irrenanstalt zu entrinnen. Seine eklige Mutter hat ihm so viel Scheiße über Sex erzählt...«

»Man wird also nicht als Homosexueller geboren?«

61

»Nein, verdammt! Oder vielleicht einer unter hundert...«

»Norma tut so, als wären diese Menschen Abschaum.«

»Das war zu erwarten. Mein Gott, sie ist genauso wie Jimmys Mutter – perfekt narzißtisch; der Frauentyp, der in jedem Mann auf Erden den Wunsch weckt, homosexuell zu werden. Und jeder, der leben kann, ohne sie zu bewundern, ist der letzte Dreck für sie. Wenn ich mit Norma ausginge und einen Annäherungsversuch wagen würde, wäre ich ein lüsternes Monster. Wenn ich's nicht täte, wäre ich schwul. Bei einer solchen Frau ist man immer der Verlierer.«

»Du verstehst sie nicht!«

David schaute mir ernst in die Augen. »Ich will weder deine Gefühle verletzen noch deine Freundin beleidigen. Aber laß dich nicht von ihr gegen Jimmy aufhetzen. Versuch zu begreifen, wie das Leben für manche Männer ist, und gib dir Mühe, ihn als Menschen zu mögen. Er ist kein Freak.«

Langsam fragte ich: »Wie würdest du über – ein homosexuelles Mädchen denken?«

»Sie täte mir leid, aber ich würde das anders sehen als bei Jimmy. Die Frauen stehen in unserer Gesellschaft nicht unter derselben Art von Druck wie die Männer. Ich verstehe, wie Jims Homosexualität entstanden ist. Eine Frau... nun, die würde nur ihrer Verantwortung ausweichen.«

Ich schwieg, aber ich wußte, daß David sich irrte.

Als ich in unser Zimmer zurückkehrte, war Norma noch nicht da. Ich lag im Bett und wartete.

Eine Minute vor Mitternacht kam sie herein – ziemlich derangiert, aber nüchtern. Achtlos warf sie ihr Kleid in eine Ecke, setzte sich auf mein Bett und zwinkerte mir zu. Ich fand sie schöner denn je. »Nun, was hast du heute abend gemacht?« fragte sie.

»Studiert. Danach habe ich mich mit David unterhalten und auf dich gewartet.« Unwillkürlich fügte ich hinzu: »Und du?«

Sie lächelte sarkastisch. »Es war wie immer – ich bestärkte Buck in seinem Glauben, er wäre ein Himmelsgeschenk für die Frauen und ich würde mich vor Verlangen nach ihm verzehren. Warum sollte ich ihm den Spaß verderben?«

»Wie kannst du nur – wenn du ihn nicht mal magst!«

»Oh, du süße, fromme kleine Jungfrau! Ich wette, deine Mutter hat dir eingeredet, du darfst es nur dann mit einem Mann treiben, wenn du ihn liebst!«

»Und was hat dir deine Mutter beigebracht?« stieß ich rachsüchtig hervor. »Wie du aus jedem Mann rausholen kannst, was er zu bieten hat?«

»Nein«, entgegnete sie bitter. »*Das* hab' ich selber rausgefunden.« Sie legte eine Hand auf meine Schulter, ihr schönes Gesicht verzerrte sich. »Lee, willst du nicht erwachsen werden? Warum soll man ein Aufhebens drum machen, daß die Welt so ist, wie sie ist? Du weißt es noch nicht, aber du wirst es bald erfahren.«

Ich schluckte. »Du hast doch nicht – mit Buck...« Ich fühlte mich elend.

Norma lächelte, und sekundenlang fragte ich mich halb benommen, ob sie mich verspotten wollte. Aber warum? »Doch«, entgegnete sie. »Er parkte den Wagen am Straßenrand und wollte es machen. Ich erlaubte ihm, meinen Busen anzufassen und seine Finger unter meinen Rock zu schieben. Er war ganz erhitzt und keuchte...« Sie beugte sich über mich, ein harter Glanz lag in ihren Augen. »So...«, flüsterte sie, nahm meine Hand und drückte sie auf ihre Brust. Ich ertrug es nicht länger, setzte mich auf, riß sie in die Arme und küßte sie leidenschaftlich.

»Wie konntest du!« stöhnte ich. »Nach allem, was du gestern nacht sagtest...«

Still lag sie in meinen Armen, mit diesem grausamen Lächeln. Nach einer Weile bemerkte sie: »Du hast immer noch Milchflecken auf deinem Lätzchen. Finde dich endlich mit den Tatsachen ab! Die Männer sind Wanzen, aber die Mädchen kommen ohne sie nicht zurecht. Das wirst du schon noch lernen. Und damit keine Mißverständnisse aufkommen – ich bin nicht lesbisch.«

Ich war völlig verwirrt. Da ich Norma in den Armen hielt, konnte ich nicht klar denken. Was immer sie wollte, mir war es recht. Plötzlich seufzte sie. »O Lee, ich konnte es einfach nicht...« Sie schmiegte sich noch fester an mich.

Seltsam, hätte sie mich abgewiesen und an der Behauptung festgehalten, sie sei in der vergangenen Nacht betrunken gewesen, sonst wäre das alles nicht passiert – ich hätte es akzeptiert. Ich kenne viele normale Mädchen, die miteinander schlafen – nur ein einziges Mal, wenn sie sich nach Liebe sehnen oder getrunken oder Probleme haben. In jedem von uns steckt eine homosexuelle Neigung. Wenn Norma mich energisch zurückgestoßen hätte – ich hätte es hingenommen. Das wußte sie ebensogut wie ich. Doch sie wollte mich. »O Lee!« wisperte sie. »Liebe mich! Hilf mir, ihn zu vergessen!«

Das ließ ich mir nicht zweimal sagen. Als sie, erschöpft vor Ekstase, neben mir lag, hob sie ihr blumenbleiches Gesicht und flüsterte: »Ah, Lee, das ist das wahre Leben. Wir müssen uns mit den Männern abgeben, weil wir ohne sie nicht zu Rande kommen. Aber mit uns – da gibt es keine Probleme, nur Spaß – ohne Gefahren.«

Und das dauerte zwei verdammte Jahre lang – ich ging durch die Hölle, und Norma genoß ihren gefahrlosen Spaß. Ich glaube, darauf kam es ihr an – auf ihre Sicherheit. So sehr sie mich auch reizte und ärgerte – ich war unfähig, sie wütend zu vergewaltigen, und ebensowenig imstande, sie zu schwängern. Stets wurde sie von einem Dutzend Männer umringt, lockte sie, machte Versprechungen, hielt jeden bei der Stange, indem sie ihn wissen ließ, sie würde sich ihm liebend gern hingeben, aber – aber... Keiner konnte behaupten, er habe mit ihr geschlafen. Und was das Teuflische dabei war – die Jungs respektierten sie, weil sie trotz ihrer Leidenschaft niemanden an sich heranließ.

Sicher ahnen Sie, was das für mich bedeutete. Ich verstand nicht, wie Norma – falls sie sich wirklich was aus mir machte – das alles ertrug. Aber ich war wie betäubt. Wenn sie dieses Geplänkel mit den Jungs brauchte – für ihr Ego oder sonstwas –, dann sollte sie es haben. Ich fand mich auch bereit, hinterher die Scherben aufzulesen, sie zu trösten, wenn sie hysterisch in unser Zimmer stürmte, ihre Nerven zu beruhigen, wann immer sie sich in sinnlichen Wahnsinn hineinsteigerte. Wenigstens aus diesem Grund war ich ihr wichtig.

Wenn es irgend etwas gab, das ihr eine Heidenangst einjagte, dann der Gedanke, jemand könnte das mit uns erfahren, oder wie sie es ausdrückte: »Es wäre schrecklich, wenn die Leute wüßten, daß ich so bin.«

Wenn ich Hosen trug, mochte sie mit mir nirgendwohin gehen. Nie durfte ich in der Öffentlichkeit nach ihrer Hand fassen. Als ich einmal im Aufenthaltsraum mit Mitty tanzte, verzog Norma angewidert den Mund. »Ekelhaft!«

Später, in unserem Zimmer, fauchte ich sie an: »Um

Himmels willen, Norma, was glaubst du denn, was mit uns beiden los ist!«

»Was mit dir ist, weiß ich nicht! Aber ich bin nicht so! Kann ich was dafür, daß du ständig an mir rumfummeln willst?«

»Manchmal scheint dir das sehr gut zu gefallen!«

»Jedes normale Mädchen braucht Sex. Ich bin zu vernünftig, um's mit Männern zu treiben, aber ich bin nicht lesbisch.« Plötzlich lag nackte Verzweiflung in ihren Augen. »Das bin ich nicht, Lee! Nein!« Sie klammerte sich an mich. »Sag es mir! Du weißt, daß ich es nicht bin, du weißt, wie gern ich mit Männern ausgehe! Sag es mir!«

Um sie glücklich zu machen, hätte ich ihr auch erzählt, der Mond bestünde aus Butter. Ich umarmte sie, und ihr Schluchzen drohte mir das Herz aus dem Leib zu reißen. »Natürlich bist du nicht lesbisch«, versicherte ich und hätte mich am liebsten hingelegt, um zu sterben.

5.

Die Sommerferien begannen, und ich fürchtete zusammenzubrechen, als ich mich von Norma verabschieden mußte. In der vergangenen Nacht hatte ich nicht geschlafen und sie fest in den Armen gehalten, auch als wir beide befriedigt und von unseren Liebesspielen erschöpft gewesen waren. Ausnahmsweise ging sie sanft mit mir um, streichelte mich und versuchte mich zu trösten.

»Warum willst du mich nicht besuchen?« jammerte ich. »Du hast doch gesagt, deiner Mutter sei es egal, was du machst.«

»Was würden die Leute denken?«

»Daß ich auf dem College eine Freundin gefunden habe, sonst nichts.«

»Obwohl du wie eine Klette an mir kleben würdest?« fragte sie kühl.

»Wirst du mir wenigstens schreiben?« flehte ich.

Lächelnd tätschelte sie meine Wange. »Natürlich.«

In jenem Sommer kamen zwei Gäste aus dem College auf die Ranch, mit denen ich nicht gerechnet hatte. Im August rief mich Jimmy Rouse aus San Antonio an. »Hallo, Lee. Bist du sehr beschäftigt?«

»Ich langweile mich zu Tode«, gab ich zu, »und ich habe nichts anderes zu tun, als zu reiten und fürs Rodeo zu trainieren.« Ich hatte beschlossen, in diesem Jahr am Faßrennen teilzunehmen.

Jimmy brach in jenes affektierte Gelächter aus, das wie ein Kichern klang. »Das muß ich mir anschauen! Hör mal, Schatz«, fügte er in ernsterem Ton hinzu,

»David ist für eine Woche hier, und ich glaube, er will vor allem dich sehen. Dürfen wir am Wochenende zu dir rauskommen?«

Mutter war entzückt, als ich ihr mitteilte, zwei Jungs vom College würden mich besuchen, und richtete Jesses altes Zimmer für die beiden her. Ronny war ebenfalls daheim. Soeben hatte er sein Abschlußexamen an der Universität geschafft, und nun wartete er begierig auf die Ankunft meiner Gäste, um zu sehen, was für Typen ich mir geangelt hatte. Ich fragte mich, ob er Jimmy merkwürdig finden würde. Aber die beiden verstanden sich auf Anhieb. Die ganze Familie schien meine zwei Freunde zu mögen, und Grandpa meinte, Jimmy sei ein ›netter, seriöser, ruhiger Junge‹. Eines Nachmittags ritt er mit ihm über die Felder, David und ich blieben daheim. Wir gingen in den Stall, streichelten Penny und sprachen über das nächste Studienjahr. Als er einen Arm um meine Taille schlang, schob ich ihn nicht weg.

Er legte einen Finger unter mein Kinn, hob mein Gesicht hoch und küßte mich. Ich protestierte nicht einmal, als er mit mir ins weiche Heu sank. Seine Hände wanderten über meine Brüste. Es war eine angenehme, zarte Berührung, nicht aufregend, aber sie widerte mich wenigstens nicht an. Ein paar Minuten lagen wir da, sein Kopf ruhte auf meiner Schulter, und wir küßten uns. Aber dann spürte ich durch seine Hose hindurch, wie sein Verlangen wuchs, und wurde ganz Abwehr. Diese männliche Reaktion überraschte und schockierte mich nicht mehr, aber ich konnte meine alte Abneigung nicht überwinden. »Nicht«, flüsterte ich und wollte mich aus seinen Armen befreien.

Aber er hielt mich fest. »Bitte, Lee, bitte!« flehte er. »Du weißt, daß ich dich liebe, und ich begehre dich so sehr. Ich werde dir nicht weh tun. Laß mich dich lieben.«

Ich konnte nur an Kate denken, an den bis zur Taille hochgezogenen Rock, die unanständige Atemlosigkeit in ihrer Stimme. Andererseits wollte ich David glücklich machen. Ich schluckte. »Nicht – so...«

Seine Hände zitterten, aber er ließ mich los. »Bist du noch Jungfrau, Lee?« Ich nickte stumm, und er sagte: »Tut mir leid. Das hätte ich mir denken können. Es wäre lausig von mir, hier mit dir zu schlafen, unter dem Dach deiner Familie. Verzeih...«

Ein seltsames Mitgefühl erfaßte mich, als er sich aufsetzte. Ich ahnte, wie schwer es ihm fiel, sich zu beherrschen. Wir verließen den Stall, ich schob meine Hand in seine, und er drückte sie ganz fest. Lächelnd schaute er mir in die Augen.

Ronny und Jimmy ritten in den Hof, und mein Bruder platzte lachend heraus: »He, Lee, zupf dir wenigstens das Heu aus den Haaren!« David lief feuerrot an und begann die Strohhalme aus meinen Haaren zu ziehen. Ronnys grausames Grinsen tat mir in der Seele weh. Jimmy begegnete meinem Blick. Auch er wirkte verlegen. Beinahe konnte ich seine Gedanken lesen. Nun, sagte ich mir erbost, vielleicht ist es genau das, was ich brauche – das Gerücht, daß ich's mit allen Jungs treibe!

In meinem nächsten Brief an Norma schilderte ich diese Szene, und als ich ihre Antwort las, glaubte ich ihr sprödes, spöttisches Gelächter zu hören:

»... also wurde die pathologische Jungfrau fast entjungfert? Kopf hoch, Süße, vielleicht hast Du beim nächsten Mal mehr Glück. Nicht, daß mich David Ellender reizen würde – er ist Jimmys Kumpel und wahrscheinlich genauso schwul; obwohl er das zu vertuschen sucht, indem er jedes Mädchen bumst, das er zwischen die Finger kriegt...«

Der Brief irritierte mich. Ich wollte David verteidigen, gegen beide Angriffe. Erst viel später erkannte ich, daß Norma nicht David, sondern sich selber beschrieben hatte.

Zum Abschied küßte er mich, und die Berührung seiner Lippen, weich und fest zugleich, beunruhigte mich ein wenig. Das versuchte ich zu überspielen, indem ich mich zu Jimmy wandte und ihm einen überschwenglichen Partykuß gab. »Ich kann den September kaum erwarten«, sagte David, und ich lächelte, als wollte ich ihm zustimmen, doch ich dachte nicht an ihn, sondern an Norma.

Wir hatten beschlossen, im nächsten Studienjahr auf der Creegan-Universität wieder ein Zimmer zu teilen. Als ich mich in der Halleck Hall meldete, erfuhr ich, daß ich dasselbe Zimmer wie im Vorjahr haben könnte. Ich atmete auf. Also waren unsere Pläne nicht schiefgelaufen. Aber als ich mit wildem Herzklopfen die Tür öffnete – in der Hoffnung, Norma wäre schon vor mir eingetroffen und wollte mich überraschen –, sprang ein rundliches blondes Erstsemester von ihrem Bett auf. »Hallo, bist du Shirley Chapman? Ich heiße Janey Connors.«

Ich erinnere mich nicht, welche verwirrten Platitüden ich gemurmelt habe. Wenige Minuten später stürmte ich ins Zimmer der Heimleiterin, um herauszufinden, was das bedeutete. Mrs. Burns runzelte die Stirn, als ich aufgeregt eine Erklärung verlangte. »Hat Miß Crandall Ihnen nichts gesagt? Sie gehört jetzt zu den höheren Semestern, und die dürfen im Nordflügel Einzelzimmer bewohnen.«

Wie betäubt vor Kummer packte ich meine Sachen aus. Am Abend sah ich Norma im Speisesaal. Wie ein Sonnenstrahl wanderte sie zwischen den anderen

Mädchen hindurch und winkte mir lässig zu. Ich trug mein Tablett zu ihrem Tisch.

»Hallo, Lee! Waren die Ferien schön? Erzähl mir alles von David.«

»Zum Teufel mit David!« rief ich und setzte mich neben sie. »Norma, du hast versprochen...«

»Nicht so laut!« Ängstlich sah sie sich um. »Wie hätte das denn ausgesehen? Seit zwei Jahren jammere ich nach einem Einzelzimmer. Und wenn ich endlich eins kriege – soll ich's ablehnen und sagen, ich will mit meiner Zimmerkameradin vom Vorjahr zusammenwohnen?«

»Was dieses Thema angeht, bist du völlig verrückt!«

Sie tätschelte meine Wange. »Darling, ich fühle mich richtig *geliebt*, wenn du dich so aufführst«, erwiderte sie gedehnt. Etwas sanfter fügte sie hinzu: »Wir sind nicht allzuweit voneinander entfernt, Lee. Du kannst mich jederzeit besuchen.«

Ich hätte wissen müssen, daß sie sich damit nur neue Folterqualen für mich ausgedacht hatte. Wann immer ich zu ihr ging, war das Zimmer voller Leute, die Platten hörten oder schwatzten. Für jemanden, der unbedingt allein leben wollte, umgab sie sich mit ganzen Völkerscharen. Es dauerte vier Tage, bis ich sie endlich küssen konnte. Aber dafür lohnte sich der Kummer, den sie mir antat – zumindest bildete ich mir das ein. Vorerst genügte es mir, auf ihrem Teppich zu liegen, während sie anmutig durch den Raum schlenderte, als wäre sie in Sonnenlicht gehüllt, und manchmal zu mir kam, um einen Kuß auf meine Stirn zu hauchen – obwohl sie mir immer wieder entwischte, ehe ich sie umarmen konnte.

Doch diese Hungerrationen ertrug ich nicht lange, und um die Mitte des Semesters geschah etwas, das mir Sorgen machte. Janey Connors war ein fröhliches kleines Ding, das Kindergärtnerin werden wollte. Sie hatte einen Freund bei der Air Force und war noch Jungfrau, beabsichtigte aber nicht, das noch lange zu bleiben. Wenn wir uns unterhielten, kannte sie keine Hemmungen. Vermutlich fand sie mich prüde. Einige Fragen, die sie mir höflich stellte, warfen mich beinahe um. Ich glaube, sie wußte mehr über Sex als andere Frauen zeit ihres Lebens erfuhren und wurde niemals müde, ihren profunden Kenntnissen neue Informationen hinzuzufügen. Ein Beispiel für unsere Gespräche:

»Wie denkst du über Zungenküsse? Eine Studentin erzählte mir, das würde man nur in höheren Semestern machen. Die Jungs in den unteren finden das unhygienisch. Ich habe nichts dagegen, solange sich der Kerl ordentlich die Zähne putzt. Also, ich kannte mal einen Jungen, der wollte mich...«

Da wurde es mir zuviel, und ich unterbrach sie, um zu bemerken, sicher wisse sie viel mehr als ich, doch das entmutigte sie nicht im mindesten.

Ich ertappte mich dabei, wie ich auf ihre hübschen kleinen Brüste starrte. Sie trug keinen BH, und beim Gehen wippten sie auf und ab. In dieser Nacht wälzte ich mich unruhig im Bett umher, bis Janey erwachte und fragte, ob ich ein Aspirin nehmen wolle. »Nein!« antwortete ich kurz angebunden. Ich fürchtete, sie würde aufstehen und zu mir kommen. Schließlich erhob ich mich nervös und schlich durch die Korridore zu Normas Zimmer.

Sie hörte mein leises Klopfen und kam an die Tür. Ihr Gesicht erstarrte. »Was machst du hier?«

»Norma, ich halte es nicht mehr aus!« flüsterte ich und setzte hinzu, so flehend, als ginge es um mein Leben: »Laß mich bei dir bleiben?«

»Bist du verrückt?« zischte sie. »Wenn jemand merkt, daß du noch auf bist, nachdem das Licht gelöscht wurde, kriegen wir beide Ärger. Außerdem kannst du unmöglich reinkommen.« Sie stemmte die Tür gegen mich, und ich packte sie am Arm.

»Du hast jemanden bei dir!« beschuldigte ich sie wütend. Inzwischen war es mir egal, ob mich die anderen hörten oder nicht. »Deshalb darf ich nicht rein...«

»Du bist verrückt!« wiederholte sie und wollte mir die Tür vor der Nase zuschlagen, aber ich warf mich dagegen und zwängte mich ins Zimmer.

Niemand war da. Der Raum lag im Dunkeln, leer und still, nur vom Duft ihres Parfums und vom warmen Geruch ihres Bettzeugs erfüllt. Mit kühler Miene wandte sie sich zu mir. »Na? Jetzt siehst du's.«

Ich schlug die Hände vors Gesicht, verfluchte mich selber und sank vor ihr auf die Knie. Ob ich ihr Mitgefühl weckte oder ob sie Angst vor meinen hysterischen Tränen hatte, weiß ich nicht. Jedenfalls nahm sie mich in die Arme, drückte meinen Kopf an sich und beruhigte mich mit Küssen und Liebkosungen. Sie zog mich neben sich auf das Bett, und die alte, wilde, hungrige Leidenschaft flammte zwischen uns auf.

»Hör zu, Lee«, sagte sie sanft und eindringlich, als der Sturm verebbt war und ich an ihrer Seite lag, die Wange an ihrer Schulter. »Das mit uns – so kann es nicht weitergehen. Du wirst noch lesbisch werden.«

Ich stützte mich auf einen Ellbogen und starrte sie an. Offenbar meinte sie es ernst. »Mein Gott, kannst du dich noch immer nicht damit abfinden? Für solche Überlegungen ist es längst zu spät.«

»Sag das nie wieder!« Sie schreckte vor mir zurück, als hätte ich sie geschlagen, dann sagte sie mit weicherer Stimme: »Lee, ich könnte es nicht ertragen, wenn über dich getratscht würde. Deshalb bin ich dir aus dem Weg gegangen. Ich denke dabei auch an dich, mein Liebling. Wenn du öfter mit Jungs ausgehen wür-

dest, hätten die Leute keinen Grund zum Klatschen.«
Sie neigte sich über mich, die blauen Augen durchbohrten mich wie Messerklingen. »Lee, warum versuchst du nicht, mit einem Mann zu schlafen?« Ich erschauerte, und sie umarmte mich. »Tu's für mich, Darling, für uns. Ich weiß, es wird dir schwerfallen«, fuhr sie besänftigend fort, »aber wir müssen sehr vorsichtig sein. Wenn du's tätest, würde aller Klatsch verstummen. Und ich müßte nicht mehr befürchten, daß du zu diesen – diesen perversen Typen gehörst.«

Ich wollte alles für sie tun, jedes Opfer bringen. Und als das erste Morgenlicht die Fenster erhellte und Norma mich wegschickte, hatte ich es ihr versprochen.

Lautlos kroch ich in mein Bett, um Janey nicht zu wecken, und dachte nach. Ich wußte inzwischen etwas mehr, hatte den Gesprächen der Mädchen einiges entnommen und gehört, daß ›es‹ ein überirdisches Glück bewirkte. Vielleicht hatte mir Norma einen guten Rat gegeben. Wenn ich die Zähne zusammenbiß und mich zwang, es durchzustehen, würde es mich möglicherweise von meiner Leidenschaft für sie heilen. Doch es war nicht nur Leidenschaft. Nach dieser Nacht – ich lag da, immer noch erfüllt von wilden Erinnerungen, halbem Schluchzen und halbem Entzücken – stand es eindeutig fest. Meine Liebe zu Norma war eine Besessenheit, ein Horror. Ich begann zu erkennen, daß sie es genoß, mich leiden zu sehen.

In einem mochte sie allerdings recht haben. Ein normales Sexualleben könnte mir helfen. Sie erklärte zwar immer wieder, die Männer seien Ungeziefer, aber sogar ich wußte das besser. Warum? Verrückterweise mußte ich an Jimmy denken. *Mit ihm würde es mich nicht stören*. Ich lächelte bitter. Allein schon bei diesem Gedanken würde er einen hysterischen Anfall bekommen. Und dann erinnerte ich mich an David. Er hatte mich begehrt, er traf sich mit mir, er akzeptierte meine Hemmungen, aber ich bezweifelte nicht, daß ich ihn immer noch reizte.

Also David.

Wie ich es vorausgesehen hatte, bat er mich am Freitag um ein Rendezvous. Janey bemerkte meine Nervosität, als ich mich zurechtmachte. Sie saß mit gekreuzten Beinen auf ihrem Bett, wickelte ihre Löckchen um einen dicken Zeigefinger und neckte mich: »Du meine Güte, Lee! Brandneue Unterwäsche, Strumpfnähte, so gerade wie mit dem Lineal gezogen. Bereitest du dich etwa auf deine Hochzeitsnacht vor? Ist David der Glückliche?«

Ich zuckte zusammen. Sie wußte wirklich viel zuviel. Konnte sie Sex *riechen*?

David hob bei meinem Anblick die Brauen. »Lee, du bist schöner denn je«, flüsterte er, und seine Hände zitterten, als er mir in die Jacke half. Unsicher lächelte ich ihn an, dann versuchte ich mir mit heimlichem Zynismus Mut zu machen. *Dave, mein Junge, das ist deine große Nacht. Heute kriegst du endlich, was du schon die ganze Zeit wolltest.* Ich zwang mich, ihn kühl und unpersönlich zu betrachten, wie ein Opfer, das ich mir ausgesucht hatte, um einen bestimmten Zweck zu erreichen. Verführerisch wie Norma schaute ich ihn an, und als ich seine Augen glühen sah, wurde mir ein bißchen übel. Wieso ließen sich die Männer von hochhackigen Schuhen, Make-up und einem falschen Lächeln betören?

Wir gingen in eines jener italienischen Restaurants, die sich auf ›Atmosphäre‹ spezialisiert hatten. Zum Essen tranken wir Wein. Ich saß da und musterte David über das karierte Tischtuch hinweg. Er hatte sich besonders sorgfältig rasiert und sein Gesicht war noch immer gerötet.

Er kannte Janey. Sie pflegte bei den Psychologieseminaren ungeheuerliche Fragen zu stellen. Als ich ein paar Anekdoten von ihr erzählte, kam das Gespräch automatisch und folgerichtig auf Sex. Dieses Thema schockierte mich nicht mehr. Zumindest dafür mußte ich Norma und Janey dankbar sein.

»Weißt du«, sagte David schließlich ernsthaft, »unsere Gesellschaft hat eine komische Einstellung zum Sex. Zum Beispiel ich... Ehe ich mein Studium und das Praktikum abgeschlossen habe, kann ich's mir nicht leisten, an eine Ehe zu denken. Das wird noch mindestens sechs Jahre dauern. Aber gerade in diesen Jahren stehe ich auf meinem biologischen Höhepunkt. Was soll ich machen? Für mich selber sorgen?«

Ich errötete. Irgendwie war ich nie auf die Idee gekommen, daß Männer das machten. Aber ich versuchte meine Verlegenheit zu verbergen und erklärte zustimmend, jeder Mann brauche ein Ventil.

»Als ich dich letzten Sommer in die Arme nahm, hast du wie eine verstörte Kleinstadtjungfrau reagiert. Findest du nicht auch, daß sich ein Junge und ein Mädchen – wenn sie einander mögen – keine Hemmungen auferlegen und das auch physisch zum Ausdruck bringen sollten?«

»Theoretisch – ja.«

»Und in der Praxis nicht? Wenn wir konventionelle moralische Erwägungen mal beiseite lassen – wir sind beide klug genug, um unerwünschte Konsequenzen wie eine Schwangerschaft zu verhindern, nicht wahr? Ich spreche natürlich nur im allgemeinen«, fügte er hastig hinzu. »Wenn zwei Freunde nicht über Sex diskutieren können – wer könnte es denn dann?«

Draußen schien der Mond so hell, daß wir die Autoscheinwerfer gar nicht gebraucht hätten. David hielt am Straßenrand, umarmte mich, knabberte zart an meinen Lippen. Plötzlich machte mich dieses Vorspiel ungeduldig. »Wenn du mich willst – okay.«

Verwirrt starrte er mich an. »O Lee...« Und dann drückte er mich so heftig an sich, daß ich beinahe erstickte. Ganz sanft, als müßte er in einem Ritual jede einzelne Phase beachten, küßte er mich; unsere Zungen trafen sich, sein Mund schmeckte nach Wein. Nachdem er sich von mir losgerissen hatte, seufzte er, als hätte er Schmerzen. Ungeschickt knöpfte er meine Bluse auf und fummelte am Verschluß meines BHs herum. Nach einer Weile machte ich ihn selber auf. Er umfaßte meine Brüste fester als Norma. Trotzdem verspürte ich seltsamerweise nicht jene Abscheu wie damals bei Buck Mansells Berührung. Aber ich schämte mich, weil ich in dieser schwülen Nacht schwitzte, weil sich meine Haut unter seinen Fingern klebrig anfühlte. Und der Geruch seines Schweißes war mir fremd.

Behutsam strich er über meine Brüste, nahm eine Warze zwischen Daumen und Zeigefinger und hob den Kopf, um festzustellen, ob mich das störte. Dann küßte er mich wieder, leidenschaftlich und fordernd. Irgend etwas regte sich in mir – der schwache Anflug einer Emotion.

Reglos lag ich in seinen Armen, genoß seine Nähe so wie damals im Stall. Hätte er doch bloß ein paar Minuten länger gewartet... Statt dessen richtete er sich rasch auf und flüsterte: »Legen wir uns auf den Rücksitz.«

Irgendwie brachte es mich aus der Stimmung, auszusteigen und in den Fond zu klettern. Ich hatte zuwenig Platz, um mich auszustrecken, und David war so groß, daß er sich wie ein Taschenmesser zusammenklappen mußte. Er kniete neben mir, berührte wieder meine Brüste, zeichnete mit den Fingern ihre Konturen nach; doch der Augenblick meiner Reaktion war vorbei. Dieses ausgedehnte Vorspiel ärgerte mich nur. Warum machte er nicht endlich weiter? Sein Mund preßte sich auf meinen, umschloß ihn fordernd und begierig. Dann spürte ich sein Gewicht auf mir – und das harte Zeichen seiner Erregung. Stöhnend drückte er sich an mich. »Bitte, Lee«, flehte er, »bitte... Ich werde ganz sanft mit dir umgehen. Bitte...«

Ich fuhr mit der Zunge über die Lippen. Trotz seiner Küsse waren sie trocken, Gänsehaut bedeckte meinen ganzen Körper. Ich hatte es versprochen. Andere Mädchen taten es auch. Irgendwie mußte ich es durchstehen.

David stemmte sich gegen die Autotür und nestelte an seinem Hosengürtel herum. Reglos lag ich da und beobachtete ihn. Der Mond warf helle Lichter in seine Augen. Die Hose rutschte nach unten, dann die Shorts. Ich wandte mich ab, dann zwang ich mich, ihn anzuschauen. Sein Körper war schmal und knochig, kein nennenswerter Brustkorb, keine Hüften, dunkle Haare zwischen den Beinen – und mittendring dieses fremdartige Ding... Es glich nicht dem von Ronny, es erinnerte mich auch nicht an die Feigenblätter griechischer Statuen. Groß und drohend ragte es empor, aber auch lächerlich.

Ich begann zu lachen, erst leise, dann fast hysterisch. David kniete neben mir. »Was hast du, Lee?«

Ich setzte mich auf, erstickte fast an meinem Gelächter. »Du – du siehst so komisch aus...«

»Was zum Teufel...«

Hätte ich klar denken können, der warnende Unterton in seiner Stimme wäre mir nicht entgangen. Aber die Hysterie kennt keine Vernunft. »Es ist so plump – so merkwürdig... Wie um alles in der Welt kann man so ein Ding ernst nehmen? Es ist zum Schreien...« Die Worte blieben mir im Hals stecken, meine Seiten stachen von dem heftigen Gelächter, das ich nicht unterdrücken konnte.

David zuckte zurück, als hätte ich ihn geohrfeigt. Sein Gesicht verzerrte sich. Rasch griff er nach den rettenden Shorts und wandte mir den Rücken zu. »Du kleines Biest!« stieß er zwischen zusammengebissenen Zähnen hervor.

Erschöpft lag ich da, immer noch lachend, und fragte mich, was mit ihm los war. »Aber – David – was hast du nur? O Gott, ist das komisch! Habe ich etwa deine Gefühle verletzt?« fragte ich, und sobald ich diese Worte hervorgewürgt hatte, erstarb mein Gelächter. Ich hätte mich immer noch kranklachen können über seinen Zorn, aber schon brannten Tränen in meinen Augen. Er zog seine Hose hoch, dann drehte er sich erbost zu mir um.

»Okay, Lee. Du hast mir deinen Standpunkt klargemacht.« Plötzlich bebten seine Lippen. »Aber das war nicht nötig. Du hättest nein sagen können. Ich wollte dich nicht vergewaltigen. So üble Tricks mußt du von deiner miesen Freundin Norma gelernt haben – erst einen Mann zu reizen und ihn dann zum Teufel zu schikken...

»Das hatte ich nicht vor«, protestierte ich mit schwacher Stimme. »Ich fand es nur so komisch, weil ich noch nie einen Mann so gesehen habe. Mußt du das – so ernst nehmen?«

»So ernst!« David ballte die Hände und ich dachte sekundenlang, er würde mich schlagen. »Du verdammtes, sadistisches kleines...« Er schluckte krampfhaft. »Ich bringe dich jetzt nach Hause. Dort kannst du deiner Freundin erzählen, wie du wieder mal einem Jungen eingeheizt und ihn dann kleingekriegt hast.«

Danach sagte er nichts mehr. Auf der Fahrt saß ich mit schmerzender Kehle hinter ihm, knöpfte mit unsicheren Fingern meine Bluse zu und wünschte, ich könnte weinen. Warum hatte dieses idiotische Gelächter dazwischenfunken müssen, als ich bereit gewesen war, mich ihm hinzugeben? Warum hatte ich nicht erkannt, daß ich seinen Stolz verletzte, seine Männlichkeit verhöhnte? Ich erinnerte mich an Ronny: »Ein Mädchen sieht so ulkig aus mit nichts da unten...« Damit hatte er mir das Gefühl gegeben, ich sei irgendwie unvollständig. Warum hatte ich jetzt über Dave gelacht? Und doch – trotz meines Kummers – erfüllte eine seltsame Ruhe das Zentrum meiner Seele. Hatte ich unbewußt eine Methode gefunden, mich vor dieser Männlichkeit zu schützen?

Mit bebenden Fingern umklammerte David das Lenkrad. Auch seine Schultern zitterten, und ich fragte mich entgeistert, ob auch er lachte. Dann erkannte ich zu meiner Bestürzung, daß er weinte. Über einsneunzig groß, zwanzig Jahre alt – und weinte!

Ein neuer Lachreiz erfaßte mich, und ich hätte beinahe gegurrt: »Oh, tut das arme kleine Herzchen so weh?« Dann sagte ich mir, ich müsse verrückt sein. Ich hatte ihm sehr weh getan – David, meinem Freund, den einzigen, den ich so gern mochte, daß ich es mit ihm versucht hatte.

»Dave – o Dave...«

Keine Antwort. Wütend riß er das Lenkrad herum, der Wagen bog in die gekieste Auffahrt der Halleck Hall.

»David, ich wollte es wirklich, ehrlich – und es war nicht meine Absicht, deine Gefühle zu verletzen«, würgte ich mühsam hervor.

Er stieg auf die Bremse und wandte sich zu mir, mit verzerrten Lippen. »Vergiß es«, erwiderte er, dann brach seine Stimme. »Du hast deinen Spaß gehabt.«

»Bitte – hör mir doch zu...«

Da verlor er die Beherrschung. »Würdest du jetzt verdammt noch mal aussteigen, oder muß ich dich rauswerfen?«

Verzweifelt kletterte ich aus dem Auto und konnte kaum atmen. Natürlich wußte ich, daß dies das Ende war. Ich hatte mein Ziel nicht erreicht und meinen besten Freund verloren, denn diesen Zwist konnten wir nicht aus der Welt schaffen, so als handelte es sich nur um eine geringfügige Meinungsverschiedenheit. Mit quietschenden Reifen fuhr er vom Parkplatz, und ich ahnte, daß ich ihn nie mehr sehen würde, höchstens aus der Ferne.

Ich sollte recht behalten. David sprach nie wieder mit mir.

6.

Ich brachte es nicht fertig, Norma zu erzählen, wie kläglich ich versagt hatte. Mit niemandem konnte ich darüber sprechen. Innerhalb einer Woche erfuhren alle Mädchen in der Halleck Hall, daß David und ich Schluß gemacht hatten, und ich spürte ihre Neugier wie sengende Sonnenhitze, die von allen Seiten auf mich einströmte, aber ich hüllte mich in würdevolles Schweigen. Nachts hatte ich schreckliche Träume – David ragte vor mir auf, oder Norma lachte und zeigte auf mich, weil ich nackt und leer war wie eine Puppe...

Jimmy war in diesem Jahr schon ein höheres Semester und hatte einen ausgefüllten Stundenplan. Ich traf ihn nur selten. Eines Tages sah ich ihn allein in einer Nische im Café sitzen. Ich ging auf ihn zu, dann zögerte ich. David war sein Freund. Was hatte er ihm gesagt? Würde ich auch Jimmy verlieren? Aber er lächelte und winkte mir kraftlos zu. »Hallo, Schätzchen, setz dich.«

Ich nahm neben ihm Platz. Er seufzte und schwieg. Schließlich fragte ich: »Warum so trübsinnig?«

Er brachte ein Grinsen zustande. »Ärger.« In seinem zottigen Pullover, mit dem runden Gesicht und dem lockigen Haar sah er wie ein Teddybär aus. »Die große böse Welt wartet auf mich, nachdem ich mich vier Jahre lang im Elfenbeinturm der Wissenschaft verkrochen habe. Im Januar mache ich mein Abschlußexamen, dann muß ich hinaus ins feindliche Leben.« Nach einer kleinen Pause fügte er hinzu: »Man hat mir einen Lehrerposten angeboten, in San Antonio.«

»Das ist doch ein Grund zum Feiern – und nicht zum Jammern.«

Er zuckte mit den Schultern und seufzte wieder. »Vielleicht – aber dort bin ich nicht weit genug von meiner Familie weg.«

»Möchtest du lieber in eins von diesen kleinen Baumwollnestern draußen in West-Texas gehen? Dort verbietet die Kirche den Schulen, Tanzpartys zu veranstalten, du mußt nebenbei noch das Footballteam trainieren, und die Mädchen haben keine andere Freizeitbeschäftigung, als sich schwängern zu lassen.«

»Bitte!« Lachend stöhnte er. »Okay, du hast gewonnen. Es könnte schlimmer sein. Das ist wirklich eine gute Schule. Aber...« Er stützte das Kinn in die Hände. »Dave hat mir erzählt, du hättest von meinem besonderen Problem gehört.«

»Ja.« Ich war froh, daß er endlich davon sprach.

»Dann kannst du dir sicher denken, warum es etwas schwierig für mich werden dürfte, in einer Schule zu unterrichten. Daran dachte ich nicht, als ich beschloß, Lehrer zu werden. Ich mag Kinder, ehrlich, ich bin einfach gern mit ihnen zusammen, ohne Hintergedanken. Aber hin und wieder kann es die Hölle sein – diese netten, munteren Jungs, in greifbarer Nähe...« Er schluckte, setzte eine grimmige Miene auf, dann klopfte er sich an die Stirn. »Aber verdammt noch mal, da oben habe ich immer noch alles unter Kontrolle. Ich werde ganz sicher ein guter Lehrer sein. Und mein Privatleben behalte ich für mich. So was nennt man Sublimierung... Jedenfalls bin ich kein Stinktier.« Plötzlich änderte sich der Ausdruck in seinen Augen. »Was ist eigentlich mit dir und Dave passiert, Lee?«

Ich schüttelte den Kopf. »Darüber kann ich nicht reden.«

Jimmys Finger – so sanft, als gehörten sie einer Frau – umfaßten meine Hand. »Lee, ich beobachte dich schon eine ganze Weile. Sag mal – bist du andersrum?«

»Was meinst du?«

»Bist du lesbisch?« Ich biß mir auf die Unterlippe, und Jimmys Hand umschloß die meine noch fester. »Wenn du's willst, verschwinde ich und rede nie mehr davon.«

Plötzlich spürte ich, wie eine schwere Last von meiner Seele genommen wurde, und es drängte mich, Jimmy alles anzuvertrauen. »Ich weiß es nicht – vielleicht...«

»Norma?« Aber es war keine Frage.

»Wie kannst du nur...«, begann ich empört und eifrig bestrebt, sie zu verteidigen.

»Verdammt, Lee, ich sehe doch seit zwei Jahren, was sie treibt. Und ich wette, sie hatte schon hundertmal ihren Spaß mit dir und erzählte dir hinterher immer wieder, sie sei keine Lesbe. Habe ich recht?«

»Du siehst viel zuviel«, murmelte ich.

»Ich bin nicht blind, ich habe sogar ziemlich scharfe Augen und für gewisse Dinge einen besonderen Riecher. Diesen Typ kenne ich. Norma führt sich wie eine Nymphomanin auf, aber in Wirklichkeit haßt sie die Männer, und sie ist sadistisch veranlagt. – Was ist eigentlich los?« fragte er unvermittelt. »Kannst du nicht die Zähne zusammenbeißen und Dave was vormachen?«

Unglücklich strich ich mir über die Stirn. »Ich dachte, ich würde es fertigbringen.«

»Das klappt nie, Schätzchen, ich hab's auch versucht. Ich wollte mich sozusagen bekehren lassen. Oh, die...« Er wich meinem Blick aus, »...die Mechanik hab' ich hingekriegt. Aber ich mußte die Augen schließen und an einen Jungen denken.« Nach einer kleinen Weile fuhr er fort: »Wenn du nur deinen Spaß mit Norma und sonst kein Interesse an ihr hättest, wär's natürlich was anders. Dir und Dave zuliebe hatte ich gehofft, daß es so wäre.« Plötzlich stieß er wütend hervor: »Aber dieses Biest hat dich völlig vereinnahmt!«

»Nein, du solltest fair sein. Wenn's nicht Norma wäre, hätte ich eine andere gefunden.« Bedrückt dachte ich an meine Eifersucht auf Kate.

»Da bin ich mir nicht so sicher«, sagte Jimmy langsam. »Es gibt immer dieses überaus wichtige erste Mal. Und doch...« Er senkte den Kopf. »Vielleicht dürfte ich dir das nicht erzählen. Was Dave angeht, hab' ich dir nicht die ganze Wahrheit gesagt. Einmal ist's passiert. Wir waren betrunken, und ich tat – was Norma mit dir machte, mehr oder weniger, selbstverständlich mit gewissen Unterschieden. Und Dave – nun, er schlug mir nicht gerade die Nase ein. Am nächsten Tag, als die Wirkung des Alkohols verflog, war's ihm furchtbar peinlich, und er sagte: ›Hör mal, Alter, so was kann passieren, wenn man zu tief ins Bierglas geschaut hat. Ich bin nicht sauer, aber das ist nicht meine Welt, also wollen wir's unter den Teppich kehren und vergessen, okay?‹ In den nächsten Wochen war ich ziemlich verlegen, wenn wir uns trafen, dann beruhigte ich mich, weil er mich genauso behandelte wie eh und je. Vielleicht noch ein bißchen netter – als wäre ich blind oder sonstwie behindert, und er wollte meine Gefühle nicht verletzen... Wenn es also nicht in dir drin steckte, hätte Norma keinen Erfolg gehabt. Einmal möglicherweise schon – zweimal nicht. Und wenn sie nicht selber diese Veranlagung hätte, wäre das erste Mal auch das letzte Mal gewesen. Laß dir bloß nicht von ihr einreden, in Wirklichkeit sei sie gar nicht so!«

Aber ich hörte nur mit halbem Ohr, was er über Norma sagte. Ich dachte an David. Zweifellos hatte die Erkenntnis, daß er – wenn auch nur im betrunkenen Zustand – zu homosexuellen Praktiken fähig war, seinen männlichen Stolz erschüttert. Dann hatte er sich mir zugewandt, und sein Ego war erneut verletzt worden. Kein Wunder, daß er mich haßte! »Ich wünschte, ich könnte Dave sagen, daß ich ihm niemals weh tun wollte...«

Jimmy lachte laut auf. »Er wird nicht sterben, ganz im Gegenteil. Zur Zeit treibt er's mit Sue Ballard, und zwar ziemlich heftig, soviel ich weiß.« Ich war schokkiert, und mein Gesicht mußte das verraten haben, denn er brach schon wieder in Gelächter aus. »Spielverderberin!«

»Nein«, entgegnete ich und meinte es ehrlich. »Ich freue mich für ihn.«

Endlich gelang es mir, Norma zu gestehen, daß jener Abend mit David ein Fehlschlag gewesen war. Ich hatte erwartet, sie würde mir eine Szene machen, aber sie lächelte und küßte mich. »Du bist zu gut für diese lausige Welt, Lee. Ich weiß gar nicht, warum du dich mit mir abgibst.«

Sie lud mich für die Weihnachtsferien zu sich nach Hause ein, und wir waren glücklich, eine wunderbare Woche lang. Norma überraschte mich mit liebevoller Sanftmut, ihr grausamer Sarkasmus kam kein einziges Mal zum Vorschein. Eines Nachts, als sie neben mir lag, den Kopf auf meiner Schulter, sagte sie: »Ich wünschte, alle wären wie du, Lee – so furchtlos.« Ich fragte mich, ob sie das ironisch meinte, aber sie fuhr ernsthaft fort: »Du zeigst immer, was du wirklich empfindest, und ich bin eine elende Heuchlerin. Ich habe Angst vor den Menschen und ich brauche das Gefühl, daß sie mich mögen und etwas ganz Bestimmtes in mir sehen, das gar nicht vorhanden ist.«

»Ich liebe dich, so wie du bist«, entgegnete ich, und da richtete sie sich auf und umarmte mich. In ihrem weißen Nachthemd, mit offenem Haar, sah sie wie ein Wachsengel aus.

»Ich liebe dich auch, Lee«, flüsterte sie. »Vergiß das nicht, was immer auch zwischen uns geschieht – ich liebe dich. Vielleicht, wenn das eine andere Welt wäre..., aber wir müssen unsere Welt so hinnehmen, wie sie ist. Wahrscheinlich werde ich dir weh tun. Denk immer daran, daß ich dich liebe.«

Als wir nach den Ferien aufs College zurückkehrten, war sie noch sanfter, noch stiller. Sie wies die Jungs auf dem Campus, die ihr Avancen machten, kurzerhand ab, und zu meiner größten Freude gab sie auch Buck Mansell einen Korb. Ich wußte aber, daß sie sich manchmal mit jemandem traf, der nicht an der Universität studierte. Eines Abends sah ich die beiden bei einem Konzert. Er war groß und viel älter als Norma, ungefähr Ende Dreißig, ein gesetzter Mann mit guten Manieren, teuer und geschmackvoll gekleidet. Er sah wie ein Professor aus.

»Du bist viel zu jung für ihn«, protestierte ich nachts in ihrem Zimmer, als die Glocke ertönt war, das Signal, daß die Lampen ausgeschaltet werden mußten.

Sie lachte unbefangen. »Ich mag ältere Männer. Die wollen nicht auf dem Rücksitz eines Autos an mir rumfummeln, die erwarten viel mehr. Sie genießen es, mit einem hüschen Mädchen gesehen zu werden, und wenn sie nicht zum Zug kommen, akzeptieren sie das mit Anstand und führen sich nicht auf wie wilde Stiere in der Arena!« Er war tatsächlich Professor und unterrichtete Spanisch an einem kleinen College irgendwo im Norden von Texas. Nun war er zu Studienzwecken an unsere Universität gekommen.

Da ich die Weihnachtstage bei Norma verbracht hatte, bat mich meine Mutter, im Januar für ein Wochenende nach Hause zu kommen. Grandpa hatte soeben eine Lungenentzündung überstanden, und ich wollte ihn besuchen. Als ich am Montagmorgen in die Halleck Hall zurückkehrte, war Janey bereits zum Frühstück hinuntergegangen, Norma erwartete mich in meinem Zimmer, bleich wie der Tod. »Lee – würdest du mir einen Gefallen tun?« bat sie mit zitternder Stimme.

»Alles, was du willst«, antwortete ich, ohne zu überlegen.

»Wenn dich jemand fragt – würdest du sagen, ich sei an diesem Wochenende bei dir auf der Ranch gewesen?« Ich starrte sie an, und sie fügte hinzu: »Du weißt doch, man braucht sich nicht abzumelden, wenn man für ein Wochenende heimfährt. Also hab ich's nicht getan. Aber die wissen, daß ich nicht zu Hause war. Zwei Dozentinnen von der theaterwissenschaftlichen Abteilung haben mich in San Antonio gesehen – zusammen mit Dr. Garland.« Das war jener ältere Mann.

Von einer bösen Vorahnung erfaßt, sagte ich: »Okay, für dich riskiere ich Kopf und Kragen. Aber bei wem hast du denn gewohnt?«

»Bei Dr. Garland, falls dich das was angeht!« fauchte sie.

Wie ich es halb und halb erwartet hatte, rief mich die Heimleiterin zu sich, als ich das nächste Mal an ihrem Büro vorbeiging. »Waren Sie am letzten Wochenende zu Hause, Miß Chapman?«

»Ja, mit Norma Crandall«, erwiderte ich leichthin.

»Warum? Hat sie sich nicht abgemeldet?«

Ich sah, wie sie erleichtert aufatmete, weil sie keine weiteren Fragen stellen mußte. »Oh, dann war Miß Crandall also bei Ihnen. Nun ja, sie ist ein bißchen sorglos, was die Abmeldepflicht betrifft. Sie haben doch nichts dagegen, wenn wir bei Ihnen zu Hause anrufen, um uns zu vergewissern?«

»Keineswegs«, sagte ich und versuchte eine verwirrte Miene aufzusetzen. Nun durfte ich keine komplizierte Lügengeschichte erfinden, das würde sie nur mißtrauisch machen. Und solange sie keinen ernsthaften Grund hatte, Norma zu verdächtigen, würde sie sich nicht die Mühe machen, die Ranch anzurufen.

Sie tat es tatsächlich nicht. Die Angelegenkeit kam nie wieder zur Sprache.

Das Semester näherte sich dem Ende. Jimmy Rouse gehörte zu den Kommilitonen, die ihr Studium abschlossen, und ich bedauerte, daß er das College verlassen würde. Ich hatte nur wenige Freunde, die mir so nahe standen und so verständnisvoll waren. Am Tag nach der Abschlußfeier tranken wir zum letzten Mal in der Snackbar Kaffee, während er auf seinen Zug wartete. Zum Abschied küßte er mich auf die Wange. »Besuch mich mal, wenn du nach San Antonio kommst oder auf der Ranch bist, Schätzchen.« Zögernd fuhr er fort: »Und – jetzt werd bitte nicht sauer, aber – nimm dich vor Norma in acht. Ich mach mir Sorgen, Lee.«

Ich gab eine ausweichende Antwort, wollte nicht darüber reden, wollte auch meine eigenen Bedenken nicht äußern. Aber nun überlege ich, ob schon damals alle Bescheid wußten und ob Jimmy den Schicksalsschlag zu mildern versuchte, der mich treffen würde.

Das Unglück brach ohne Vorwarnung über mich herein. Eines Nachmittags klopfte ich an Normas Tür, und als sie sich nicht rührte, ging ich hinein wie immer. Das Zimmer war leer, man hatte die Vorhänge und das Bettzeug entfernt, keine Kleider hingen im offenen Schrank, keine Bücher standen im Regal. Auf der abgezogenen Matratze lag ein längliches Kuvert, in Normas Handschrift an mich adressiert. Mit zitternden Fingern riß ich es auf und las die bestürzende Neuigkeit.

»Lee Darling, sicher wird dieser Brief in Deine Hände

geraten. Du sollst es als erste erfahren. Wir beide waren in diesen letzten Wochen glücklich, sehr glücklich. Aber Du weißt ebenso gut wie ich, daß dies kein dauerhaftes Glück war. Du darfst keine Dummheit machen, wenn Du am Ende dieser Zeilen angelangt bist. Vor einer Woche haben Jake Garland und ich in Mexiko geheiratet. Wenn Du diese Nachricht bekommst, wird es für Dich und meine Familie zu spät sein, mich zurückzuhalten. Nun bin ich für den Rest meines Lebens in Sicherheit. Verzeih, Lee, ich habe Dir weh getan – zumindest gefällt mir der Gedanke, daß Du Dir genug aus mir machst, um Dich verletzt zu fühlen. Ich hoffe, eines Tages wirst Du das alles von meinem Standpunkt aus betrachten und verstehen, warum ich es getan habe. Ich muß einen neuen Anfang finden, solange ich es noch kann. Und ich wünsche mir, daß Du das auch schaffst. Denk nicht zu schlecht von mir. Wir werden in der Universitätsstadt wohnen, wo Jake arbeitet. Aber ich bitte Dich – schreib mir nicht. Ich will nichts mehr von Dir wissen. Es ist am besten, wenn wir einander vergessen. Alles Liebe, Norma.«

Wie festgewurzelt stand ich da und fühlte mich genauso wie damals, als mich meine Stute Penny zum erstenmal abgeworfen hatte. Und dann sank ich kraftlos auf die Matratze. Ich konnte nicht einmal weinen. Vielleicht verlor ich für eine Weile die Besinnung. Der Dinnergong ertönte und verklang wieder. Ich drückte den Kopf in Normas Kissen und wollte sterben.

Schließlich schleppte ich mich in mein Zimmer zurück und streckte mich angezogen auf meinem Bett aus. Ich sagte nichts, als Janey hereinkam. Am nächsten Morgen lag ich immer noch so da, und sie bekam es mit der Angst zu tun. Sie fragte, ob ich krank sei. »Nein«, erwiderte ich, brachte es aber nicht fertig, aufzustehen und zu den Vorlesungen zu gehen. Während die anderen unten frühstückten, nahm ich ein Bad, schlüpfte in meinen Pyjama und kroch wieder ins Bett. Ich schlief nicht, lag einfach nur da und versuchte, nicht nachzudenken.

Zu Mittag kam die Krankenschwester, um nach mir zu sehen. Ich erklärte, ich hätte ein bißchen Fieber, aber es wäre nicht schlimm und ich müßte bestimmt nicht in die Krankenabteilung gebracht werden. Am Nachmittag wünschte ich, es ginge mir schlecht genug, daß ich sterben könnte.

Ich sehnte mich nach einer Aussprache mit Jimmy – oder mit sonst jemandem. Aber er war nicht hier, und mit David verband mich nichts mehr. Niemand würde mich verstehen – das war ja das Furchtbare. Hätte mich jemand gefragt, was mit mir los sei, und hätte ich es erzählt – man würde mich für verrückt gehalten haben.

Wenn ein Junge seine Freundin verläßt, weint sie und jeder hat Verständnis dafür. Sie kann darüber reden, mit anderen, die das gleiche Schicksal erlitten haben, oder sie kann sich wegen ihrer Dummheit beschimpfen lassen. Für solche Mädchen gibt es viele Möglichkeiten. Ich hatte keine einzige.

Ich konnte nicht einmal liegenbleiben und auf den Tod warten. Am nächsten Morgen mußte ich aufstehen und zu den Vorlesungen gehen, sonst wären sie alle über mich hergefallen. Ich brachte diesen Tag wie einen leeren, schmerzhaften Traum hinter mich und wehrte mich vergeblich gegen die Gedanken, die mich heimsuchten – Norma am Fenster, blond und süß, wie lebendiges Gold; Norma, den Kopf an meine Schulter geschmiegt, ein Engel im weißen Nachthemd. Ich trat vor den Spiegel, starrte wütend in mein bleiches Gesicht und sagte mir immer wieder: *Du Freak – du Perversling – du Lesbe!*

Am dritten Tag geriet ich in Panik. Ich glaubte den

Verstand zu verlieren und dachte: Wenn ich krank bin, kann mir nur ein Arzt helfen. Ein Arzt? Ich wußte, daß es keine Medizin gegen die Schmerzen in meinem Herzen und in meinem Kopf gab. Das waren körperliche Reaktionen auf den Schock. Ein Psychologe? Dr. Northe, die Leiterin der psychologischen Fakultät, mußte einen Ausweg finden.

Damals kannte ich den Unterschied zwischen einem praktizierenden Psychiater und einem Psychologiedozenten noch nicht. Ich ging davon aus, daß die Psychologie alles Wissen um den menschlichen Geist und seine Funktion umfaßt, und so vereinbarte ich einen Termin mit Dr. Northe. Ein wenig erstaunt bat sie mich, am Nachmittag in ihr Sprechzimmer zu kommen.

Sie war eine stille, zurückhaltende, kultivierte Frau von Ende Vierzig, die keine menschliche Wärme ausstrahlte. Aber ich fand ihre Arroganz irgendwie beruhigend. Sicher stand sie hoch über solchen Schwächen wie der meinen. »Nun«, begann sie, als ich ihr gegenübersaß, »was kann ich für Sie tun, Miß Chapman? Handelt es sich um ein persönliches Problem? Wenn ich Ihnen helfen soll, müssen Sie mir alles ganz genau erklären.«

Wie ich es fertigbrachte, meine Geschichte zu erzählen, weiß ich nicht mehr. Sie hörte zu, stellte gelegentlich eine Frage, dann nickte sie langsam. »Solche Fälle kommen in der späten Pubertätsphase häufig vor«, sagte sie in klinischem Ton. »Ich war immer dagegen, daß frischgebackene Studentinnen mit höheren Semestern ein Zimmer teilen. Nun sprechen Sie über sich selbst, Miß Chapman.«

Ich berichtete von meiner Kindheit, meinen immer intensiveren Gefühlen für Kate und schließlich von der akuten Panik und den Depressionen der letzten Tage.

»Sie müssen wissen«, erläuterte sie in gleichmäßigem Ton, »daß diese Bindung an Ihre Freundin nur eine Art Panzer ist, der Sie vor einer engeren Beziehung zu einem Mann schützen soll. Sie sind mit einer heftigen Abneigung gegen die Männer aufgewachsen, außerdem haben Sie einen ausgeprägten Minderwertigkeitskomplex.« Ich starrte sie an. Was hatte das mit meiner zugeschnürten, schmerzenden Kehle zu tun? Mit meinem Wunsch zu sterben? »Sie müssen sich vor Augen führen, daß eine Frau genauso viel wert ist wie ein Mann«, fuhr sie fort. »Warum hassen Sie die Frauen so sehr?«

»Aber – das tu' ich nicht«, entgegnete ich verwirrt. »Ich hasse die Männer!«

Sie machte eine wegwerfende Handbewegung. »Nur oberflächlich. Weil Sie das weibliche Geschlecht hassen, lehnen Sie es ab, sich mit der Rolle der Frau in unserer Gesellschaft zu identifizieren. Glücklicherweise wurden Sie von diesem Mädchen getrennt, bevor sich Ihre Schwärmerei zu einer morbiden, fixen Idee entwickeln konnte. Sex ist nur Gewohnheitssache. Haben Sie den Kinsey-Report gelesen?«

Ich schüttelte den Kopf. So brennend hatte ich mich nie für Sex interessiert.

»Im Grunde basiert die Homosexualität nur auf dem ersten erfreulichen Sexualerlebnis. Man kann sich selber umerziehen«, fügte sie fröhlich hinzu. »Gehen Sie mit netten Jungs aus, legen Sie dieses kindische Verhalten ab – das ist es nämlich. Machen Sie sich immer wieder klar, daß eine solche Handlungsweise infantil ist.« Strahlend lächelte sie mich an und erhob sich halb von ihrem Stuhl. »Noch irgendwelche Fragen?«

Was sollte ich sie noch fragen? Sie hatte alles in einen hübschen kleinen Karton gepackt und ein Band darum gewickelt. Ich mußte mit netten Jungs ausgehen und meine infantilen Neigungen bekämpfen. Das war's. Leicht benommen bedankte ich mich, verließ das Sprechzimmer und überlegte, warum ich das Gefühl hatte, ein unverdaulicher Klumpen würde mir im Magen liegen.

An diesem Abend rief mich die Vorsteherin der Studentinnen in ihr Büro. Etwas unbehaglich teilte sie mir mit, ich müsse in ein Einzelzimmer ziehen. »Wir – eh – haben einen Bericht von Dr. Northe erhalten. Sie meint, Sie sollten wegen Ihrer – ahem – latenten homosexuellen Neigungen allein wohnen, Miß Chapman.«

Mit großen Augen starrte ich sie an. Langsam ging mir ein Licht auf. Die Psychologin hatte überhaupt kein Verständnis für mich und zog nur ein einziges Problem in Betracht – die Gefahr, ich könnte die kleine Janey verführen. Als würde ich mich hemmungslos auf alle Mädchen stürzen, die mir über den Weg liefen! Plötzlich sah ich rot.

Jahrelang haßte ich Dr. Northe. Jetzt weiß ich, daß ein erfahrener Psychologe die Situation anders behandelt hätte. Diese College-Dozentin – an deren Kompetenz ich ernsthaft zweifelte – wußte vermutlich weniger über die emotionalen Schwierigkeiten einer Lesbierin als ich.

Doch damals befand ich mich nicht in analytischer Stimmung. Ich packte meine Sachen, zog aber nicht in ein anderes Zimmer. Statt dessen fuhr ich mit einem Taxi zum Bahnhof und stieg in einen Zug. Damit war mein Studium beendet. Das College lag hinter mir.

7.

Ich kehrte nicht nach Hause zurück. Immerhin war ich schon einundzwanzig Jahre alt und hatte fast zwei Jahre an der Universität verbracht. Und ich besaß noch genug Geld, um vorerst über die Runden zu kommen. Ich schrieb Mutter, um sie wissen zu lassen, daß ich nun in San Antonio lebte, und ignorierte ihren Befehl, sofort heimzufahren. In der High School hatte ich Maschineschreiben gelernt, und es dauerte nur drei Tage, bis ich einen Job fand – keinen großartigen, aber er sicherte mir einen ausreichenden Verdienst.

Ich arbeitete in einem optometrischen Betrieb, wo Brillen für Leute mit unkomplizierten Augenproblemen als Massenware hergestellt wurden. Mein Arbeitsraum war groß und hell und voller Blumen.

Wegen der nahegelegenen historischen Stätten ist San Antonio eine Touristenstadt. Ständig zerbrachen die Leute ihre Brillen oder wollten, wenn ihnen Sonnenbrillen verschrieben wurden, besonders billige kaufen. Wir machten gute Geschäfte. Vier Ärzte arbeiteten im Schichtdienst für die Firma, vier Mädchen halfen den Kunden, Brillenfassungen auszusuchen und paßten sie den Gesichtern an, vier weitere Mädchen tippten, stellten Rechnungen aus und erledigten den übrigen Bürokram. Zu den letzteren gehörte ich.

Natürlich war das nicht der Job, von dem ich geträumt hatte. Aber in den ersten Wochen lebte ich ohnehin in einer Art schlafwandlerischem Koma. Ich glaube, nach außen hin benahm ich mich ganz normal. Aber mein Inneres hatte alle Gefühle und Gedanken abgeschaltet, weil das die Schmerzen linderte. Ich hatte

eine Stellung und ein Dach über dem Kopf – ein mö-
bliertes Zimmer bei einer alten Dame, die nachts nicht
gern in ihrem Haus allein war –, und weder das eine
noch das andere stellten mich vor nennenswerte Probleme.

In diesen ersten Wochen kam ich mir vor wie ein ver-
irrtes Hündchen. Doch die neuen Eindrücke in der
Stadt – ich war fast mein Leben lang einmal im Monat
hierhergefahren, aber niemals außerhalb der Einkaufs-
zentren gewesen – und das Bewußtsein, unter lauter
Fremden zu leben, weckten allmählich jenen Teil meines Wesens, den ich zu betäuben versucht hatte. Ich
begann zu erkennen, daß das Leben nicht so einfach er-
löschen würde, wenn ich ihm das befahl, und daß die
Welt zu existieren fortfuhr. Ich konnte mich hinlegen
und mich von ihr überrollen lassen – oder ich konnte
aufstehen und mich wieder wie ein Mensch verhalten.

Oh, es tat immer noch weh. In manchen Nächten erwachte ich, dachte an Norma und litt Höllenqualen.
Aber eine große Stadt ist ein Ort, wo man eine unglück-
liche Liebesaffäre verwinden kann. Es gibt viel Neues
zu sehen, man hat soviel Abwechslung. Anfangs merkt
man gar nicht, daß man das alles aufsaugt wie ein
Schwamm, und glaubt, man würde von seinen eigenen
endlosen Energiereserven leben. Und mit der Zeit wird
einem bewußt, daß sie auch von außen genährt werden.

Nachdem ich auf dem Land aufgewachsen war, genoß ich die Anonymität von San Antonio. Wenn ich zu
Hause fünf Minuten lang reglos dastand, kam jemand
und fragte, was ich wollte. Hier konnte ich dastehen
und mir irgend etwas stundenlang anschauen, und
niemand nahm Notiz davon. Ich ging allein in eine Re-
staurant-Bar und trank ein Bier, und kein Mensch hob
die Brauen. Wie eine Vogelbeobachterin saß ich im Park

und musterte die Touristen, die eine viel interessantere Show boten als die Vögel – dicke Frauen in Hosen oder Shorts, Familien mit gaffenden Kindern, die nach allem grapschten, die Palmen bestaunten, die Steinwälle berührten, auf den Brücken standen, zu den Ufern starrten und fragten: »Dieses kleine Ding ist wirklich ein *Fluß*?«

Und dann gab es natürlich meine Kollegen im Betrieb – nette, freundliche Leute. Die Ärzte waren Familienväter, die Mädchen alle etwa in meinem Alter. Wir trugen weiße Nylonkittel (wie Krankenschwestern, auch im Büro, um eine klinische Atmosphäre zu erzeugen).

Anfangs dachte ich, die Mädchen wären alle gleich, ohne irgendwelche Besonderheiten. Die Geschäftsführerin Helen, ernsthaft und still, machte alle Fehler wieder gut, die von anderen begangen wurden. In der Telefonzentrale saß die fröhliche, nervöse kleine Junie. Consuelo, die Spanierin, fungierte als Empfangsdame, weil die Hälfte der Einwohnerschaft von San Antonio aus Spaniern und mexikanischen Amerikanern besteht, die sich, selbst wenn sie die englische Sprache beherrschen, bei einem Mädchen wie Connie besser aufgehoben fühlten. Ich freundete mich rasch mit ihr an. Sie war eine kleine, dunkelhaarige Person mit einem Pfirsichgesicht. Nur ein ganz schwacher spanischer Akzent verwischte ihre Schlußkonsonanten, ansonsten sprach sie ausgezeichnet Englisch.

Und Mickey...

Helen machte mich an meinem ersten Arbeitstag mit ihr bekannt. »Da hab ich eine neue Kollegin für dich! Komm mal rüber!« Die kleine Consuelo kicherte – ich erfuhr erst Monate später, warum. Höflich erwiderte ich Mickeys Lächeln.

»Hi«, sagte sie, »ich bin Marian Searles. Aber wenn

Sie mich jemals mit Marian anreden, bringe ich Sie um. Ich heiße Mickey. Und Sie?«

»Shirley Chapman. Ich werde Lee genannt.«

Ich war immer noch zu grün, um zu wissen, wie verräterisch das wirkte. Mickey forderte mich in neutralem Ton auf: »Kommen Sie, ich zeig' Ihnen alles.«

Ausführlich erklärte sie mir, wie der Betrieb funktionierte, wie die Angestellten zusammenarbeiteten – von der Empfangsdame bis zu den Ärzten, von den Mädchen im Verkaufsraum bis zur Kassiererin und den Fachkräften, die den Kunden die Brillen anpaßten. »An jedem Morgen, wenn die Ware aus der Fabrik kommt, wird sie in diese Schubladen gelegt, und wir schicken den Kunden Karten, um ihnen mitzuteilen, daß ihre Brillen fertig sind. Dann stecken wir jede in einen Umschlag, der mit dem betreffenden Namen versehen ist, und legen sie alle hier in dieses Regal. Wenn man den Dreh raus hat, ist es ganz einfach.«

Sie gab mir mehrere Karten, die ich adressieren sollte, und ließ mich allein. Eine Stunde später erschien sie wieder und fragte, wie ich zurechtkäme, dann gingen wir in eine Bar auf der anderen Straßenseite, um eine Kaffeepause einzulegen.

»Gefällt Ihnen Ihr Job?« fragte ich.

Mickey zuckte mit den Schultern. »Von irgendwas muß man schließlich leben.« Sie griff nach ihrer Tasse. »Ich würde lieber ein Bier trinken, aber das dürfen wir nicht während der Arbeitszeit. Woher kommen Sie, Lee?«

Ich nannte ihr den Namen der kleinen Stadt, in deren Nähe Grandpas Ranch lag, und fügte hinzu, ich hätte soeben das College verlassen, um eine Stellung anzunehmen.

»Sind Sie verheiratet?«

Ich schüttelte den Kopf. »Und Sie?«

»Derzeit nicht«, erwiderte sie lächelnd. Ich wollte sie nicht ausfragen, aber sie sprach bereitwillig weiter. »Nun, ich bin auch in einer Kleinstadt aufgewachsen, in einem dieser Nester, wo die Mädchen schon in blutjungen Jahren heiraten. Als ich sechzehn war, brach eine Epidemie aus – die ganze Schule wurde angesteckt. Und so machte ich mit und heiratete meinen Freund.« Kichernd fügte sie hinzu: »Ich tat es nur, weil es meine beste Freundin auch tat, und damals hielt ich's für eine gute Idee. Meine Familie war völlig außer sich – ich ging ja erst in die zweite High School-Klasse. Sechs Monate lang lebten wir bei den Eltern meines Mannes, dann ließ ich mich scheiden. Komisch – ich weiß gar nicht mehr, wie man sich als Ehefrau fühlt. Bei meiner besten Freundin hat's auch nicht geklappt. Sie wurde am selben Tag geschieden wie ich.«

»Und?«

»Nichts. Man kann die Ehe mit den Windpocken vergleichen. Wenn man sie im Lauf der frühen Jugend in harmloser Form hinter sich bringt, ist man später gegen schwere Anfälle gefeit.«

Sie schwieg, und ich betrachtete sie. Mickey war keineswegs schön. Sie hatte braunes Haar mit honigblonden Strähnen, der damaligen Mode entsprechend kurz und gerade geschnitten, viel kürzer als meines, und sie war kleiner als ich, wirkte aber kräftiger. Tiefblaue Augen ohne grüne oder graue Nuancen beherrschten ihr fröhliches rundes Gesicht. In ihrem weißen Kittel machte sie einen energischen, kompetenten Eindruck, der mich an Krankenschwestern, Lehrerinnen oder Heimleiterinnen erinnerte – oder an tüchtige Männer, die schnell und umsichtig ihre Arbeit erledigen.

Nun wollte sie meine Lebensgeschichte hören, aber da gab's nicht viel zu erzählen. Ich berichtete von der Kleinstadt, in deren Nähe ich großgeworden war, von

Penny und meinen geliebten Rodeos. »Offenbar stammen wir aus der gleichen Gesellschaftsschicht«, meinte sie. »Ständig waren wir von netten Leuten umringt, von richtig netten Leuten!« Plötzlich sah sie seufzend auf. »Trinken Sie Ihren Kaffee aus, wir müssen zurückgehen.«

Als sie aufstand und mir den Vortritt ließ, glaubte ich einen seltsam intensiven Ausdruck in ihren Augen zu entdecken, und da kam mir ein aufregender Gedanke, den ich aber sofort wieder verwarf. Ich war einfach zu stark auf so was eingestellt, ich sah es überall. Außerdem hatte ich dergleichen nach meinen Erfahrungen mit Norma ad acta gelegt.

Welch eine Illusion...

Danach sprachen wir nur noch selten miteinander. Ihre Art hatte mich ein bißchen eingeschüchtert. Helen und Junie machten mich mit netten Jungs bekannt, denen es genügte, mich ins Kino oder in Tanzlokale zu führen. Ich hatte nicht die Absicht, engere Beziehungen zu Männern oder Mädchen zu knüpfen, nicht einmal freundschaftliche. Den Großteil meiner Freizeit verbrachte ich in der öffentlichen Bibliothek. Hin und wieder aß ich in einer Imbißstube mit Bar, wo man Bier servierte, aber keine stärkeren Getränke. Dorthin ging ich nur tagsüber; nachts wagte ich es nicht.

Die Zufälle, die unser Leben verändern können, sind so banal. Wären Chapman und Crandall im Alphabet nicht aufeinandergefolgt, als die Leiterin der Halleck Hall die Verteilung der Schlafzimmer bestimmt hatte... Wäre ich bei meinem ersten Rendezvous mit David Ellender ausgegangen und nicht mit Buck Mansell... wäre ich an einem Freitagabend nicht zufällig aus meinem Untermietzimmer ausgesperrt worden, als die alte Dame in die Kirche zu einer Erweckungsversammlung ging... Oder wären Pris oder Mickey an jenem Abend daheimgeblieben, um sich die Haare zu waschen...

Es geschah folgendermaßen.

Um fünf kam ich nach Hause, lehnte Mrs. Webbs Einladung, sie zu der Versammlung zu begleiten, höflich ab, und zog das Kleid aus, das ich auf dem Weg zum Arbeitsplatz und zurück getragen hatte. Ich schlüpfte in alte Jeans und ein Reitjackett aus Wildleder, ein Erbstück von Rafe, das ich wegen seiner Lässigkeit liebte. Da ich den ganzen Tag in einem Kleid samt Kittel und in hochhackigen Schuhen rumlaufen mußte, machte ich's mir abends gern bequem. Wenn ich in meinem Freizeitlook auf die Straße ging, starrten mich manche Leute an, und ich überlegte, ob sie mich für eine Landpomeranze hielten. Damals wußte ich noch nichts vom männlichen Lesbentyp. Norma war sehr feminin gewesen. Ich glaube, meine Vorliebe für maskuline Kleidung entsprang einer gewissen Trotzreaktion auf Normas betont weiblichen Stil, auf die hübschen, mädchenhaften Kleider, in die mich meine Mutter und Kate hatten stecken wollen. Im Betrieb mußte ich mich so präsentieren, wie es meine Vorgesetzten wünschten. Abends konnte ich mich nach meinem eigenen Geschmack zurechtmachen. Dafür konnte man mich wohl kaum ins Gefängnis schicken, und die neugierigen Blicke der Leute kümmerten mich nicht.

Im Gegensatz zu meinen sonstigen Gepflogenheiten beschloß ich, erst einmal die Hausarbeit zu erledigen, ehe ich mich amüsierte. Und so bezog ich mein Bett neu, stopfte die Schmutzwäsche in einen Kissenbezug und ging damit zur Wäscherei. Bei der Rückkehr stand ich vor einer verschlossenen Haustür. Ich kramte in den Taschen meiner Jeans und des Jacketts nach dem Schlüssel – vergeblich, wie Sie sicher schon erraten haben.

Unschlüssig wanderte ich auf der Veranda umher. Was sollte ich tun? Miß Webb würde erst in ein paar Stunden nach Hause kommen. Glücklicherweise hatte ich Geld bei mir, aber ich stand buchstäblich auf der Straße.

Zunächst mußte ich etwas essen. Wohin konnte ich in diesem Aufzug gehen? Ich war nicht unkonventionell genug, um in einer solchen Kleidung Cafés oder Restaurants zu besuchen. Und dann erinnerte ich mich an das Lokal, wo ich manchmal ein Bier trank. Dort gab es wunderbare Sandwiches. Tagsüber war es eine normale Imbißstube, abends angeblich ein Beatnik-Treff. Das hatte Mickey behauptet. »Sie müßten das mal ansehen, Lee. Da ist der Teufel los.«

Wir waren ein oder zweimal zum Lunch dagewesen, und da hatte das Etablissement einen ruhigen, soliden Eindruck gemacht.

Wahrscheinlich würde man mich in meiner Aufmachung nicht hineinlassen, aber man konnte mir nichts Schlimmeres antun, als mich wieder hinauszuschikken. Ich betrat das Lokal, nahm an einem Tisch Platz, bestellte ein Steak-Sandwich und ein Bier und setzte meine grimmigste Miene auf.

Ringsum tranken Männer und Frauen ihr Bier, unterhielten sich lautstark, und beide Geschlechter starrten mich an. Ich wußte nicht, daß sich hier schwule Jungs und Lesben zu treffen pflegten – und daß ich die einschlägige Uniform trug. Mutig erwiderte ich die neugierigen Blicke und zog den Reißverschluß meines Jacketts hoch. Damals wußte ich überhaupt noch nichts. Ich war in den Dschungel gegangen, ohne trainiert zu haben, wie man in Lianen schaukelt.

Es ist keineswegs so einfach, Homosexuelle auf der Straße zu erkennen. Obwohl ich acht Jahre in der Schwulenwelt gelebt habe, kann ich noch immer nicht mit absoluter Sicherheit feststellen, welche Menschen zu dieser Kategorie gehören. Auf der Straße sehen sie so aus wie alle anderen und verhalten sich auch so, weil sie nicht durchschaut werden möchten.

In gewissen Kneipen ist es anders. Da *wollen* sie erkannt werden. Sie geben sich nicht nur so, wie sie sind, oder lassen die Masken fallen – nein, sie übertreiben. Sie wissen, daß sie und daß auch alle anderen in ihrer Umgebung schwul sind, und sie betonen, daß sie dazugehören. Auf diese Weise sagen sie: *Ich weiß, was du bist; ich bin auch so.*

Zum Beispiel saßen sich zwei Frauen an dem Tisch neben meinem nicht gegenüber, wie man es normalerweise in einem öffentlichen Lokal tut, sondern nebeneinander, und sie hielten sich an den Händen. An einem anderen Tisch aßen drei Jungs Sandwiches. Ich registrierte, daß sie absichtlich so laut kicherten und mit hohen Stimmen sprachen – damit auch wirklich alle merkten, was sie waren. Und da wurde mir klar, um was für ein Etablissement es sich handelte. Das war keinesfalls ein Beatnik-Treff.

Davon wollte ich nichts mehr wissen, und so beschloß ich, aufzustehen und zu gehen. Plötzlich schauten die beiden Frauen am Nebentisch zu mir herüber, dann tuschelten sie miteinander und eine drehte ihren Stuhl zu mir herum. »Hallo, Sie sehen so einsam aus.«

Was, zum Teufel, konnte man auf eine solche Bemerkung antworten? Nichts. Also schwieg ich.

»Hab' ich Sie hier nicht schon mal gesehen? Mit Mikkey Searles?« Ich nickte, und sie fuhr fort. »Das dachte ich mir. Wollen Sie sich nicht zu uns setzen?«

Ich zögerte. Oberflächlich betrachtet, war das eine freundliche, fast nachbarschaftliche Geste, wie sie auch in meiner Heimatstadt üblich ist. Aber die beiden wußten ebenso wie ich, daß mich meine Antwort irgendwie kennzeichnen würde. Und dann straffte ich die Schultern. Warum nicht? Ich setzte mich zu ihnen, wir bestellten nochmals Bier und machten uns miteinander bekannt. Das Mädchen, das mich angesprochen hatte, hieß Pris Conway, ein kleines, dünnes Ding mit weichem, zerzaustem dunklem Haar, das in allen Richtungen vom Kopf abstand. Sie trug einen schwarzen Pullover mit weitem Kragen, Caprihosen und eine Riesenmenge Modeschmuck. Ihre Stimme klang sanft und heiser, mit den schwachen Resten eines Brooklyn-Akzents, den sie sich offenbar abgewöhnt hatte. Die andere, Jody Brice, war stämmig gebaut und hatte eine Brille auf, an der sie ständig herumfingerte.

Wir tranken Bier und taxierten einander. Sie kannten Mickey und Consuelo, aber ich spürte eine gewisse Zurückhaltung in der Art, wie sie von ihnen sprachen. Beide waren älter als ich. Pris mochte dreißig Jahre zählen, Jody noch ein bis zwei mehr. Pris arbeitete als Kontrolleurin in einer kleinen Textilfabrik, Jody in einem Versandhaus.

»Waren Sie schon oft hier?« fragte Pris.

»Bis jetzt nur tagsüber.«

Sie lachte rauh. »Ruhig ist es hier immer, aber am Tag finde ich's geradezu *tot*. Sie sind wohl noch nicht lange genug in der Stadt, um all die Kneipen zu kennen, was? Jo, wollen wir mit ihr in die Bar an der Salazar Street gehen?«

»Ich muß nach Hause«, protestierte ich lahm. »Vorhin war ich ausgesperrt und...«

»Warum müssen Sie nach Hause?« Pris legte den Kopf schief, musterte mich und blies eine dicke Rauchwolke in die Luft. »Werden Sie erwartet?«

Und da fiel es mir wie Schuppen von den Augen. Pris hatte eine sehr bedeutsame Frage gestellt. Es gab keinen Grund mehr, warum ich nach Hause gehen mußte.

Es ist ein seltsam berauschendes Gefühl, wenn einem zum erstenmal so richtig bewußt wird, daß man erwachsen ist. Niemand kümmert sich darum, wenn man eine ganze Nacht wegbleibt, oder es wird nicht einmal bemerkt. Ich zögerte nur ganz kurz. »Kann ich in dieser Aufmachung hingehen? Oder soll ich mich zuerst umziehen?«

Jody lachte. »So, wie Sie aussehen, werden Sie der Hit des Abends sein.«

Pris warf ihr einen Blick zu und runzelte die Stirn, dann legte sie eine Hand auf meinen Arm. »Das ist okay«, meinte sie fast mütterlich. »Dort kann sich jeder so zeigen, wie er will. Kommt«, fügte sie hinzu, und wir standen alle auf. »Wir gehen zu Fuß. Es ist nicht weit.«

Als ich das Lokal in der Salazar Street betrat, blinzelte ich verblüfft. An der Beschaffenheit *dieser* Klientel konnte nicht der geringste Zweifel bestehen. Kein einziger Mann ließ sich blicken, ich sah nur Lesben, die sich offenkundig elend fühlten. Noch nie hatte ich so viele grimmige Frauengesichter gesehen – auch später nicht. Warum das so war, weiß ich nicht, doch der erste Eindruck, den ich von der Bar gewann, wiederholte sich nie mehr, obwohl ich noch oft versuchte, ihn wachzurufen – die sardonische Bitterkeit, die vage Gefahr, die von den Gästen ausging, während sie mich aus allen Ecken düster anstarrten. Jetzt schaffe ich's nicht mehr; ich sehe sie nur noch als ›die Mädchen‹. Aber an jenem Abend traf mich die Atmosphäre wie ein Hammerschlag, und ich hätte am liebsten kehrtgemacht und die Flucht ergriffen. Trotzdem nahm ich meinen ganzen Mut zusammen und ging weiter. Was konnten sie mir schon antun? Ich würde mich amüsieren, meine Neugier befriedigen, und es gab kein Gesetz, das mich zwang, wiederzukommen.

Wir fanden einen freien Tisch und unterhielten uns mit ein paar Mädchen, die in der Nebennische saßen. Jody bat mich um einen Tanz, und ich folgte ihr aufs Parkett. Ich blieb stets in der Nähe meiner Begleiterin. Als mich eine andere Frau zum Tanz aufforderte, lehnte ich ab. Womöglich wurde man hier gebissen.

Während ich mit Pris tanzte, kam plötzlich ein Mädchen auf uns zu, das allein im Hintergrund gesessen hatte, und berührte die Schulter von Pris. Das schwache Licht über unseren Köpfen fiel auf ein vertrautes, lächelndes Gesicht. »Hallo.«

»Mickey!« rief ich. »Hallo.«

Ringsum rempelten uns Tanzpaare an und entschuldigten sich mürrisch, als wäre es an uns gewesen, um Verzeihung zu bitten. Was auch zutraf. »Verschwinden wir«, schlug Pris vor.

Aber Mickey fragte: »Tanzt du mit mir, Lee?« Ehe ich mich versah, wiegten wir uns in sanften Rhythmen. In ihrer Freizeitkleidung sah sie ganz anders aus. Sie trug ein maskulines Nadelstreifenhemd, Bermudas, Kniestrümpfe und Turnschuhe. Das Haar war in kurzen Locken hochgebürstet. Ich war um etwa drei Zoll größer als sie, aber sie hielt mich fest im Arm. Daß sie die Führungsposition übernommen hatte, stand außer Frage. Sie bewegte sich leichtfüßig und geschmeidig. »Ich hielt dich von Anfang an für lesbisch, aber ich war mir nicht sicher«, erklärte sie. »Pris hat mir wirklich einen großen Dienst erwiesen.« Besitzergreifend umfaßte sie meinen Ellbogen und zog mich zu ihrem Tisch. Ich drehte mich zu Pris und Jody um und hob die Schultern, aber sie schüttelten nur die Köpfe und lächelten, als wollten sie sagen: Schon gut.

Ich fühlte mich Mickey gegenüber seltsam schüchtern. Schließlich kannte ich sie kaum. Aber dann sagte ich mir, daß ich etwas von ihr wußte, das alle anderen

Informationen überflüssig machte. Und ihr erging es mit mir genauso. Wir bestellten Drinks und unterhielten uns. Beim zweiten Glas warnte sie: »Vorsicht! Ich möchte nicht, daß du dich betrinkst.«

»Oh, ich vertrage eine ganze Menge.«

»Trotzdem«, erwiderte sie leise und energisch. »Ich will nicht, daß du dich betrinkst.« Sie nahm mir den Drink aus der Hand, und ich hatte irgendwie das Gefühl, beschützt zu werden. »Gehen wir woanders hin«, schlug sie vor.

»Ich muß Jody und Pris Bescheid sagen...«

Sie kicherte. »Die sind schon weg.«

»Was...?«

»Die beiden haben dich mir überlassen«, erklärte Mickey grinsend. »Pris ist eine unverbesserliche Romantikerin. Sie weiß, wie einsam ich bin, seit mich mein Mädchen vor zwei Wochen verlassen hat.« Ich glaubte, in einem warmen Strom zu schwimmen, als sie nach meiner Hand griff.

»Erzähl mir was von dir, Mickey.«

»Da gibt's nicht viel zu erzählen. Um meinen Lebensunterhalt zu verdienen, tu' ich meine Arbeit, aber sie gefällt mir nicht. Ein Mädchen wie ich eignet sich nicht für interessante Jobs. Die würden Forderungen an mich stellen, die ich nicht erfüllen könnte.«

Das verstand ich nicht ganz, doch ich ließ es dabei bewenden. Als ich im Lauf unseres Gesprächs den Namen meines Colleges erwähnte, starrte sie mich an. »He, ich kenne einen Jungen, der mal dort war. Jim Rouse. Ist dir der mal über den Weg gelaufen?«

»Zufällig war er der beste Freund, den ich auf dem Campus fand«, erwiderte ich, zu groggy, um mich noch über irgend etwas zu wundern.

»Er ist wirklich ein netter Kerl, obwohl er immer wieder versucht, mit den sogenannten ›anständigen‹ Leuten zurechtzukommen. Er geht fast nie in einschlägige Lokale. Und jetzt ist er auch noch Lehrer geworden. Das ist einer von diesen Jobs, die zu viele Ansprüche ans Privatleben stellen. Mir tun alle Menschen leid, die sich einbilden, sie müßten ein normales Leben führen. Du zum Beispiel.«

Ich faßte Mut – vielleicht alkoholisierten Mut. »Du täuschst dich in mir, Mickey.«

»Warum habe ich dich dann immer nur in Kleidern gesehen?«

»Zur Arbeit gehst du doch auch in Kleidern.«

Sie ignorierte diesen Einwand und schob ihr Glas beiseite. »Kommst du mit zu mir? Auf einen letzten Drink?«

»Ich bin ohnehin schon so beschwipst, daß mich meine Vermieterin wahrscheinlich rauswerfen wird.«

»Wenn das *so* eine Zimmerwirtin ist, solltest du sofort ausziehen. Das Leben ist so kurz, daß wir uns nicht von anderen Leuten dreinpfuschen lassen dürfen.« Sie lehnte sich ganz leicht an mich. »Ich weiß schon, wie wir das machen. Du verbringst die Nacht bei mir, und morgen erzählst du deiner Vermieterin, du seist bei einem Mann gewesen. Die Dame wird dich eine Hure nennen und auf die Straße setzen. Wenn du ihr erzählst, du hättest bei einem Mädchen geschlafen, wird sie nicht einmal mit der Wimper zucken.«

Wir gingen hinaus, und als wir ihr Auto erreichten, schwankte sie ein wenig. »Kannst du fahren?« fragte ich.

Mickey wirbelte zu mir herum. »Wem willst du hier eigentlich gute Ratschläge geben? Keins von meinen Mädchen hat mir zu sagen, ob ich fahren kann oder nicht!«

Von ihrem Zimmer sah ich nicht viel – nur daß es klein und ziemlich kahl war und daß kein Teppich darin lag. Als sie das Licht anknipste, flammte eine nackte Glühbirne auf. Aber in einer Ecke entdeckte ich immerhin ein paar weiche Kissen und ließ mich darauf nieder.

Mickey legte eine Platte auf, sanfte Flamencoklänge, drückte mir ein gefülltes Glas in die Hand, dann setzte sie sich zu mir und zog ihre Schuhe aus.

»Diese Musik gefällt mir«, sagte ich.

»Erzähl das Consuelo. Sie hat ihre Platten hier gelassen, als sie ausgezogen ist.«

»Ist sie denn lesbisch?« fragte ich verwirrt.

»Klar. Wir haben zwei Jahre zusammengelebt. Sie verschaffte mir diesen Job – den hätte ich niemals annehmen sollen. Dieses verflixte Mädchen hat mich völlig überrumpelt.« Die Flamencorhythmen tönten weiter und gingen mir ins Blut. »Reden wir von dir, Lee. Wie lange bist du schon lesbisch?«

»Ich weiß gar nicht, ob ich's wirklich bin«, entgegnete ich verlegen.

»Aber ich weiß es. Das merke ich an der Art und Weise, wie du auf mich reagierst.« Sie schaute mich an, mit einer Intensität, die sogar den Alkoholnebel durchdrang. »Du bist doch nicht unschuldig, Lee? Ich habe noch nie ein Mädchen in unsere Welt eingeführt«, fügte sie ernsthaft und stolz hinzu. Später erfuhr ich, daß viele Lesbierinnen so dachten. Die meisten Männer haben eine ähnliche Angst davor, eine Jungfrau zu verführen – als wäre ein Mädchen nur dann eine geeignete Bettgenossin, wenn jemand anderer die Vorarbeit geleistet hat. Eine fragwürdige Methode, sich jeder Verantwortung zu entziehen – *nun, wenn schon eine vor mir da war – warum soll ich nicht auch ran?*

»Nein, ich bin nicht unschuldig«, erwiderte ich. »Da war ein Mädchen im College...« Doch ich konnte nicht über Norma sprechen.

Mickey nahm mich in die Arme. »Wer immer sie war – ich wette, sie hat dich nicht verdient. Weißt du überhaupt, wie schön du bist, Lee? Wie ein griechischer Knabe, abgesehen von deinen Augen. Die sind ganz und gar mädchenhaft. Und du wirkst so zart und weich unter diesen rauhen Sachen... In einem Kleid bist du einfach nicht du selber.« Ihre Komplimente entzückten mich. »Du solltest nie was anderes tragen als das hier.«

Die Gitarrenmusik schien vage in mein Bewußtsein zu dringen und wieder zu entschwinden, während ich Mickeys starke, feste Hände auf mir spürte. Später zog sie mich aus, und wir sanken zwischen die dicken Kissen. Ihr Mund, heiß wie Feuer, liebkoste meinen Hals, meine Brustwarzen, meinen Bauch, ihr kühler, knochiger, harter Körper preßte mich an den Boden.

Wir hörten die Flamenco-Klänge nicht mehr, denn wir hatten unsere eigenen Rhythmen gefunden. Wilde Kadenzen trugen uns wellenförmig empor und hinab, immer wieder, in einer warmen Flut aus exquisiten Gefühlen.

Danach schliefen wir engumschlungen inmitten der weichen Kissen.

8.

Ich erwachte zeitig am Morgen, in meinem Mund spürte ich den Geschmack der Drinks von gestern. Mickey lag ausgestreckt da, auf dem Bauch, ein Kissen auf dem Kopf. Ich stöhnte, als ich mich aufrichtete, und der Anblick des schlafenden Mädchens, seines schamlosen, selbstbewußten nackten Körpers, weckte die Erinnerung an die vergangene Nacht.

Es war schön gewesen. Nach Normas Ängsten und Protesten, nach all diesen Hungerrationen hatte es mich beglückt, einer Frau zu begegnen, die meiner Kraft und Glut ebenbürtig war, die mir nichts vormachte, die nicht versuchte, die Wahrheit zu bemänteln.

Ich sah mich um. Im Tageslicht wirkte das Zimmer nicht mehr kahl, sondern gemütlich, sparsam möbliert – schlicht und direkt wie die Bewohnerin. Staub und diverser Kram lagen herum, einfach so, versteckten sich keineswegs, und ob man sie akzeptierte oder nicht, sie würden keinesfalls verschwinden oder sich als was anderes ausgeben.

Mickey erwachte und grinste, sagte »Hallo«, setzte sich auf und griff nach einer Zigarette. Sie gab mir auch eine, aber ich verzog angewidert das Gesicht und sie runzelte die Stirn. »Kopfweh?«

»Ich glaube, ich habe zuviel getrunken«, stöhnte ich. Sie stand auf und ging in die winzige Küche, wo ein Kühlschrank stand, füllte ein Glas mit irgendeinem Getränk, dann kam sie zurück und gab es mir mit einem Aspirin. Es war Tomatensaft, frisch und kalt. »Hey, du bist eine gute Krankenschwester«, meinte ich.

Sie kicherte und schlüpfte in einen Morgenmantel, nicht um ihre Blößen zu bedecken, sondern weil sie in der kühlen Morgenluft zu frösteln schien. »Das bin ich auch – sogar staatlich geprüft.« Sie setzte Kaffeewasser auf.

»Tatsächlich? Du meine Güte, warum arbeitest du dann...?« Ich starrte sie an, und sie lächelte freudlos.

»Das hab' ich dir doch gestern erklärt. Jeder interessante Job würde Ansprüche an mich stellen, und das könnte ich nicht ertragen. Ich will ich sein. In einem Krankenhaus geht das nicht. Da ist man Schwester Sowieso, eine auswechselbare Arbeitskraft, eine Nummer.«

»Aber wo wir arbeiten...«

»Schätzchen, da, wo wir arbeiten, können wir – solange wir uns während der Dienstzeit ordentlich benehmen und pünktlich unsere Pflicht erfüllen – alles tun, was uns beliebt. Das ist der große Vorteil, wenn man niemand ist und auf einer der unteren Ebenen rangiert. Man hat kein Geld und keine Position, also braucht man keine Rücksichten zu nehmen und den Leuten nichts vorzumachen.«

Ich schluckte, als ich auf die Uhr sah. »Ich komme zu spät zur Arbeit – weil ich noch nach Hause gehen und mich umziehen muß.« Hastig schlüpfte ich in meine Jeans. »Am besten rufe ich an und sage ihnen, ich würde mich ein bißchen verspäten.«

»Ruf an und sag, du kommst überhaupt nicht. Wir können nicht gemeinsam zu spät antanzen. In letzter Zeit hab' ich so oft gefehlt, daß sie mich feuern werden, wenn das noch einmal passiert. Aber wenn eine Neue mal einen Tag wegbleibt, regen sie sich nicht auf. Ich hab's eben bloß zu oft gemacht. Diesen Job hasse ich ohnehin. Biologisch unzulänglichen Leuten Brillen anzupassen! Ist dir schon mal der Gedanke durch den

Kopf gegangen, daß Brillen auf eine kranke Gesellschaft hinweisen?«

»Nein. Warum?«

»Zu viele Menschen tun zu viele Dinge, an die sie zuviel Sehkraft verschwenden. Die Leute, die Brillen
brauchen, sollten sich Jobs suchen, bei denen sie ihre
Augen nicht benötigen – oder sterben. Auf dieser Welt
leben ohnehin zu viele. Und alle, die nicht okay sind,
sollten schon bei der Geburt getötet werden.« Erschrocken schnappte ich nach Luft, und Mickey blinzelte plötzlich und streichelte meine Wange. »Hör nicht
auf mich, Schätzchen, ich hab' bloß Dampf abgelassen,
weil ich mich so über meinen albernen Job ärgere. Diese
Massenproduktion macht mich krank. Immer mehr
Leute leisten immer mehr Präzisionsarbeit und brauchen immer mehr Brillen. Das stört mich. Ich möchte
lieber auf einer Welt leben, wo man die Sehkraft nicht
als Massenware herstellen muß. Wenn ein Mann
schlechte Augen hat, sollte er lieber Schafe hüten oder
sonstwas tun, wobei er nicht haarscharf sehen muß,
statt sogar beim Autofahren eine Brille zu tragen. Ich
hasse alle Menschen, die nicht fit und nicht schön und
nicht vollkommen sind.« Und dann lächelte sie. »Alle,
die nicht so sind wie du. Ach, zum Teufel mit dem Job,
ich nehme mir heute auch frei.«

»Aber...«

»Baby, es gibt andere Jobs, und dich gibt's nur einmal. Das Leben ist am allerwichtigsten.«

»Dann gehe ich hin...«

»Das wirst du nicht!« befahl sie ärgerlich. »Du tust,
was ich sage!«

Wir brieten Rührei nach Mickeys Rezept, mit zer-
stoßenem grünem Pfeffer, knusprigem Speck, Käse-
würfeln und grob gemahlenem schwarzem Pfeffer. Das
alles wurde in einer schweren kleinen Pfanne sanft ge-

gart. Fast den ganzen Vormittag saßen wir da und redeten. Sie wußte auf alle Fragen, die mich beschäftigten,
eine Antwort.

»Was spielt es für eine Rolle, warum du so bist? Du
bist eben so. Akzeptiere das. Sieh mal, das hier bin *ich*,
und ich lebe auf diese Weise, weil ich gern *ich* bin. Zur
Hölle mit den Leuten, denen das nicht paßt! Wenn du
bei mir wohnst...«

»Moment mal! Wer hat gesagt, daß ich hier wohnen
werde?«

Lachend strich sie über mein Haar. »Ich. Versuch
nicht, mich nach dieser Nacht zum Narren zu halten,
Baby. Du willst noch mehr davon.«

Ich wurde rot und senkte den Kopf.

Später erzählte ich ihr von Norma, und sie seufzte.
»Das war sicher schlimm für dich, aber die Welt ist voll
von Lesbierinnen, die's nicht zugeben wollen, Lee. Daheim habe ich eine Freundin. Ständig weint sie sich an
meiner Schulter aus, weil ihr Mann immer nur ins Bett
kriechen will. Als sie ein Baby erwartete, heulte sie
neun Monate lang. Und sie vergeudet ihre ganzen
Kräfte, indem sie das Leben anderer Menschen organi-
siert und für die Kirchenwohlfahrt arbeitet, und so weiter, nur damit sie sich einreden kann, sie hätte wirklich
keine Lust auf Sex. Aber wenn du ihr erklärst, sie sei
lesbisch, wird sie dich auf der Stelle umbringen – falls
sie überhaupt versteht, was du meinst. Die Typen wie
Norma sind noch schlimmer. Sie ist intelligent genug,
um zu wissen, wie's mit ihr steht. Und die Lesbierinnen, die's nicht vertuschen, sind besonders intelligent.«

»Lesbierinnen sind nicht klüger als andere Leute.«

»O doch. Das müssen sie sein. Man braucht keine
umwerfende Intelligenz, um diese Veranlagung zu haben, aber wenn man nicht überdurchschnittlich schlau

ist, kommt man nicht damit zurecht. Man bildet sich ein, man würde die Sexualität hassen. Ich glaube, deshalb veranstalten so viele Fanatiker Kreuzzüge gegen den Sex – latente Homosexuelle. Die sind zu dumm, um ihr andersartiges Sexualleben zuzugeben, und so machen sie für alle ihre Fehlschläge den Sex an sich verantwortlich und bekämpfen ihn. Man muß schon sehr gescheit sein, um sich selber einzugestehen, daß man ein Freak ist. Deswegen habe ich keine Geduld mit Mädchen wie deiner Freundin Norma, die genau weiß, was sie ist, und trotzdem den Kopf in den Sand steckt.«

Wie immer fühlte ich mich verpflichtet, Norma zu verteidigen. »Wenn du es für falsch hältst, deine Veranlagung zu verbergen – warum trägst du dann bei der Arbeit Kleider?«

»Ich pfeif's nicht von den Dächern. Es geht niemanden was an, außer mir selbst. Ich habe ein Recht auf meine Privatsphäre. Ein Mann nennt auch nicht immer den Namen der Frau, mit der er schläft, es sei denn, die beiden sind verheiratet. Aber versteh mich bitte richtig – ich lebe so, wie's mir verdammt noch mal paßt. Ich versuche niemandem weh zu tun, aber ich laufe auch nicht rum und entschuldige mich für meine Existenz. Außerdem...« Mickey stand auf, stemmte die Hände in die Hüften und schaute mich kampflustig an. »Ich lebe so, wie es meinen Überzeugungen entspricht. Diesen Job habe ich Consuelo zuliebe angenommen, aber ich gebe nicht *soviel* drauf.« Sie schnippte mit den Fingern. »Geld interessiert mich nicht besonders. Und wenn ich danach gefragt wurde, habe ich nie geleugnet, was ich bin. Worauf es ankommt, Lee – ich bin lesbisch. Das ist meine wichtigste Eigenschaft. So will ich sein, und wer mir dabei Steine in den Weg legt, kann zum Teufel gehen. Sogar du.«

Hätte ich Mickey schon länger gekannt, wäre mir

klargewesen, daß sie es genauso meinte, wie sie's sagte. Da ich noch nicht daran gewöhnt war, fand ich ihre Ausdrucksweise ein bißchen hart.

Natürlich zog ich zu ihr. Daß ich es tun würde, hatte ich schon in dem Augenblick gewußt, wo ich aufgewacht war und ihren nackten Körper zwischen den Kissen gesehen hatte. Ich liebte sie nicht – zumindest nicht im selben Sinn, wie ich Norma geliebt hatte, sondern es war eher ein Gefühl der Sicherheit, die Gewißheit, richtig zu handeln, völlig frei und ich selbst zu sein, zu jemandem zu gehören.

Trotz alledem fiel es mir manchmal schwer, Mickeys felsenfeste Überzeugung zu ertragen, sie wäre unfehlbar. An dem Morgen, wo wir meine Sachen aus Mrs. Webbs Haus holen wollten, verkündete sie: »Verdammt, ich bin pleite. Ich muß mir was fürs Benzin leihen.«

Ich gab ihr fünf Dollar, die sie schulterzuckend und widerspruchslos einsteckte. Geld bedeutete ihr nichts.

Selbstverständlich wurde sie gefeuert. Damit hatte sie ja auch gerechnet. Consuelo runzelte die Stirn und bedachte mich mit einem seltsamen, mitfühlenden Blick, als ich ihr erzählte, ich sei zu Mickey gezogen. »Ich wußte nicht, daß du so bist. Aber Mickey war sich fast sicher. Das hat sie mir gesagt.« Sie betrachtete mich noch aufmerksamer. »Hat sie sich schon Geld von dir geliehen?«

Das hatte sie. Aber sie war keine Schmarotzerin. In den nächsten drei Jahren – wenn sie hin und wieder einen Job annahm und ein bißchen was verdiente – gab sie regelmäßig ihren oder meinen letzten Dollar irgend jemandem, der in Schwierigkeiten steckte, bankrott oder hungrig war; manchmal auch Leuten, die wir kaum kannten. Und wenn wir auf dem trockenen saßen, erwartete sie von ihnen, daß sie ihr die Wohltat vergalten. Was sie natürlich nicht taten.

Pris erklärte mir einmal, Mickey sei von den Moralvorstellungen der frühen Christen erfüllt, die geglaubt hatten, alle Besitztümer wären gemeinsames Gut. Und tatsächlich – hätten alle die Überzeugung meiner Freundin geteilt, niemand dürfte hungern, solange es Millionäre gäbe; die Welt wäre besser.

Von Mickey lernte ich, daß ihre Haltung – die Verachtung für Status und äußeren Schein und Geld, das man mit allen teilte, wenn man es besaß, und von anderen nahm, wenn man es nicht besaß – das eigentliche Wesen des sogenannten Beatnik-Lebensstils war, nicht die Mode der Bärte und Trikots. Für diese Anschauungen konnte ich mich nie so richtig begeistern. Nach Mickeys Meinung war ich hoffnungslos konventionell.

Mit ihrem unverhohlenen Bekenntnis zum Lesbentum stellte sie in der schwulen Welt eine Rarität dar. Ich hatte geglaubt, alle Lesbierinnen wären gleich. Aber ich merkte sehr schnell, daß sie – abgesehen von derselben Vorliebe für gewisse Liebesobjekte – so verschieden waren wie zehn beliebig ausgewählte Hausfrauen und Universitätsprofessorinnen.

Jody und Pris zählten zu den stabilsten Paaren, die wir kannten. Irgendwie beneidete ich die beiden, wenn ich gerade wieder einmal nach Mickey fahnden mußte oder wenn sie soeben gefeuert worden war. Seit Pris vor elf Jahren die Schule verlassen hatte, lebten sie zusammen. Sie besaßen gemeinsam ein Auto und ein großes Apartment, betrachteten sich als Ehepaar, feierten die ›Hochzeitstage‹, und abgesehen von ihrer Kinderlosigkeit wirkten sie tatsächlich wie ein Durchschnittsehepaar. Auf der Bank hatten sie sogar ein gemeinsames Konto. Im Gegensatz zu den unsteten Lesben, die mit jedem Neuankömmling in der Szene flirteten, waren sich Pris und Jody niemals untreu gewesen und vertrauten einander bedingungslos. Mickey hingegen konnte so eifersüchtig werden, daß sie mich ohrfeigte, als ich einmal nach der Arbeit mit Consuelo in einer Bar etwas getrunken hatte.

Sechs Monate nach meinem Einzug in Mickeys winzige Wohnung stießen wir bei einer abendlichen Kneipenrunde zufällig auf Jimmy Rouse. Er hatte eine Freundin bei sich, aber die tanzte mit Mickey, und so konnten Jimmy und ich uns ungestört unterhalten.

»Also hast du endlich debütiert.« Nur sein Mund lächelte, seine Augen blieben traurig. »In gewisser Weise tut es mir leid, Lee. Das ist ein hartes Leben.«

»Magst du Mickey nicht? Sie hält sehr viel von dir.«

»Sie ist ein gutes Kind«, erwiderte er ernst, »ein wundervoller Mensch und ihren Grundsätzen stets treu. Es müßte viel mehr solche Leute geben.«

»Das wäre eine komische Welt.«

»Aber eine gesündere – wenn wir alle aus unseren Löchern kriechen und das Recht beanspruchen könnten, das andere haben – so zu leben, wie wir wollen, solange wir damit niemanden stören.«

Ich lächelte bitter. Mein normales Lächeln war bereits bitter geworden. »Aber wir stören die Leute allein durch unsere Existenz. Wir haben keine Möglichkeit, ein Leben nach unserem Geschmack zu führen, ohne irgendwen zu stören.«

»Das ist ja das teuflische Problem. Den meisten von uns fehlt es an Mickeys Mut. Deshalb ziehen wir die Köpfe ein, und Menschen wie Mickey müssen dafür bezahlen.«

Ich lebte fünf Jahre mit ihr zusammen, ehe ich begann, das alles in Frage zu stellen. Seltsamerweise war es Kate, die mich veranlaßte, meine Lebensweise mit kritischen Augen zu betrachten.

In diesen fünf Jahren war ich höchstens ein halbes dutzendmal zu Hause auf der Ranch gewesen und nie länger als ein Wochenende geblieben. Meine Verwandten wußten, daß ich arbeitete und mit einer Frau zusammenwohnte. Ich glaube, sie kamen gar nicht auf die Idee, das etwas genauer zu ergründen.

Meine Mutter schrieb mir, Kate sei zu Besuch nach Texas gekommen und wolle mich treffen. Ich nahm an, sie würde nur ein paar Tage in San Antonio verbringen, und verabredete mich mit ihr in dem Hotel, wo sie wohnte.

In all den Jahren hatten wir uns nicht gesehen. Mit gemischten Gefühlen betrat ich die Halle. Ich erinnerte mich an ihr blasses, leuchtendes Gesicht unter dem Brautschleier. Was war inzwischen aus ihr geworden? Aber als sie mir in dem überfüllten Raum zuwinkte und mir ein fröhliches, strahlendes Lächeln schenkte, wußte ich, daß sie sich nicht verändert hatte. Sie wirkte nur etwas dünner als früher und bleicher, und sie trug eine neue Frisur, aber sie war immer noch Kate. Wir küßten uns scheu und flüchtig die Lippen, streiften nur die Luft neben unseren Wangen, dann gingen wir zum Lunch.

Sie erzählte mir, Rafe sei nicht mehr bei der Navy. Demnächst würde er die Ranch verwalten, weil mein Großvater schon ziemlich gebrechlich sei. Grandpa und Mutter bauten gerade ein kleines Haus in der Nähe des Hauptgebäudes, wo mein Bruder mit seiner Frau leben wollte.

Und dann sah sie mich verlegen an. »Ich bin in San Antonio, um einen Gynäkologen zu konsultieren – weil ich endlich wissen möchte, warum ich kein Baby bekomme.«

Ob Sie's glauben oder nicht – in diesem Augenblick kam mir zum erstenmal der Gedanke, daß Kate eines Tages Mutter werden könnte. »Willst du denn eins?« erkundigte ich mich dümmlich.

»Wie kannst du das fragen!« Ihr Gesicht verzerrte sich. »Ich hab' eines verloren. Wußtest du das nicht?«

Nein, das erfuhr ich erst jetzt. Ich hatte soviel über die Angst vor der Schwangerschaft gehört und gelesen. Und die meisten berufstätigen Ehefrauen, die ich kannte, betrachteten eine Schwangerschaft als Katastrophe. Nie wäre ich auf den Gedanken verfallen, eine Frau, die diesem Unglück entging, könnte darunter leiden.

Ihre Stimme klang fast verzweifelt. »Ich muß ein Baby bekommen, Lee. Sonst...« Sie verstummte. Vielleicht fand sie, daß sie schon zuviel gesagt hatte. Wir sprachen von anderen Dingen, und nach einer Weile fragte sie: »Wann wirst du heiraten, Lee?«

Ich lachte. »Hoffentlich nie.«

Kate runzelte leicht die Stirn. »Ich würde das verstehen, wenn du einen tollen Job hättest. Aber den hast du nicht.«

Ich benutzte einen von Mickeys Lieblingssätzen. »Ich lebe heute – nicht gestern oder morgen.«

»Das stimmt nicht«, widersprach Kate. »So bist du nicht. Du hast tiefe Wurzeln, du mußt deinem Dasein einen Inhalt geben. Eine Zeitlang magst du so leben, aber nicht immer. Das paßt nicht zu dir.«

Ich zuckte zusammen, und sie wechselte das Thema. Wir erwähnten meine Lebensweise nicht mehr. Aber ich war beinahe froh, als wir uns trennten. Kate sah zuviel. Sie hatte schon immer zuviel gesehen, was mich betraf.

9.

Seltsam, wie beharrlich mich ihre Worte verfolgten... Sie zwangen mich zur Besinnung, und ich begann zu erkennen, wie wenig ich über mein Leben nachgedacht hatte. Jetzt analysierte ich es, nicht kritisch – noch nicht. Es war nur eine Bestandsaufnahme.

Wie ich bereits feststellte – Jody und Pris waren das stabilste Paar, das wir kannten. Wir verachteten die Ehe, aber die beiden führten ein eheähnliches Leben, mit dem Unterschied, daß sie Frauen waren.

Und Mickey, die mit Männern nichts anfangen konnte, opferte einen Großteil ihrer Zeit, um Arbeitsplätze zu suchen, wo sie Jeans und ganz kurze Haare tragen konnte – wo sie also Personen imitieren konnte, von denen sie sonst nichts wissen wollte. Sie erklärte, damit würde sei ihre Persönlichkeit zum Ausdruck bringen. In mir liebte sie die Frau. Tagsüber war ich eine, aber wenn ich abends mit ihr ausging, mußte ich wie ein Junge auftreten. Sie verabscheute die Männer, trotzdem gefiel ich ihr am besten, wenn ich möglichst maskulin gekleidet war.

Je aufmerksamer ich mein Umfeld beobachtete, desto verrückter erschien es mir. Zum Beispiel Martin, einer der Stammgäste der Bar in der Salazar Street – er war nicht homosexuell und verscheuchte alle Schwulen, die nicht mindestens eine halbe Meile Abstand von ihm hielten. Und er repräsentierte einen Typ, für den es keinen Namen gab. Er schwärmte für Lesben und identifizierte sich mit ihnen. Man könnte ihn als männliche Lesbierin bezeichnen. Einmal erzählte er mir, er hasse sein Geschlecht und habe noch nie eine normale

Frau begehrt. Sein innigster Wunsch war es, eine Frau zu sein und eine Frau zu lieben. In der Kneipe fungierte er als großer Bruder, als Schulter zum Ausweinen, und er war mit allen Mädchen befreundet, nicht aus Großherzigkeit, sondern weil er in ihrer Nähe sein, an ihren Problemen teilhaben und sich eins mit ihnen fühlen mußte.

Und Dorcas – sie war, um es höflich auszudrücken, eine Hure. Manche Lesben sind Huren und manche Huren Lesben; aber die lesbischen Huren gehören aus irgendwelchen Gründen niemals zu jenen, die für Männer wie Martin einen Liebesakt vorführen oder für Fotos posieren. So etwas tun nur Frauen, deren Gefühle nicht beteiligt sind und die damit Geld verdienen.

Fern und Lissa wohnten eine Zeitlang in unserem Mietshaus. Lissa, eine siebzehnjährige Kunststudentin, war von zu Hause weggelaufen, um mit Fern zusammenzuleben. Die war über dreißig, eine nicht sonderlich bewundernswerte Säuferin und das, was wir ›doppelbödig‹ nannten. Sie ging sowohl mit Frauen als auch mit Männern, je nachdem wie es ihr gerade besser in den Kram paßte. Eigentlich war sie keine Hure, aber sie ›lieh‹ sich von ihrem jeweiligen Freund oft Geld für die Miete und fürs Essen. An einem Abend, wo sie nicht so betrunken war wie sonst, schlief sie mit einem dieser Typen. Mickey und ich hörten seltsame Geräusche in ihrem Bad und brachen die Tür auf. Lissa lag in der vollen Wanne, das Gesicht nach unten. Zehn Minuten später wäre sie tot gewesen.

Seltsamerweise hatte diese Geschichte ein Happy-End. Ausgerechnet Dorcas rief Lissas Vater an, und er holte seine Tochter nach Hause. Drei Monate später wurde ich zu ihrer Hochzeit eingeladen und ging auch hin. Aber meistens finden die Probleme keine so glückliche Lösung.

Mickey arbeitete wieder. Sie hatte Nachtdienst in einer Tankstelle, die rund um die Uhr geöffnet war. Während dieser Phase wurde ich einmal von einem leisen Geräusch an der Tür geweckt. Ich schlüpfte in einen Morgenmantel, öffnete sie, und da fiel Jimmy Rouse buchstäblich herein. Ich preßte die Hände auf den Mund, um nicht zu schreien. Blut verkrustete sein Gesicht und quoll immer noch aus Rißwunden auf den Wangen und Lippen. Seine Hose war zerrissen und voller Schlamm, das Sporthemd hing in Fetzen an seinem Körper.

Seine Besinnung drohte zu schwinden. Ich kniete neben ihm nieder, dann hörte ich weiter unten im Treppenhaus Schritte und begann, ihn ganz über die Schwelle zu ziehen. Eines konnten wir nun wirklich nicht brauchen – wohlmeinende Nachbarn, die nachsehen wollten, was hier los war. Glücklicherweise bin ich groß und stark, und Jimmy ist klein und dünn. Irgendwie bugsierte ich ihn in die Wohnung und schloß die Tür. Dann rannte ich in die Kochnische, um ihm einen Drink zu bringen, und hoffte, daß Mickey die Whiskyflasche noch nicht geleert hatte.

Jimmy versuchte das Glas wegzuschieben, das ich an seinen blutenden Mund hielt. Seine Lippen waren fast auf das Doppelte ihrer normalen Größe angeschwollen; getrocknetes Blut verklebte ein Auge. Er schluckte, würgte, hustete und murmelte: »Nichts mehr.«

Ich holte einen feuchten Lappen und wusch ihm behutsam das Gesicht, dann half ich ihm aufs Sofa. »Was ist passiert?

»Ich – wurde in einer Seitengasse überfallen.« Mit zitternden Fingern griff er in seine Hosentasche. »Meine Geldbörse ist weg, ich konnte nicht nach Hause... Tut mir leid, daß ich dich mitten in der Nacht belästige...«

»Ich bin froh, daß du da bist.« Besänftigend legte ich

eine Hand auf seine magere, bebende Schulter. »Leg dich hin und ruh dich aus, ich rufe die Polizei an.«

»Um Himmels willen, nein!« Jimmy richtete sich auf und sank wieder zurück. »Das darfst du nicht, Lee!«

»Aber du brauchst unbedingt einen Arzt, Jimmy. Sonst wirst du womöglich auf diesem Auge blind.«

Kraftlos schob er meine Hand weg, sein Kopf fiel zurück. »Mickey soll sich darum kümmern, wenn sie heimkommt. Sie ist Krankenschwester.«

Ich goß ihm noch einen Drink ein und drückte das Glas in seine Hand. »Warum willst du dich nicht an die Polizei wenden?«

Er setzte sich wieder auf und starrte mich mit seinem unverletzten Auge an. »Der Junge sah nett aus.« Krampfhaft schluckte er, dann wandte er den Blick von mir ab. »Er sagte, er – er wolle sich nicht in öffentlichen Toiletten rumtreiben, wir würden zu ihm nach Hause gehen. Der älteste Trick in den Geschichtsbüchern – und ich fiel drauf rein, Lee! In dieser Gasse warteten drei Kerle auf uns. Ich wußte sofort, daß ich in eine Falle getappt war. Wenn sie mir wenigstens nur das Geld weggenommen hätten! Aber sie schlugen mich auch noch zusammen und traten nach mir, und einer muß mich mit einem Totschläger bearbeitet haben.« Das Auge schloß sich. »Das letzte, was ich hörte, waren die bezeichnenden Worte: ›Geschieht dem dreckigen Schwulen ganz recht.‹«

»Oh, mein Gott«, flüsterte ich und nahm ihn in die Arme. Er zitterte so heftig, daß ich fürchtete, er würde vom Sofa fallen.

»Warum, Lee? Warum? Nie im Leben hab' ich einen Jungen angemacht. Es war *seine* Idee. Er kam zu mir ...« Seine Stimme brach, und meine Kehle schnürte sich schmerzhaft zusammen.

»Jimmy, das waren Verbrecher. Das hätte jedem passieren können. Hör mal, du wurdest niedergeschlagen und bestohlen. Du solltest zur Polizei gehen. Was das andere betrifft... Da steht dein Wort gegen die Behauptungen dieser Gangster.«

»Ich bin Lehrer, Lee. Wenn ich beschuldigt werde, bin ich in jedem Fall schuldig – auch wenn sich meine Unschuld erweist. Und sobald ich beschuldigt werde, bin ich tot.« Schwankend stand er auf. »Darf ich ein bißchen auf dem Sofa hier schlafen? In diesem Zustand kann ich nicht nach Hause gehen.«

»Natürlich, aber nicht auf dem Sofa.« Ich umfaßte vorsichtig seinen Arm und half ihm auf mein Bett, dann wusch ich ihm noch einmal das Gesicht, zog ihm die Schuhe aus und gab ihm Schmerztabletten, die mir mein Zahnarzt verschrieben hatte. »Die nützen nicht viel, aber...«

Dankbar schluckte er sie. »Du bist ein Juwel, Lee.«

»Wozu sind Freunde da?« Ich breitete eine Decke über ihn, holte noch eine und machte mir ein Lager auf dem Sofa zurecht, aber ich fand keinen Schlaf. Nach einer Weile schlich ich auf Zehenspitzen zu Jimmy hinüber, um nach ihm zu sehen. Er schien zu fiebern, sein geschwollenes Gesicht hatte sich gerötet. Plötzlich warf er sich herum und schrie auf.

»Ganz ruhig«, wisperte ich und beugte mich im Dunkeln über ihn. »Sei ganz ruhig, Jimmy. Ich bin's, Lee. Alles ist okay.«

Er umklammerte meine Hand – vermutlich, ohne es zu wissen. Hilflos sagte ich mir, daß er eine Gehirnerschütterung erlitten haben mußte. Ich hätte ihm die Tabletten nicht geben dürfen. Er stöhnte, und als ich ihm meine Finger zu entziehen versuchte, hielt er sie fest. Ich setzte mich neben ihn auf das Bett, und da schlang er die Arme um meine Taille und schluchzte wie eine verlorene Seele. Ich umarmte ihn, wiegte ihn wie ein

Kind hin und her. Zunächst versteifte er sich, dann erschlaffte sein Körper, sein Kopf sank auf meine Schulter. Schließlich sagte er leise: »Sie schließen alle Türen, Lee. Was soll ich tun? Soll ich mich umbringen, weil ich ein Homo bin?«

»Pst, nicht reden.«

»Ich will aber reden«, stieß er hervor. »Lee, bei der Air Force mußte ich einen Gefreiten ausbilden. Ich brachte ihm nichts bei – er mir um so mehr. Danach nahm er mir hundert Dollar ab und sagte, wenn ich nicht den Mund hielte, würde ich wegen Verführung eines Minderjährigen ins Gefängnis wandern – er wäre erst in sechs Monaten achtzehn. Und diesem Kerl vertraute Onkel Sam einen Jet an... Er hätte sich überall Kondome besorgen und sich mit allen Mädchen von Texas amüsieren können. Aber als wir es miteinander getrieben hatten, war er plötzlich minderjährig. Ein verführtes Kind. Was, zum Teufel, soll man da machen?«

Ich wußte keine Antwort, hielt ihn nur fest, und nach einiger Zeit kroch ich zu ihm unter die Decke. Es war sonderbar. Mit Sex hatte das nichts zu tun, aber ich umarmte ihn wie einen Liebhaber, bis er zu zittern aufhörte und einschlief. Endlich nickte auch ich ein, immer noch an Jimmy geschmiegt. Das nächste, was ich wahrnahm, war ein schwaches Licht im Raum. Mickey stand vor uns. »Was, zum Teufel...«

Hastig bedeutete ich ihr, leise zu sein. Aber sie schaltete die grelle Deckenleuchte ein, dann kreischte sie: »Großer Gott, du hast vielleicht Nerven! Du liegst mit einem Mann im Bett! In meiner Wohnung!« Wahrscheinlich konnte man ihr Gebrüll bis nach Dallas hören. Sie wirbelte herum, ergriff die Tischlampe, und als deren Licht erlosch, wollte sie mich damit schlagen. Ich schrie und Jimmy erwachte, drehte sich stöhnend um, dann setzte er sich abrupt auf.

»Mickey? He, Baby, reg dich ab! Ich bin's nur – Jimmy!«

»Du?« Sie ließ die Lampe aufs Bett fallen. »Was...« Verwirrt runzelte sie die Stirn, trat zurück, stemmte die Hände in die Hüften und musterte uns. Natürlich sah sie jetzt, daß Jimmy vollständig angezogen war und daß ich meinen Morgenmantel trug. Schließlich lachte sie und hob die Lampe auf. »Das ist ja ganz was Neues! Was habt ihr vor? Wollt ihr einander bekehren?« Ihr Gelächter verstummte erst, als sie Jimmys Gesicht sah. »Du meine Güte! Hat Lee dich vergewaltigt?«

»Das ist nicht komisch, Mick«, sagte ich und erzählte ihr die ganze Geschichte.

»Ich kam hierher, weil ich nicht nach Hause konnte«, fügte Jimmy hinzu.

»Klar.« Sie beugte sich über ihn. »Zu wem hättest du sonst auch gehen sollen? Lee, lieg hier nicht im Weg herum und koch Kaffee, ich werde mir den Jungen mal anschauen.« Energisch, aber behutsam drehte sie sein Gesicht ins Licht. Wie in allen kritischen Situationen zeigte sich die beste Seite ihres Wesens.

»Er wollte nicht, daß ich die Cops rufe – oder einen Arzt...«

»Damit hatte er auch verdammt recht. Was meinst du, was für ein Aufsehen das gegeben hätte!« Sie klopfte ihm auf die Schulter und gab sich betont lässig, aber ihr Blick war voller Zuneigung. »Armer Kleiner! Ich bin gleich wieder da.« Sie lief ins Bad und kam mit Watte, Alkohol, Jod und so vielen anderen Medikamenten zurück, daß Jimmy den Kopf zwischen die Schultern zog.

»Hilfe! Willst du das alles an mir ausprobieren?«

Als ich Kaffee und Toast gemacht hatte, war sein Gesicht professionell gereinigt und bandagiert, und Mikkey rieb seinen verletzten Brustkorb und die Schulter mit Salbe ein, wobei sie unentwegt fluchte. »Wenn ich diese Hurensöhne finde, können sie was erleben...«

Er griff nach ihrem Handgelenk und hauchte einen Kuß darauf. »Du hättest mich gestern abend begleiten und beschützen sollen.«

Mickey lachte nicht. »Diese Bastarde! Am liebsten würde ich sie ermorden!«

»Du hast schon genug für mich getan, Mickey. Mit dieser hübschen Vermummung...«, er deutete auf den Verband, »...kann ich den Leuten in der Schule erzählen, ich hätte einen Unfall erlitten.« Er grinste vorsichtig mit der unversehrten Hälfte seines Gesichtes. »Die Schuld werde ich dir geben, Mick, und sagen, ein wilder Schlägertyp hätte mich mit einem Mädchen im Bett gefunden...« Zärtlich drückte er ihren Arm. »Damit verschaffe ich mir einen ganz neuen Leumund.« Dann fuhr er tapfer fort: »Hör mal, Mick, du solltest dich besser beherrschen. Eines Tages, wenn du wieder mal so in Wut gerätst, könntest du Lee umbringen.«

Sie legte einen Arm um meine Schultern. »Das ist unwahrscheinlich«, erwiderte sie tonlos mit ernster Miene. »Aber ich weiß – ich flippe viel zu schnell aus. Ich kann nichts dagegen tun.«

Bald danach mußte ich zur Arbeit gehen, Jimmy und ich teilten uns ein Taxi.

Um die Mitte des Vormittags stöhnte Consuelo plötzlich: »Ooooh...« Zu meiner Bestürzung kam Mickey herein. Nie zuvor hatte ich gemerkt, daß sie so ein grober Klotz war. Sie hatte sich nicht die Mühe gemacht, ihre Kleidung zu wechseln, und trug immer noch den Overall, in dem sie an der Tankstelle arbeitete, und die Stiefel. Sogar als Mann hätte sie wie ein Schläger ausgesehen. Trotzdem war ihr weibliches Geschlecht zu erkennen. Sie wandte sich zu Consuelo, die sie ärgerlich anstarrte, und ich ging rasch zu den beiden hinüber. »Was ist los, Mickey?«

»Ich wollte Connie nach diesem Lokal fragen – du weißt schon.«

Während die beiden miteinander sprachen, sah ich die Geschäftsführerin im Hintergrund des Raumes auftauchen und zuckte zusammen.

»Was hast du?« fuhr Mickey mich an. »Schämst du dich, wenn du mit mir gesehen wirst?«

»Natürlich nicht«, versicherte ich, aber ich schluckte. Schämte ich mich? Mußte sich Mickey so anziehen?

Die Geschäftsführerin kam auf uns zu und erkundigte sich kühl: »Kann ich Ihnen helfen, Miß?«

»Ich wollte mich nur mit Connie unterhalten«, erklärte Mickey. »Erkennen Sie mich nicht, Helen? Ich hab' mal hier gearbeitet.«

Sie blinzelte. »Nein, ich – ich habe Sie nicht erkannt, Miß Searles.« Als Mickey gegangen war, drehte sich Helen zu mir um. »Ist sie Ihre Freundin? Leider muß ich Sie bitten, Ihre Freunde während der Arbeitszeit nicht ins Büro einzuladen.«

Ihre Reaktion war verständlich, aber in diesem Augenblick mehr, als ich verkraften konnte. Ich geriet in Wut und brachte einige von Mickeys Argumenten vor. Ehe mir bewußt wurde, was ich tat, hatte ich verkündet, wie wenig ich von diesem miesen Job hielt – und war ihn einige Sekunden später los.

Als ich nach Hause kam, saß Mickey da und wartete auf mich. »Arbeitest du nicht?« fragte ich.

»Nein.«

»Um Himmels willen! Ich hab' keinen Job mehr! Und du hast deinen auch verloren!«

Erbost starrte sie mich an. »Jobs gibt's wie Sand am Meer. Was für eine Freundin bist du eigentlich?

Glaubst du, ich laß mir alles gefallen? Hör mal, Baby, wenn wir nicht zusammenhalten, gehen wir drauf!«

Sie zog ihre besten Sachen an – eine dunkle Nadelstreifenhose, ein Männerhemd mit winzigen Karos, eine schmale Krawatte, die fast wie ein Band wirkte. In diesem Aufzug sah sie wie ein mädchenhafter Junge aus.

»Wohin gehen wir?« fragte ich.

»Ins spanische Viertel.«

Obwohl ich schon seit vielen Jahren in San Antonio lebte, kannte ich diesen Stadtteil kaum und war nur hin und wieder in einem mexikanischen Touristenrestaurant wie dem ›La Villita‹ gewesen. Wie ein Schatten heftete ich mich an Mickeys Fersen, während wir an den Bars vorbeischlenderten. In einem Eingang drängten sich Air Force-Soldaten, die ihr Obszönitäten nachriefen. Einer versuchte, mich am Arm zu packen. »He, Baby, hat deine Freundin irgendwas, das ich nicht habe?«

Mit blitzenden Augen drehte sich Mickey um. Ich griff nach ihrer Hand und wisperte: »Bitte!«

Sie beruhigte sich, warf aber einen finsteren Blick auf die Männer. »Bastarde! Wundert's dich, daß ich sie hasse?«

Das Lokal, das wir schließlich betraten, war klein und dunkel, nur von zwei Fünfzehn-Watt-Glühbirnen erhellt. Aus einer Musicbox plärrten mexikanische Klänge – nicht die sanften Flamencorhythmen, die ich liebte, sondern der klagende, nervöse Lärm populärer spanischer Lieder. Ein scharfer, widerwärtiger Geruch lag in der Luft. Nach einer Weile merkte ich, daß hier keine einzige Frau saß.

Ein kleiner, hinkender Mexikaner mit eingeöltem Haar und Barkeeperschürze sprach in Stakkato-Spanisch auf Mickey ein und führte uns dann zu meiner

Überraschung (er schaute so feindselig drein, als wollte er uns ein Messer zwischen die Rippen stoßen) an einen Tisch. Nachdem er uns zwei Gläser Bier serviert hatte, beugte sich Mickey zu mir herüber und flüsterte: »Keine Angst, das ist eine Schwulenkneipe – vielleicht ein bißchen brutaler als die anderen, aber ein paar von diesen Leuten kennen mich. Sie werden uns nichts tun.«

Als sich meine Augen an die Dunkelheit gewöhnt hatten, sah ich sie – bronzebraune kleine Männer mit langem Kraushaar oder dichten Bartkoteletten; einige in Jeans und Lederjacken, andere in hellen Seidenhemden – und alle mit dem undefinierbaren Markenzeichen behaftet. Einige ließen keinen Zweifel aufkommen, hatten Puder und Rouge benutzt. Gelächter, laute Gespräche und Pfiffe erfüllten den Raum, aber auch noch etwas anderes – eine seltsame unterschwellige Strömung.

»Das sieht aus wie ein Gangstertreff«, murmelte ich.

»So könnte man's vermutlich nennen. Ich kenne Bullen, die nur paarweise hierherkommen, mit entsicherten Pistolen.« Mickey senkte die Stimme noch mehr, obwohl sie ohnehin schon wisperte. »Wenn man mit schwulen Lateinamerikanern zu tun hat, kann's übel werden. Ich glaube, die Katholiken haben einen so traditionsreichen Kampf dagegen geführt, daß die Homos – abgesehen von den Reichen, die man ungeschoren läßt – ihre Veranlagung erst dann ausleben können, wenn sie Außenseiter der Gesellschaft geworden sind. Viele kleine Gangster sind schwul.«

Ein junger Mexikaner mit dem Gang eines Akrobaten kam auf uns zu. Er war kleiner als Mickey, aber manche Korallenottern sind auch klein, dachte ich. Und er sah genauso tödlich aus mit seinen lockigen Bartkoteletten, dem dunkelroten Satinhemd, dem silberbeschlagenen

Gürtel und den Stiefeln. »*Que pasa?*« Er setzte sich zu uns, und der Barkeeper brachte noch eine Runde Bier.

»Lee, das ist Eugenio Montaballan, ein Vetter von Consuelo.«

Eugenio schenkte mir ein rasches Grinsen, wobei er spitze Zähne entblößte. »*Encantada.*«

Die beiden sprachen Spanisch, und ich bekam nur in groben Zügen mit, worum es ging.

»Eugenio, du weißt doch alles, was in dieser Stadt vorgeht. Ich bitte dich, herauszufinden, wer einen meiner Freunde zusammengeschlagen und ausgeraubt hat.« Sie beugte sich zu ihm und schilderte mit leiser Stimme, was Jimmy zugestoßen war. Dann zog sie einen Geldschein hervor, aber er winkte ab.

»Nein, nein, es ist mir ein Vergnügen.« Er setzte wieder sein mörderisches Grinsen auf. »Dein Freund sollte in Zukunft ein Messer bei sich tragen. Mit uns können die *ladrones* dieses Spiel nicht treiben, weil sie wissen, daß wir bewaffnet sind.«

Mickey übersetzte mir nicht alles, was Eugenio gesagt hatte. Seine Dialektausdrücke hatte ich nicht verstanden. Eine Woche später zeigte sie mir wortlos einen Zeitungsartikel auf der letzten Seite. Ich las, daß Winslow Breck – der Polizei wohlbekannt, mit drei Vorstrafen für Diebstahl, Erpressung und exhibitionistische Handlungen – übel zugerichtet in einer Gasse gefunden worden war. Man führte die Tat auf einen Bandenkrieg zurück. Er hatte seine Angreifer nicht erkannt, deshalb konnte keine Anklage erhoben werden.

Mickey lächelte schwach. »Eugenio und seine Freunde gehen immer sehr gründlich vor.«

10.

Der Brief kam an meinem sechsundzwanzigsten Geburtstag. Im Jahr vorher war nicht viel geschehen. Ich hatte eine Stellung in der Fabrik angenommen, wo Pris als Kontrolleurin fungierte, keinen guten oder interessanten Job, aber ich konnte davon leben und in meiner Freizeit tun, was mir beliebte. Mittlerweile hatte ich mir Mickeys Lebensanschauung zu eigen gemacht – Freiheit bedeutet, daß man sich nicht von einer Arbeit einengen läßt, für die man irgendwas von seiner kostbaren Persönlichkeit aufgeben müßte.

Irgendwie fiel es mir leichter als früher, mich diesen Maximen anzupassen, weil ich sie nicht unbedingt akzeptieren mußte. Grandpa war gestorben und hatte mir zweitausendfünfhundert Dollar hinterlassen, ein hübsches Polster für Notfälle. Als Nachlaßverwalterin hatte mir Mutter fünfhundert geschickt, den Rest wollte sie behalten, bis ich ihn ›brauchte‹, wie sie erklärte. Ich brachte die fünfhundert auf die Bank und erzählte Mickey nichts davon. Nicht daß es mir etwas ausgemacht hätte, meinen letzten Cent mit ihr zu teilen. Aber sobald wir etwas Geld besaßen, weigerte sie sich, nur um der Arbeit willen zu arbeiten. Sie konnte sich wirklich abrackern, und wie ich bereits erwähnte, sie zog sogar ihr Hemd aus, wenn es irgend jemand brauchte. Doch sie suchte sich nur einen Job, wenn wir pleite waren.

Mickey und ich betrachteten uns inzwischen als permanentes Paar. Seit sechs Jahren lebten wir zusammen, was unseren kleinen Kreis überraschte. Nur Jody und Pris waren noch länger beisammen. Und dann kam der Brief, und irgend etwas verkrampfte sich in mir, als ich die Unterschrift sah – *Norma Crandall.*

Seit drei Jahren war sie geschieden. Nun wollte sie nach Texas zurückkehren, nach San Antonio, und mich sehen. Mickey las den Brief, teilweise laut. »Das ist also das Mädchen, das dir auf dem College so übel mitgespielt hat? Ist sie nun Lesbe oder nicht?«

»Nein. Mit ihr war es nur – eben so...«

Prüfend schaute sie mich an, und ich begann eine schreckliche Eifersuchtsszene zu fürchten. Dergleichen hatte ich schon ein paarmal erlebt.

»Jetzt bedeutet sie mir nichts mehr«, fügte ich hinzu. »Damals war ich fast noch ein Kind. Ihretwegen bin ich durch die Hölle gegangen. Aber das ist schon Jahre her.«

Mickey lächelte. »Bring sie doch hierher. Ich möchte mir die berühmte Norma mal ansehen und feststellen, ob sie deiner Begeisterung würdig war. Außerdem – wenn sie in Greenwich Village gewohnt hat, hält sie uns wahrscheinlich für Landpomeranzen. Nun, wir werden sie eines besseren belehren.«

»Mit der Homoszene möchte sie bestimmt nichts zu tun haben«, protestierte ich. »Auf dem College wollte sie nicht einmal mit mir tanzen.«

Mickey warf mir einen skeptischen Blick zu. »Gerade diese Typen stürzen sich kopfüber ins Vergnügen, wenn sie aufhören, sich selber etwas vorzumachen.«

Einige Tage später teilte Norma mir mit, sie wäre im Angelus Hotel abgestiegen.

Seit dem schrecklichen Rendezvous mit David hatte ich mich nicht mehr so sorgfältig angezogen. Auf dem Weg zum Hotel nahm ich mir vor, kühlen Gleichmut zu zeigen. War ich immer noch ein dummes Kind? Sie konnte mir nicht weh tun – jetzt nicht mehr. Aber der Rest meiner Leiden verfolgte mich immer noch, wie die

Schmerzen in einem Zahn, der vor Jahren gezogen worden war. Immer wieder schluckte ich, denn während der Lift im Hotel nach oben fuhr, stieg auch ein Kloß in meiner Kehle auf. Ich klopfte an die Tür, sie öffnete sich – und da stand Norma.

Norma. Für eine Minute verschwanden die letzten Jahre. Sie war immer noch schlank, das Haar fiel immer noch wie ein goldener Schleier um ihre Schultern auf ein hellblaues Kleid. »Lee, liebe Lee!« Wie benommen ergriff ich ihre Hand. »Komm herein!« Sie führte mich ins Zimmer und schloß die Tür.

Durch einen brennenden Nebel unter meinen Lidern sah ich die Jahre in ihrem Gesicht. Es war schmaler geworden, wirkte verhärmt, winzige Falten umgaben die blauen Augen, den verkniffenen Mund. Ihre Hände, viel zu dünn, spielten mit einem Zigarettenetui. »Rauchst du noch, Lee?«

»Ich versuche mich zu mäßigen.« Aber ich nahm eine Zigarette.

Plötzlich legte sie ihre in einen Aschenbecher, kam zu mir und ließ den Kopf auf meine Schulter sinken. »O Lee«, sagte sie leise. »Habe ich dir sehr weh getan? Hast du mich vermißt? Du ahnst nicht, was ich durchgemacht habe, aber ich dachte wirklich, es wäre das Beste für uns beide. Hast du mir verziehen?«

Unglücklich umarmte ich sie, konnte nicht anders, drückte sie an mich, und ihre Wange preßte sich an meine. »Schon gut«, war alles, was ich hervorbrachte. »Weine nicht, Norma.« Es war genauso wie früher, und ich glaubte, mein Herz müßte brechen.

Sie hob ihr Gesicht und gab mir einen scheuen, wehmütigen Kuß auf die Wange, dann trat sie zurück und lächelte unter Tränen. »Ich verpatze mein ganzes Make-up!« Auf Armeslänge hielt sie mich von sich ab. »Und was hast du inzwischen gemacht, Lee?«

Später saßen wir auf dem Bett, Hand in Hand, und sie erzählte in knappen Worten von ihrer Ehe. »Es war ein schrecklicher Fehler, und es dauerte nur drei Jahre. Danach zog ich nach Los Angeles, um zu arbeiten. Und dann beschloß ich hierherzukommen – ich sagte mir, daß ich immerhin eine gute Freundin habe.«

»Keine Kinder?«

Sie zuckte mit den Schultern. »Ich habe einen kleinen Sohn. Er lebt bei meinem Exmann. Lee...« Sie unterbrach sich, dann fragte sie abrupt: »Bist du wirklich glücklich, Lee? Du siehst so traurig aus.«

Ich wandte mein Gesicht ab. »Möchtest du Mickey kennenlernen?«

»Lebst du mit ihr zusammen?«

Ich nickte.

»Liebst du sie?«

Wieder nickte ich, aber ich begann, die Beziehung zwischen Mickey und mir noch einmal zu überdenken. Liebe? Oder nur Kameradschaft mit stets verfügbarem Sex und einer Lebensweise, die sehr wenig von meinem wahren Ich verlangte?

»Ich habe mich in vielen Dingen geirrt, Lee. Aber ich hielt dich schon damals für eine echte Lesbierin. Daran gab ich mir oft die Schuld.«

Lächelnd drückte ich ihre Hand. »Unsinn, ich bin dir dankbar. Du hast mir geholfen, mich selbst zu erkennen. Und...« Ich zögerte, voller Angst vor ihrem Zorn. Sie hatte mir nie erlaubt, es auszusprechen. »Ich habe dich geliebt, Norma, und Liebe ist immer schön.«

»Du hast mich geliebt? Ich bin gerührt«, sagte sie leise. »Das wußte ich nicht. Ich war grausam, gefühllos – und selbstsüchtig.« Sie legte meine Hand an ihre weiche Wange. »Können wir jetzt Freundinnen sein, Lee?«

Ich hätte zu allem ja gesagt. Wir vereinbarten, daß sie am Abend auf einen Drink zu mir kommen würde, um

Mickey kennenzulernen, und dann wollten wir eine Tour durch ein paar Schwulenkneipen machen.

Nach Hause zurückgekehrt, sah ich die Wohnung mit Normas Augen und war entsetzt. Sechs Jahre hatte ich in diesem Loch gelebt... Fieberhaft begann ich sauberzumachen. Mickey, in einem Lehnsessel ausgestreckt, beobachtete mich mit einem sardonischen Grinsen. »Was ist denn los, Kindchen?«

Ich schaute sie an – verwaschene Jeans, ein schmutziges T-Shirt, nackte Füße in alten, schäbigen Sandalen. »Mickey, würdest du dich bitte umziehen?«

Sie runzelte die Stirn. »Was soll das? Hör mal, ich bin, wie ich bin. Du weißt es, ich weiß es, und diese Norma muß es wohl oder übel zur Kenntnis nehmen. Entweder sie akzeptiert mich, oder sie kann abhauen.« Ich ging zu ihr, und sie zog mich auf ihren Schoß. »Reg dich ab, Baby. Wozu die Mühe? Wenn sie uns so mag, wie wir sind – wunderbar. Aber wenn sie nur die Fassaden zu schätzen weiß, mit denen wir uns schmücken können – nun, je eher wir das herausfinden, desto besser.« Unglücklich schloß ich die Augen, und Mickey seufzte. »Bedeutet es dir wirklich so viel? Soll ich ein Bad nehmen, mich in Schale werfen und meine Räuberhöhle auf Vordermann bringen?« Ich schluckte und nickte, und sie gab mir einen besitzergreifenden Kuß. »Okay. Aber ich tu's nur für dich, nicht für diese Norma.«

Wenn Mickey kapitulierte, ließ sie sich nicht lumpen. Als sie fertig war, blitzte die Wohnung vor Sauberkeit, und sie selbst zeigte sich von ihrer besten Seite.

Es läutete an der Haustür, und ich lief nach unten. Norma rümpfte die Nase. »Großer Gott, Lee, sind die Mieten hier so teuer, daß du in einem – einem Schweinestall wohnen mußt?«

»Oben ist es nicht so schlimm«, erwiderte ich und ging voraus.

»Für uns reicht's«, erklärte Mickey. »Ein bißchen Tünche könnte Wunder wirken. Und Lee ist ein großartiges Hausmütterchen«, fügte sie hinzu und legte voller Besitzerstolz einen Arm um meine Taille.

Ich machte die beiden miteinander bekannt. »Ich habe viel von Ihnen gehört«, sagte Mickey mit ihrer tiefsten Stimme. Normalerweise klingt sie wie ein sanftes Cello, aber wenn ein rauher Unterton darin mitschwingt, ähnelt sie einem Bariton. Sie servierte Cocktails in unseren kostbarsten Gläsern. Wenn sie einen Entschluß gefaßt hatte, verwirklichte sie ihn mit der Gründlichkeit eines Mannes. Norma sah sich beinahe wohlwollend um.

»Sind Sie Künstlerin, Miß Searles?«

Mickey kicherte. »O nein.« Ich sah ihr an, daß sie überlegte, ob sie sich als Taxifahrerin ausgeben sollte. Sie liebte es, die Leute zu schockieren. »Nein«, fuhr sie langsam fort, »ich bin staatlich geprüfte Krankenschwester, aber dieser Beruf würde mich zu sehr einengen. Deshalb nehme ich diesen oder jenen Job an und genieße meine Freizeit. Sagen wir . . . ich – ich liebe das Künstlerleben, ohne das Talent zu besitzen, das dies rechtfertigen würde.«

Norma musterte sie über ihr Glas hinweg und meinte freundlich: »Vielleicht betrachten Sie Ihr Leben als Kunstwerk.«

Ich atmete auf, weil alles so gut lief.

»Ich nehme an, Sie sind mit dem Nachtleben von San Antonio nicht vertraut, Norma?«

»Ich weiß nur, was Lee mir erzählt hat.«

»Ich habe Consuelo angerufen.« Mickey fixierte mich. »Zwei Paare sind sicher interessanter als ein Trio. »Wir essen im ›Flamingo Club‹. Dort kann man auch tanzen...« Dieses Lokal war neu und beinahe elegant. »Danach schauen wir uns ein paar Bars an.«

Im ›Flamingo‹ machte Mickey mit Norma Konversation und überließ mich Consuelo. Trotz ihrer vier Drinks bewahrte Norma zunächst Haltung. Ängstlich beobachtete ich sie, und sie hatte tatsächlich einen kleinen Schwips, als Mickey vorschlug, in die Kneipe an der Salazar Street zu gehen. Im Lauf der Jahre hatten hier mehrere Razzien stattgefunden, hin und wieder war die Bar von der Polizei geschlossen worden. Nun galt sie als wüster denn je. Das Bluejeans-Kontingent inspizierte Norma und Consuelo, die sich schick herausgeputzt hatte, fast angewidert. Als ich Norma um einen Tanz bat, wich sie scheu zurück. »O nein, da würde ich mir komisch vorkommen.«

Die Spanierin girff nach meiner Hand. »Tanz mit mir, Lee. Mickey wird deine Freundin inzwischen unterhalten.« Auf der Tanzfläche lehnte sie für eine Sekunde den Kopf an meine Schulter. »Ich mag dich, Lee«, sagte sie mit alkoholisiertem Ernst. »Und ich bin froh, daß du deine Freundin wiedergefunden hast. Um nichts in der Welt würde ich dir weh tun.«

»Wie meinst du das, Connie?«

»Ich habe Mickey erklärt, daß ich dich mag und dich nicht verletzen möchte. Aber jetzt, wo diese Norma hier ist...« Sie biß sich auf die Unterlippe. »Ich war verzweifelt, als ich Mickey verlor. Gegen dich hatte ich nie was, nur – ich gehöre nun mal zu den Mädchen, die immer nur auf eine einzige fixiert sind. Deshalb freut es mich, daß Mickey die Wahrheit gesagt hat – daß du jetzt jemand anderen liebst.«

Verblüfft starrte ich auf sie hinab. Hatte Mickey ihr erzählt, wir würden miteinander Schluß machen? Aber Connie war betrunken. Ich beschloß, die Sache zu klären, wenn wir alle wieder nüchtern waren.

Als wir zum Tisch zurückkehrten, rief Mickey jovial: »Siehst du, Norma? Alles okay. Und jetzt komm! Ich bin es nicht gewöhnt, daß mir eine Frau einen Korb gibt.«

Zu meiner Überraschung ließ sich Norma aufs Parkett führen, wobei sie mit schwacher Stimme bemerkte: »So was hab' ich noch nie gemacht.«

Consuelo schaute ihnen mit düsterem Blick nach. »Ich wette, sie fürchtet sich genauso wie eine Klapperschlange.«

Drei Drinks später sagte Mickey: »Consuelo, zeigen wir Norma das ›Flamigero‹.« Sie wandte sich zu mir. »Erinnerst du dich? Dort haben wir Eugenio getroffen.«

Ich erschauerte. »O Gott, nein! Da will Norma nicht hingehen.«

»Ist sie sich zu gut dafür, mit meinen Freunden zu verkehren?« Wenn Connie getrunken hatte, wallte manchmal ihre Volksseele auf und sie glaubte, die Anglo-Mädchen würden sie von oben herab behandeln. Das ärgerte mich immer wieder.

»Damit hat das gar nichts zu tun«, entgegnete ich erbost. »Aber diese Kneipe ist praktisch ein Gangsterschuppen.«

»Man kennt uns dort«, betonte Mickey, »wir haben nichts zu befürchten. Und Norma will sich doch über das hiesige Nachtleben informieren – nicht wahr, Norma?«

Als wir die Tür des Lokals öffneten, drückte sich Norma entsetzt an mich, und ich legte einen Arm um ihre Taille. »Du mußt nicht da reingehen. Ich bringe dich ins Hotel zurück.«

Mickeys Augen verengten sich. »Nein, das wirst du nicht!«

»Du bist betrunken, Mickey, sonst hättest du uns niemals hierher...«

»Bitte«, fiel Norma mir ins Wort, »ich möchte euch den Spaß nicht verderben. Bleib mit Connie hier, Mickey. Mir ist ein bißchen schlecht – ich glaube, ich habe zuviel getrunken.« Schwankend lehnte sie sich an mich. »Lee begleitet mich zum Hotel.«

»Fang nicht zu streiten an, Mickey. Norma will sich verabschieden.« Mit einer Hand umklammerte Consuelo Mickeys Arm, mit der anderen winkte sie einem Mann zu, der bei der Tür stand, wechselte ein paar spanische Worte mit ihm, und er bestellte ein Taxi für uns. Widerstrebend fügte sich Mickey ins Unvermeidliche.

Im Auto sank Normas Kopf auf meine Schulter. »Danke, daß du mich da rausgeholt hast, Lee.« Als wir das Hotel erreichten, lud sie mich in ihr Zimmer ein. Eine Zeitlang saßen wir schweigend da und schauten uns an. Ihre Augen glühten vor Erregung. »Das ist alles so seltsam, Lee – eine ganz neue Welt, eine Welt innerhalb einer Welt, und du bist ein Teil davon.«

»Stört dich das?«

»Nein, irgendwie fasziniert es mich. Es ist so fremdartig, und ich frage mich immer wieder, ob ich dazupassen würde. Und du . . . , aber du gehörst zu Mickey – oder nicht?«

Sie streckte die Hände nach mir aus. Und da erkannte ich, wie betrunken ich war. Ich ließ mich umarmen, wir küßten uns, Norma preßte sich an mich, Seide und Satin und die Hitze darunter. So wie früher führte sie meine Finger über ihre Brüste. Wir fielen auf das Bett zurück, und unsere Küsse machten uns schwindlig. »Du bleibst doch hier?« wisperte sie. »Du kannst mich jetzt nicht verlassen.« Ihr Kuß war heiß und gierig, ihr Körper lag so warm unter meinem, schlank und weich in meinen Armen. Ein leidenschaftlicher Hunger lag in ihren Liebkosungen, eine wilde Hemmungslosigkeit. Ungeduldig klammerte sie sich an mich. »Tut sie das auch? Und das?« Sie streichelte meinen Busen und meine Hüften, während ihre Lippen über mein Gesicht wanderten.

Die Gedanken an Mickey, die Gedanken an alles andere verflogen wie Nebelwolken. Nur noch Norma existierte – Norma in meinen Armen. Irgendwie waren ihr Kleid und ihre Wäsche verschwunden, die weißen Rundungen ihres Körpers schimmerten wie Eis und weißer Marmor auf der dunklen Tagesdecke des Hotelbetts. Sie warf mich herum, preßte mich in die Kissen, und wir bäumten uns auf, immer wieder, gefangen in überwältigender Ekstase. Der Morgen graute schon, als wir endlich einschliefen.

Als ich erwachte, klebte ein Katergeschmack in meinem Mund. Meine zerknitterten Kleider lagen verstreut auf dem Boden. Norma schlief tief und fest. Natürlich, der gestrige Abend hatte sie fasziniert und erregt, und ich war verfügbar gewesen. Mehr steckte nicht dahinter. Aber das alte Feuer brannte wieder in mir, und nachdem ich erneut von ihr gekostet hatte, beherrschte sie mich ganz und gar.

Wie hatte ich Mickey das antun können? Und doch – wenn Norma erwachte und die Arme ausbreitete, wäre ich verloren. Ich konnte ihr nicht widerstehen.

Lautlos stand ich auf, ging ins Bad und spülte mir den Mund aus. Als ich meine zerknitterten Kleider anzog, wurde mir übel, weil ich mich selbst anekelte. Ein paar Sekunden lang blieb ich vor der schlafenden Norma stehen und berührte ihre Schulter, aber sie stöhnte nur. Auf Zehenspitzen schlich ich hinaus. Es war besser so. Als ich zu Hause ankam, war Mickey schon wach. Kampflustig saß sie in einem Lehnstuhl, zur Tür gewandt, damit ich nicht unbemerkt in die Wohnung huschen konnte. »Wo, zum Teufel, warst du?«

»Ich habe Norma ins Hotel gebracht...«

»...und ins Bett?« Sie sprang auf, kam zu mir und packte mich an den Schultern. Diesmal wird sie mir wirklich weh tun, dachte ich angstvoll, während sie mich erbost schüttelte. Plötzlich ließ sie mich los, und ich fiel zu Boden. »Du Biest!« fauchte sie. »Nun, wenn du deine Lektion noch immer nicht gelernt hast, was Norma angeht...« Sie zuckte mit den Schultern und wandte sich ab. Schwerfällig und verkatert sank sie auf das Bett.

Ich machte Kaffee, dann saß ich da und beobachtete sie müde. Liebte ich Mickey? Hatte ich sie jemals geliebt, oder war sie einfach nur in mein Leben getreten, ehe ich eine Chance gefunden hatten, meinen Kummer über die Trennung von Norma zu überwinden?

Mickey schlief tief und fest. Am späten Nachmittag erwachte sie, um sich wieder zu betrinken, und ich schaute ihr unglücklich zu. Ich kannte diese dreitägigen Besäufnisse, und ich erkannte meine eigene Schuld. Als sie gestern abend in das mexikanische Lokal gegangen war, hätte ich wissen müssen, daß sie ihre Selbstkontrolle verlieren würde. Wenn ich sie nicht verlassen hätte... Den ganzen Nachmittag saß ich in unserem schäbigen Zimmer und fühlte, wie sich irgend etwas in mir zusammenkrampfte und starb. Später schlief sie wieder ein.

Was für ein Leben war das? Hatte ich mir eingeredet, wir wären ein ebenso glückliches Paar wie Pris und Jody, nur weil ich zu schwach gewesen war, mich von Mickey zu trennen?

Das Telefon läutete und unterbrach meine Gedanken. Rasch nahm ich den Hörer ab, damit Mickey nicht geweckt wurde. Halb und halb war ich auf Normas Stimme vorbereitet. »Lee, bist du's? Kannst du reden?«

Unsicher schaute ich zu Mickey hinüber, aber sie schlief immer noch wie ein Stein. »Ja.«

»Du warst weg, als ich aufwachte. Warum, Lee?«

Ich schluckte. »Ich dachte – du würdest mich vielleicht nicht sehen wollen, wenn du die Augen aufschlägst.« Die Bitterkeit längst vergangener Jahre ließ sich nicht unterdrücken. »So war es immer.«

Sie stöhnte gequält. »Nicht, Lee! Spürst du denn nicht, daß jetzt alles anders ist? Du darfst nicht einfach aus meinem Leben verschwinden. Wir müssen miteinander reden. Wollen wir uns irgendwo treffen?«

»Nein, das geht nicht.«

»Hast du irgendwas vor? Mit Mickey? Kannst du dich nicht loseisen?«

Ich versuchte, meiner Stimme einen neutralen Klang zu geben. »Mickey ist betrunken.«

»Immer noch oder schon wieder?«

»Ich glaube, beides. Ich möchte sie nicht allein lassen. Sie könnte aufwachen und eine Dummheit machen.«

»Bist du ihr Kindermädchen oder ihre Ehefrau? Wird sie dich verprügeln, wenn du mit mir sprichst?«

Ich war froh, daß Norma am anderen Ende der Leitung saß und mein Gesicht nicht sehen konnte. »Worüber müssen wir reden?«

Zu meiner Verblüffung brach sie in Tränen aus. »Was soll das, Lee? Willst du dich an mir rächen, weil ich dir so oft weh getan habe? Merkst du denn nicht...« Sie konnte nicht weitersprechen.

Das ertrug ich nicht. Lieber wollte ich sterben, als Norma weinen zu hören. »Also gut«, sagte ich müde, »ich komme.«

»Zu mir ins Hotel?«

»Nein«, entgegnete ich hastig und entschlossen. Was immer geschehen mochte, ich würde mich nicht mehr überrumpeln lassen. Außerdem wollte ich von Anfang an meine Unabhängigkeit demonstrieren und ihr klarmachen, daß sie mich jetzt nicht mehr herumkommandieren konnte. (Wie dumm ich doch war...) »Treffen wir uns in der Kneipe an der Salazar Street.«

»Du wagst es wohl nicht, mich auf meinem eigenen Terrain zu sehen?«

Ich zuckte zusammen. »Unsinn! Aber du solltest dich an *mein* Terrain gewöhnen.«

Ihr leises, bezauberndes Lachen drang aus dem Hörer. »Was hältst du vom ›Flamingo Club‹?«

Mickey rührte sich nicht, während ich mich anzog. Die frische Luft auf der Straße war eine Erholung nach dem Alkoholgeruch in der Wohnung.

Angenehm klimatisierte Stille und sanfte Musik erfüllten den Flamingo Club. Ich setzte mich mit Norma in eine Ecknische. Sie sah bleich und abgespannt aus. Über den Tisch hinweg griff sie nach meiner Hand, und ehe ich wußte, wie mir geschah, hatte ich ihr mein Herz ausgeschüttet.

»Du kannst unmöglich bei ihr bleiben«, meinte sie entsetzt. »Nach der letzten Nacht kannst du dir doch nicht mehr einbilden, sie zu lieben.«

Ich beugte mich zu Norma und schaute ihr in die Augen. »Was ist aus deiner beharrlichen Behauptung geworden, du wärst keine Lesbe?«

»Ja, ich war eine Närrin«, erwiderte sie mit ruhiger Stimme. »Inzwischen habe ich mir eingestanden, daß ich zumindest bisexuell bin. Nur mit Frauen – das schaffe ich nicht. Aber ich kann nicht leugnen, daß ich wenigstens teilweise lesbisch veranlagt bin. Würdest du...«, sie zögerte, »...würdest du mich unter diesen Voraussetzungen akzeptieren?«

Ich versuchte ehrlich zu sein. »Ich weiß es nicht,

Norma«, entgegnete ich langsam. Ihr schmerzliches Geständnis hatte mich tief berührt. Und so sehr mich der Gedanke auch bedrückte – ich war mir keineswegs sicher, ob ich ein so perfektes Leben führte, daß ich es nicht ändern wollte. »Wenn Mickey mich auf diese Weise abzuservieren versucht – ich habe nichts dagegen, wenn sie sich wieder mit Connie zusammentut. Ich wäre verrückt, wenn ich bei ihr bliebe. Aber ich will sie nicht von heute auf morgen verlassen. Du hast mich überrumpelt, Norma. Sonst wäre ich gestern nicht mit dir ins Hotelzimmer gegangen.«

Verlegen wechselte sie das Thema, dann schaute sie an mir vorbei auf Leute, die soeben hereinkamen. »Mein Gott, das kann doch nicht Jimmy Rouse sein!«

»Doch, das ist er!« rief ich erstaunt. Ich hatte Jimmy seit Monaten nicht mehr gesehen. Ein Mann begleitete ihn, den ich mehrmals in der Salazar-Bar gesehen hatte, ein großer, bulliger Bursche in einem abgetragenen Khakianzug und Sandalen, mit einem dichten roten Vollbart. Er hieß Dean sowieso. Von verschiedenen Seiten hatte ich gehört, er sei ein Dichter, ein Romanschriftsteller, ein Beatnik, sogar ein Privatdetektiv – wenn er auch kein bißchen wie ein solcher aussah. Daß Jimmy mit so einem Exzentriker herumzog...

Die beiden kamen zu unserem Tisch, und Jimmy beugte sich zu mir herab, um – wie es seiner Gepflogenheit entsprach – überschwenglich meine Wange zu tätscheln. »Hallo, Lee-Schätzchen! Wir haben uns eine Ewigkeit nicht gesehen!« Dann entdeckte er Norma und mußte zweimal hingucken.

Zögernd machte ich Dean mit ihr bekannt. Ich erinnerte mich, daß sich Norma und Jimmy nie gemocht hatten. Na wenn schon? Mittlerweile waren wir erwachsen und würden uns auch so benehmen. Aber ich war doch einigermaßen reserviert, als Norma vorschlug: »Da wir noch nichts bestellt haben, könnten wir uns doch zusammensetzen.«

Wir übersiedelten in eine größere Nische, wo wir alle Platz fanden. Jimmy ließ sich neben mir nieder, und Dean war sichtlich entschlossen, Norma mit seinem Charme zu betören.

»Zwei nette normale Paare«, meinte Jimmy und betrachtete über den Tisch hinweg das blonde Mädchen und den kräftig gebauten, unordentlich gekleideten Mann. »Übrigens, ich gebe meinen Lehrerposten auf, Lee. Ich hab' die Nase voll. Wer weiß – vielleicht hat nach all diesen Jahren ein bißchen was von Mickeys Philosophie auf mich abgefärbt. Es lohnt sich nicht, für einen Job die Seele zu verkaufen.«

»O nein, Jimmy!« protestierte ich. »Ich weiß, wie viel dir dein Beruf bedeutet.«

»Ich dachte, du hättest mir erzählt, Lee würde unsere Ansichten teilen«, sagte Dean gereizt und schaute mich kampflustig an. »Verdammt noch mal, das Gesellschaftssystem behandelt Jim wie einen Ausgestoßenen und Märtyrer. Soll er eine weitere Generation unterrichten, die genauso engstirnig denkt? Das ganze Schulwesen ist doch nur organisierte Gehirnwäsche. Das stinkt zum Himmel!«

Während Dean und Norma später tanzten, fragte ich Jimmy: »Wer ist er? Ich habe ihn ein paarmal gesehen, aber immer nur zusammen mit Beatnik-Mädchen – mit dem Trikot-Set. Daß er schwul ist, wußte ich nicht.«

Jimmy starrte auf das glatte, helle Tischtuch. »Das ist er auch nicht – ich meine, er ist doppelbödig. Manchmal schläft er mit Frauen. Ich mache ihm da keine Schwierigkeiten.«

Ich legte meine Hand auf seine. Wie seltsam... Dieser Mann, der für immer außerhalb meines Sexuallebens stand – aufgrund seiner und meiner Entscheidung –, war der einzige auf der Welt, den ich wirklich mochte, der mir nahestand, den ich sogar liebte. »Du hast selbst gesagt, wie dumm es wäre, so was von Norma hinzunehmen.«

Er zuckte mit den Schultern. »Wenn wir älter werden, verlieren wir einen Großteil unserer Ideale, wir geben uns mit dem zufrieden, was wir kriegen, und verzichten auf das, was wir wollen. Menschen wie wir können nur mit Kompromissen leben. Du siehst es doch selber«, betonte er. »Jetzt bist du wieder mit Norma zusammen.« Noch war ich nicht bereit, das zu bestreiten, und er fügte hinzu: »Wer weiß? Vielleicht kann der Leopard seine Flecken verändern. Es ist *dein* Leben.«

Dean beugte sich zu uns herab. »Tanzen wir, Lee?«

Ich schüttelte den Kopf. Wenn ich Hosen trug, wollte ich nicht mit einem Mann tanzen. Seine dicken, seltsam sanften Finger berührten mein Haar. »Sehr schön… Warum lassen Sie es so kurz schneiden?«

»Du verschwendest deine Zeit«, warf Jimmy mit einem schiefen Lächeln ein. »Sie ist lesbisch.«

»Ausschließlich?« Dean hob die Brauen, setzte sich neben mich, und Jimmy ging auf die andere Seite des Tisches, zu Norma. »Wie langweilig! Werden Sie niemals neugierig? Haben Sie nicht manchmal das Gefühl, was zu verpassen?«

»Nie«, entgegnete ich.

»Verstehen Sie das denn nicht? Guter Gott, in dieser Szene, wo die Leute nicht von Konventionen gefesselt werden, sollte man meinen, daß sie etwas freizügiger denken.« Eifrig sprach Dean auf mich ein. »Aber wie ich immer wieder feststellte, ist der Homo-Set genauso spießig wie die heterosexuelle Bevölkerung. Im Grunde sind alle Menschen von Geburt an bisexuell«, fuhr er didaktisch fort. »Der ausschließlich Heterosexuelle ist genauso neurotisch wie der ausschließlich Homosexuelle.«

»Ich finde nicht, daß Homos neurotisch sind«, sagte Jimmy.

Norma beugte sich vor, das Kinn in die Hände gestützt. »Ich weiß nicht, ob ich das begreife, Dean.«

»So mancher fromme Mann ist in dem Glauben aufgewachsen, Sex außerhalb der Ehe wäre eine Sünde und er dürfe seine Frau nur in einer, höchstens zwei Stellungen lieben. Ist das neurotisch?«

»Nicht unbedingt«, widersprach ich. »Er paßt sich nur der Gesellschaft an, in der er lebt.«

Dean schlug mit der Faust auf den Tisch, seine Stimme gellte mir so laut ins Ohr, daß ich zusammenzuckte. »Verdammt, ist diese Gesellschaft etwa nicht neurotisch? Muß ein normaler Mensch nicht dagegen rebellieren?«

»Sie meinen also«, sagte Norma langsam, »eine unangepaßte Person in einer verrückten Gesellschaft ist wahrhaft vernünftig?«

»Kurz gesagt«, bemerkte Jimmy trocken, »will er damit zum Ausdruck bringen, daß alle alles mit allen treiben sollen, insbesondere mit ihm.«

Ehe Dean antworten konnte, packte Norma meinen Arm. »Was macht *sie* denn hier?« stieß sie atemlos hervor. Ich hob den Kopf und sah Mickey auf uns zukommen, mit grimmiger Miene, zerzaustem Haar, immer noch in der zerknitterten Hose, die sie am Vorabend getragen hatte, und völlig betrunken.

Auch Dean hatte sie entdeckt. Hastig wandte er sich zu Norma. »Tanzen wir.«

Während die beiden verschwanden, murmelte Jimmy: »Sobald es unangenehm wird, ergreift Dean die Flucht.« In möglichst beiläufigem Ton rief er: »Hallo, Mickey! Willst du dich nicht setzen?«

Sie ignorierte ihn und beugte sich zu mir herab, mit verkniffenem Gesicht. »Was, zum Teufel, tust du hier?«

»Du hast geschlafen, und ich bin essen gegangen, das ist alles.«

»Mit dieser verdammten Norma! Du betrügst mich!« Sie gab mir eine schallende Ohrfeige, Sterne tanzten vor meinen Augen. »Bitte, Mickey . . .« hörte ich Jimmy flehen, und dann sah ich rot. Ich stand auf, die Lichtpunkte umschwirrten mich immer noch.

»Wenn du nicht so betrunken wärst, würde ich zurückschlagen, Mickey. Geh nach Hause und schlaf um Himmels willen deinen Rausch aus!«

Sie ohrfeigte mich noch einmal, und ich vergaß, wo ich war. Meine Faust schnellte vor und traf ihr Kinn. Sie packte mich um die Taille, und zu meinem Entsetzen verlor ich das Gleichgewicht. Wir fielen zu Boden und stießen gegen einen Serviertisch. Geschirr und Gläser stürzten herab, Eiswasser regnete auf mich. Sekundenlang sah ich das erschrockene Gesicht eines Kellners, dann warf sich Mickey auf mich und zerkratzte mir die Wangen.

Ich stemmte mich gegen ihr Kinn, befreite mich aus ihrem Griff, packte sie an den Haaren und versuchte sie von mir wegzuzerren. Wir rollten über den Boden und prallten gegen das Bein eines anderen Tisches. Undeutlich hörte ich Lärm und Geschrei, Normas Stimme, die meinen Namen rief, und spöttisches Gelächter, während wir uns umherwälzten. Mickey war sehr beweglich, und ihre Trunkenheit schien ihr zusätzliche Kräfte zu verleihen. Sie besaß die Stärke eines Mannes, und ich mußte meine letzten Energiereserven aufbieten, um sie mir auf Armeslänge vom Leib zu halten.

Der rauhe, schmutzige Ärmel ihrer alten Jeansjacke fuhr über mein Gesicht, mein Kopf, der schon mehrmals auf den Boden geprallt war, schmerzte höllisch, Übelkeit und ein wachsendes Schwächegefühl überkamen mich, während ich ihre wütenden Fausthiebe abzuwehren versuchte. Meine Stirn rammte ein Stuhlbein, und mein Bewußtsein drohte zu schwinden.

Dann schrillte eine Pfeife, harte Hände zogen mich auf die Beine. Mit einem geschwollenen, brennenden Auge sah ich die blaue Uniform eines Polizisten. Unsanft drückte er mich auf einen Sessel. »Okay, Schwester, bleiben Sie erst mal da sitzen.«

Mickey lag auf dem Boden. Plötzlich sprang sie auf und warf sich auf den Beamten. »Fassen Sie sie bloß nicht mit Ihren dreckigen Pfoten an!« kreischte sie. »Lassen Sie sie in Ruhe!«

Er wirbelte zu ihr herum, umschlang ihre Taille und bugsierte sie auf einen Stuhl. Sie trat gegen seine Schienbeine. Das reichte ihm. Er versetzte ihr einen Faustschlag, zog Handschellen aus der Tasche und fesselte sie mit roher Gewalt. »Sie haben drum gebeten, Lady«, stieß er zwischen zusammengebissenen Zähnen hervor.

Reglos saß sie da, das kurze Haar fiel ihr wirr ins geschwollene Gesicht. Die Spuren meiner Nägel zogen sich über ihre Wangen, die Scherben des zerbrochenen Geschirrs hatten ihre Stirn aufgeritzt. Ich berührte meine Schläfen und stellte fest, daß sich ein Auge nicht öffnen ließ. Mein Mund schmerzte, salziger Blutgeschmack lag auf meiner Zunge, während meine Finger die aufgesprungenen Lippen betasteten.

Jimmy kam zu mir. Der Polizist musterte ihn mißtrauisch, schickte ihn aber nicht weg. »Lee wird Ihnen keinen Ärger machen – nicht wahr, Schätzchen?« Unglücklich griff er nach meiner Hand und schüttelte den Kopf. Tränen glänzten in seinen Augen. »Wie konntest du nur, Lee?«

Ich schaute mich nach Norma um, aber sie war nicht hier, ebensowenig wie Dean. Die meisten Stammkunden hatten das Weite gesucht, als der Polizeibeamte hereingekommen war. Ich saß da, ließ den Kopf hängen und spürte die Blicke neugieriger Fremder, auch einiger Touristen.

Eine Frau in grauer Bluse und militärisch geschnittenem Rock umfaßte meinen Arm, nicht grob, aber mit einem Griff, der sich sicher verstärken würde, sollte ich eine Bewegung machen, die ihr mißfiel. »Kommen Sie, Schwester!« forderte sie mich in energischem Ton auf und musterte mich mit harten Augen.

Jimmy umklammerte meinen Arm, und ich hielt mich verzweifelt an ihm fest. »Kann ich mit aufs Revier kommen und eine Kaution für sie hinterlegen?« fragte er.

Die Polizistin schüttelte den Kopf. »Erst morgen«, erwiderte sie nicht unfreundlich, aber völlig gleichmütig. »Begleiten Sie mich, junge Frau, und machen Sie mir keine Schwierigkeiten.«

Der Polizist hatte Mickeys Schulter gepackt. Als er sie vom Stuhl hochzog, begann sie zu schreien, und ich stöhnte gequält. War die Situation nicht schon schlimm genug? Ich drehte mich um und flehte. »Mickey, bitte...«

Aber da gruben sich die Finger der Frau in meinen Arm. »Kommen Sie jetzt, kümmern Sie sich um Ihren eigenen Kram.«

Ich folgte ihr. Sie verfrachtete mich in ein Polizeiauto, und ich saß mit gesenktem Kopf da, Tränen brannten in meinen Augen. O Gott, wieso war das geschehen? Was hatte ich verbrochen, um das zu verdienen? Kraftlos schleppte ich mich die Stufen zum Polizeirevier hinauf. Die Polizistin schob mich in ein Büro und drückte mich auf eine harte Bank. Ich rührte mich nicht, und in meiner Benommenheit hörte ich nicht einmal ihren Bericht. Auf ihr Kommando hin gab ich ihr widerspruchslos meine Handtasche, die durchsucht wurde.

Ein Sergeant, der am Schreibtisch saß, nickte. »Sie ist sauber – kein Schnappmesser, kein Dope, und ich sehe auch keine Einstiche an ihren Armen.« Er reichte mir eine Packung Kleenex-Tüchter aus meiner Handtasche und erklärte, die restlichen Sachen würde er bis zu meiner Entlassung behalten.

»Was passiert jetzt?« fragte ich mit bebender Stimme.

»Morgen werden Sie angezeigt«, antwortete die Polizistin gleichgültig.

»Aber – ich habe doch nichts getan!« Panik stieg in mir auf, während mich eine Wärterin durch einen schmalen, gekachelten Korridor führte. Ein metallisches Knirschen ertönte, als sie eine Tür aufsperrte. »Sie stürzte sich auf mich und...«

»Das können Sie morgen dem Untersuchungsrichter erzählen, Schätzchen! Und jetzt gehen Sie da rein.«

Klirrend fiel die Tür hinter mir zu. Ich war gefangen. Zitternd schaute ich mich um. Ich hatte befürchtet, man würde mich in die Ausnüchterungszelle für Frauen stecken, aber ich entdeckte nur eine einzige andere Mitbewohnerin, eine dicke, schlampige Frau in einem graugemusterten Kleid, mit schmutzigen Füßen in schmutzigen Sandalen. Sie schnarchte laut, aber nach einer Weile erwachte sie und betrachtete mich mit trüben Augen. »Warum hat man Sie denn eingelocht?« fragte sie schläfrig.

Meine Kehle war wie zugeschnürt. »Ich... eine Freundin hat mich in einer Bar verprügelt.«

»Also wegen Trunkenheit und öffentlicher Ruhestörung.«

»Ich war nicht betrunken.«

»Ah, ihr verdammten Lesben!« Sie hievte ihren

schweren Körper auf die andere Seite, um mir den Rücken zu kehren.

Wut stieg in mir auf. »Sie sind wohl hier, weil Sie sich immer tadellos benehmen!«

»Nein. Ich hab' mir eine schäbige kleine Plastikbörse für vierzig Cent genommen, und da haben sie mich wieder mal wegen Ladendiebstahl angezeigt. Ich wollte das verdammte Ding bezahlen, aber ich fand keine Verkäuferin. Wenn man mal straffällig geworden ist, kriegt man keine Chance.« Sie wälzte sich auf den Rücken und begann wieder zu schnarchen.

Ich legte mich auf die rauhe, aber saubere Decke, die das andere Bett bedeckte. Alle Knochen taten mir weh, und vor Scham war mir ganz schlecht. Wie war es zu alldem gekommen? Wo steckte Mickey? Hatte man sie geschlagen? Konnte ich ihr die Schuld geben? Sie war doch betrunken gewesen. Die Nacht kroch dahin und erschien mir wie eine halbe Ewigkeit. Das grelle Licht der nackten Glühbirne, das durch das Gitterfenster in der Tür hereinfiel, stach mir in die Augen.

Als die Sonne aufgegangen war, brachte die Wärterin ein Tablett mit zwei Tassen schwarzem Kaffee, zwei Schüsseln voll dickflüssigem, wenig appetitlichem Brei und zwei dünngebutterten Brotscheiben herein.

Meine Gefährtin richtete sich mühsam auf, griff nach einer Tasse und nahm einen Schluck, dann rief sie der Beamten nach: »He, welcher Untersuchungsrichter hat heute Dienst?«

»Ich glaube, Fitzpatrick.«

»Na, dann habe ich keine Chance. Ich werde wohl wieder dreißig Tage kriegen.«

Die Wärterin musterte sie mit einem Gesichtsausdruck, der beinahe einem Lächeln glich. »Machen Sie in Zukunft einen Bogen um alle Läden, Sadie, und lassen Sie Ihre Tochter einkaufen.«

»Und was wird aus mir?« fragte ich schüchtern.

Die Beamtin zuckte mit den Schultern.

»Kann – ich jemanden anrufen und bitten, die Kaution für mich zu hinterlegen?«

Die Wärterin sah mich erstaunt an. »Haben Sie das nicht schon gestern abend gemacht?«

Sadie rieb sich die Augen. »Wahrscheinlich saß dieser lausige Bastard Warner am Schreibtisch, als sie eingelocht wurde. Kindchen...« Sie wandte sich zu mir. »Sie hätten auf diesem Telefongespräch bestehen sollen.«

Ich schluckte. »Nun ja – ich war vorher noch nie im Gefängnis.«

»Und was wollen Sie dafür haben?« rief Sadie spöttisch. »Eine Medaille?«

Ich trank meinen Kaffee. Er war nicht besonders gut, aber heiß, und er half mir, wieder etwas klarer zu denken. Sadie beobachtete mich, und als ich meinen Brei nach einer Weile noch immer nicht angerührt hatte, packte sie die Schüssel und begann ihn gierig zu verschlingen. Danach wurde sie etwas freundlicher. Während ich mir über dem kleinen Becken neben der Toilette kaltes Wasser ins Gesicht spritzte, bot sie mir einen Kamm an, den ich – wenn auch mit einigen Bedenken – nahm. Ansonsten konnte ich nicht viel für mein Aussehen tun. Rote Flecken bedeckten meine Wangen, meine Lippen waren geschwollen, die Bluse und die Hose zerrissen und schmutzig.

Später führte man uns dem Untersuchungsrichter vor, und ich atmete erleichtert auf, als ich Norma und Jimmy im Hintergrund des Raumes sitzen sah. Ich wurde wegen Erregung öffentlichen Ärgernisses angezeigt, und der Richter, ein alter, aber jugendlich wirkender Mann mit freundlichen Augen, fragte mich, ob ich etwas zu sagen hätte. Ich senkte den Kopf und brachte es nicht fertig, ihm zu erzählen, ich hätte ganz ruhig im Lokal gesessen und dann wäre Mickey hereingekommen, um eine Schlägerei anzufangen. Sie saß neben einem Polizisten auf einer Bank, und ich merkte ihr an, wie elend sie sich fühlte. Ein grotesker blauschwarzer Fleck umgab ein Auge und verwandelte ihr rundes Gesicht in eine Clownsmaske. »Nein, Sir«, murmelte ich.

Er musterte mich stumm, dann erklärte er: »Junge Frau, Sie sind nicht vorbestraft und anscheinend ein nettes Mädchen, was Ihr Benehmen aber nicht entschuldigt, sondern nur um so schlimmer macht. Wir wollen Sie nie wieder hier sehen, und ich möchte, daß Sie sich bis zu Ihrem Lebensende an diesen Tag erinnern.« Er runzelte die Stirn, studierte ein Papier, das auf seinem Schreibtisch lag, dann fuhr er mit ernster Stimme fort: »Shirley Jean Chapman, Sie wurden wegen Erregung öffentlichen Ärgernisses angezeigt, und dieses Gericht befindet Sie für schuldig und verurteilt Sie zu einer Geldstrafe von fünfundzwanzig Dollar. Der nächste Fall.« Er schlug mit seinem Hämmerchen auf den Tisch. »Wenden Sie sich an den Beamten auf der anderen Seite des Flurs, Miß Chapman.«

»Miß Marian Searles!« hörte ich den Gerichtsdiener rufen.

Norma und Jimmy kamen mir entgegen, aber meine Aufmerksamkeit galt Mickey, der man Erregung öffentlichen Ärgernisses, Widerstand gegen die Staatsgewalt, Angriff auf einen Polizisten und unerlaubten Waffenbesitz zur Last legte. Jimmy stieß einen leisen Pfiff aus. »Ein tolles Sündenregister...«

»Komm, Lee, ich leihe dir das Geld«, sagte Norma.

»Ich kann's selber bezahlen. In meiner Brieftasche habe ich vierzig Dollar. Aber ich will erst mal abwarten, wozu Mickey verurteilt wird. Sicher muß ich mir was von dir borgen, Norma, Mickey hat keinen Cent.«

»Nachdem sie sich so aufgeführt hat, würde ich sie ins Gefängnis wandern lassen.« Jimmys Stimme klang fast schrill. Aber da er immer viel menschenfreundlicher war, als er sich gab, versprach er hierzubleiben, bis Mickeys Fall geklärt war. Norma und ich sollten gegenüber in einem Café warten. Ich unterschrieb eine Empfangsbestätigung für meine Handtasche, bezahlte meine Strafe, nahm eine Quittung entgegen und steckte sie grimmig ein, als Souvenir.

Dean saß am Steuer von Normas Wagen, und sie flüsterte mir zu: »Er hat mich gestern rausbugsiert, ehe der Polizist kam.«

»Tut mir leid, daß ich Sie im Stich gelassen habe, Lee, ehrlich«, beteuerte er. »Aber ich hatte schon mal Ärger mit der Polizei und deshalb konnte ich mich nicht blikken lassen, als dieser Bulle aufkreuzte.«

Sie führten mich in das Café, und dort brachte ich endlich ein paar Bissen hinunter. Nach einer Weile gesellte sich Jimmy zu uns und berichtete, Mickey sei zu hundert Dollar verurteilt worden. Sie hatte erklärt, das könne sie nicht bezahlen, und deshalb müsse sie zwanzig Tage im Gefängnis verbringen. Ich wurde blaß. »Sobald die Bank geöffnet wird, hole ich sie raus.«

»Mein Gott, Lee, was glauben Sie denn, warum wir sie im Knast lassen?« fragte Dean. »Damit Sie Ihre Sachen packen und aus eurer gemeinsamen Wohnung ausziehen können!«

»Mickey sieht heute morgen erbärmlich aus«, meinte Jimmy. »Verdammt, ich habe ihr oft genug gesagt, ihr Temperament wird sie noch mal in Schwierigkeiten bringen.« Er schüttelte den Kopf. »Ich habe kein Geld. Außerdem geschieht's ihr recht.«

Ich schob meine Kaffeetasse beiseite und sprang auf.

»Glaubt ihr vielleicht, ich bleibe seelenruhig hier sitzen, während Mickey hinter Gittern schmachtet?«

Norma griff nach meiner Hand. »Lee, Liebes, du kannst nicht mehr mit ihr zusammenleben, nachdem sie dich verprügelt hat.«

»Sie ist gemeingefährlich«, ergänzte Dean. »Ich kenne sie schon länger als ihr alle. Vor vielen Jahren hat sie ein Mädchen so übel zugerichtet, daß es ins Krankenhaus gebracht werden mußte. Deshalb verschwand ich, als sie gestern abend auftauchte.« Plötzlich kicherte er. »Was für ein Tumult – wie ihr zwei euch da am Boden gewälzt und den Tisch umgeworfen habt...«

»Sie haben einen merkwürdigen Humor«, sagte ich kühl und wandte mich ab.

»Lee, wohin gehst du?« rief Norma erschrocken.

Ich drehte mich zu ihr um. »Was glaubst du wohl? Ich kann das nicht zulassen...« Nach einer kleinen Pause berührte ich ihre Hand. »Wir sehen uns morgen. Nun wird sich einiges ändern. Ich habe meine Lektion gelernt. Mach dir keine Sorgen, ich fürchte mich nicht vor Mickey. Jedenfalls muß ich sie da rausholen.«

Jimmy stand auf. »Ich komme mit, Lee. Wir nehmen meinen Wagen.«

Zuerst fuhren wir zur Wohnung, damit ich baden, saubere Sachen anziehen und die schlimmsten Flecken in meinem Gesicht mit Salbe behandeln konnte. Während ich erschöpft im warmen Wasser lag, wünschte ich mir, ich müßte die Wanne nie mehr verlassen und könnte Mickey und Norma und alle anderen vergessen. Aber dann kleidete ich mich seufzend an und fuhr mit Jimmy zur Bank, wo ich hundert Dollar von meinem Konto abhob. Wir kehrten zum Polizeigebäude zurück, um Mickeys Strafe zu bezahlen. Eine Weile mußten wir warten, dann holte man Mickey aus der

Zelle. Als wir die Eingangsstufen hinabstiegen, putzte sie sich mehrmals die Nase. »Ich wußte, ihr würdet mich nicht im Stich lassen, Kids.«

»Hoffentlich war dir das eine Lehre«, sagte Jimmy salbungsvoll.

Ich schüttelte den Kopf. »Nicht jetzt, Jimmy. Gib ihr noch eine Galgenfrist, ehe du mit deiner Moralpredigt loslegst, okay?«

Im Apartment schickte ich Mickey in die Badewanne und empfahl ihr, saubere Sachen anzuziehen, dann machte ich Kaffee und Rühreier für sie und öffnete die Fenster, um den schalen Geruch ihrer dreitägigen Sauforgie hinauszulassen. Als sie gegessen hatte und sich eine Zigarette anzündete, setzte ich mich ihr gegenüber an den Tisch. »Bist du jetzt völlig nüchtern, Mick?«

Sie nickte bedrückt.

»Ich werde ausziehen.«

In ihrem Gesicht begann es krampfhaft zu zucken. »O Baby, das darfst du nicht! Nur weil ich die Beherrschung verlor, als ich dich zusammen mit Norma und diesem Dean sah, diesem falschen Widerling? Lee, bedeutet es denn gar nichts, daß ich mir soviel aus dir mache und sogar um dich gekämpft habe?« Gegen meinen Willen fühlte ich, wie ich schwach wurde. Eindringlich fuhr sie fort: »Norma wird's bald mit Dean treiben. Worum wollen wir wetten? Er ist genau der Typ für so was – den regt es mächtig auf, wenn er's mit einer Lesbe machen kann. Einmal hätte er mich fast vergewaltigt, nur weil ich einen Abend lang mit ihm rumzog. Er sagte, es störe ihn nicht, daß ich lesbisch bin, so was sei ganz normal, aber ich müsse *wirklich* normal werden und auch mit Männern schlafen.« Sie schnaufte verächtlich.

»Auf das alles kommt es nicht an, Mickey. Ich kann nicht bei dir bleiben. Es ist aus zwischen uns. Es war ein einziger Kampf, und der letzte Abend hat mir den Rest gegeben.«

»Wenn du noch einmal sagst, daß du mich verläßt, bringe ich dich um!« schrie sie.

»In Fortsetzung des gestrigen Abends?« fragte ich kühl.

Plötzlich schlug sie die Hände vors Gesicht und brach in Tränen aus. Die starke Mickey, die sich niemals eine Blöße gab, schluchzte hilflos wie ein Kind.

Ich fand das schlimmer, als einen Mann weinen zu sehen. Ihre Fassade war zerbröckelt, und übrig blieb ein Häufchen Elend.

»Wenn du willst, kriech ich vor dir auf den Knien, Lee. Ich wollte das nicht. Bitte, verlaß mich nicht, oder ich sterbe. Du bist die einzige, die ich jemals geliebt habe, die einzige, die mir wichtig ist.« Sie ließ die Hände sinken, ihre geschwollenen Lippen bebten. »Lee, ich sterbe, wenn du weggehst.«

Meine Kehle krampfte sich schmerzhaft zusammen, sanft legte ich eine Hand auf ihre Schulter. »Weine nicht, Mickey. Siehst du denn nicht ein, daß es besser ist, wenn wir uns trennen?«

»Ich werde dich nie mehr schlagen, das schwöre ich bei der Religion meiner Mutter. Gib mir noch eine Chance.«

Mein Entschluß geriet ins Wanken. Konnte ich sie allein hier zurücklassen, am Boden zerstört, arbeitslos, nach allem, was zwischen uns gewesen war? »Dann müßte sich eine ganze Menge ändern«, sagte ich zögernd. »Keine Schlägereien mehr, keine Eifersuchtsszenen, wenn ich mich mit anderen Leuten treffe.«

»Alles, was du willst, Baby, alles.«

Ich breitete die Arme aus, und sie warf sich an meine Brust und schmiegte ihr tränennasses Gesicht an meine Wange. Wir küßten uns, sanken auf das Bett, liebten uns leidenschaftlich bis zur völligen Erschöpfung, trotz unserer schmerzhaften Blessuren. Später richtete sich Mickey mit einem seltsamen, kalten Lächeln auf. »Geh zu dieser verdammten Norma. Sag ihr, daß du bei mir bleibst. Du wirst zurückkommen, das weiß ich jetzt.«

11.

Norma akzeptierte die Neuigkeit gelassener, als ich es erwartet hatte. »Nachdem man sie zu dieser Gefängnisstrafe verurteilt hat, wird sie es sicher nicht mehr wagen, über dich herzufallen. Aber was wirst du tun, Lee? Begreifst du nicht, wie sehr es dir schaden kann, mit diesen Alkoholikerinnen rumzuhängen? Mickeys lesbische Neigungen stören mich nicht. Aber sie ist ein versoffenes, gemeines Miststück...« Mit einer hilflosen Geste unterbrach sie sich. »Okay, ich sage nichts mehr gegen sie. Aber dies wäre der geeignete Zeitpunkt für dich, um ein Bein auf die Erde zu kriegen. Ändere dein Leben, dann wird so was nicht mehr passieren.«

Diesen Entschluß hatte ich bereits gefaßt. Nach dieser schrecklichen Nacht in der Gefängniszelle wollte ich wieder respektabel werden. Norma ging mit mir einkaufen. Ich zapfte meine finanziellen Reserven an, erstand dezente, feminine Kleider und ging ernsthaft auf Arbeitssuche – nicht nur sporadisch, wie ich es zuvor getan hatte, um Geld für die Miete und das Essen zu verdienen. Ich wünschte mir einen Job mit Zukunft.

Mickey war wochenlang still und in sich gekehrt. Pflichtbewußt ging sie ihrer Arbeit als Parkplatzwächterin nach. Ich fühlte mich glücklich. In Norma sah ich keine Liebhaberin mehr, sondern eine Freundin, deren Gesellschaft ich sehr genoß. Einmal fragte ich, ob sie sich mit Dean träfe, und sie lachte so fröhlich wie früher. »Er ist wie alle Männer, aber dieses Spielchen treibe ich nicht mehr. Es macht mir zu große Mühe, wieder aus so was rauszukommen. Dean ist ein harmloser Irrer, aber er hat ein paar gute Ideen, und ich mag ihn.«

Der Frieden war natürlich nicht von Dauer. Als ich meinen Job im Büro einer Rundfunkstation antrat und in Rock, Bluse und hochhackigen Schuhen zur Arbeit ging, meinte Mickey spöttisch: »Ich hätte mir denken können, daß du noch mal im Spießermief enden wirst.«

»Es macht sich bezahlt – besser als das, was du treibst.«

»Ich habe genug Geld für das Leben, das ich führen will. Was kümmert's mich, daß ich zuwenig tu', um die sogenannten anständigen Leute zu beeindrukken?«

»Es stört dich auch nicht, daß du immer wieder mein Geld ausgibst«, antwortete ich, und damit begann ein erbitterter Streit, der drei Tage währte und mit einer wilden, ermüdenden Liebesorgie endete.

Um nach solchen Schlachten inneren Frieden zu finden, aß ich oft mit Norma in der Stadt zu Mittag. Sie besaß ihr eigenes Geld. Da ihr geschiedener Mann für ihren Lebensunterhalt aufkam, brauchte sie nicht zu arbeiten, hatte aber trotzdem einen Job angenommen. Seit meiner Rückkehr zu Mickey hatte sie nie wieder von ihrer Liebe zu mir gesprochen. Aber meine Lebensgefährtin erfuhr von diesen Treffen und überhäufte mich mit Vorwürfen. Als ich sie an unsere Vereinbarung erinnerte, flippte sie aus und betrank sich. Sie geriet immer mehr außer Kontrolle, und ich fragte mich manchmal, ob sie etwas Stärkeres konsumierte als Whisky.

Eines Abends, nachdem sie vier Nächte lang durch die Kneipen gezogen war, ging ich in die Salazar-Bar, die ich nur noch selten aufsuchte. Consuelo trank mit Pris und Jody Kaffee. Als sie mich entdeckte, sprang sie auf und eilte zu mir. Sie zog mich in eine Nische und ich sah, wie blaß sie war. »Ich mache mir Sorgen um Mickey. Wo ist sie? Was tut sie?«

Ich schüttelte den Kopf. »Keine Ahnung, Connie. Sie hat es mir nicht erzählt.«

»Und du behauptest, sie zu lieben? Du nennst dich ihre Freundin!« beschuldigte sie mich wütend. »Du weißt nicht einmal, wo sie steckt, obwohl sie sich selber zugrunde richtet! Wenn sie in diese gefährlichen Spelunken geht, könnte sie drogensüchtig oder ermordet werden. Und du sitzt da wie eine Lady und sagst, du weißt von nichts! Warum bist du nicht ehrlich? Warum gibst du nicht zu, daß sie dir gleichgültig ist?« Erbost kehrte sie mir den Rücken und lief davon.

In dieser Nacht wartete ich auf Mickey, um mich mit ihr auszusprechen. Aber als sie um zwei Uhr noch immer nicht erschienen war, erinnerte ich mich, daß ich am nächsten Morgen arbeiten mußte und kroch ins Bett.

Die Ereignisse der nächsten Tage sind mir nur verschwommen im Gedächtnis geblieben – wegen der Dinge, die danach geschahen. Ich entsinne mich nicht mehr genau, zu welchem Zeitpunkt ich von Mickey um zehn Dollar gebeten wurde. Ich gab sie ihr, und am nächsten Tag wollte sie wieder zehn Dollar haben. Diesmal sagte ich nein und ging mit einem seltsamen Gefühl des Bedauerns zur Arbeit. Sie hatte so elend ausgesehen, wie gehetzt. Sicher hätte ich das Geld entbehren können. Aber zwanzig Dollar in zwei Tagen – das war zuviel.

An diesem Abend lud mich ein Bürokollege auf eine Tasse Kaffee ein. Ich war einverstanden, und wir saßen eine Dreiviertelstunde lang in einem Lokal und unterhielten uns. Sein Angebot, mich nach Hause zu fahren, lehnte ich höflich ab, und wir wünschten uns eine gute

Nacht. Auf meinem Heimweg tauchte plötzlich Mickey neben mir auf, grimmig, die Hände in den Jeanstaschen. »Wer, zum Teufel, ist dieser Typ?«

Ich wußte, ich hätte eine ruhige, sanfte Antwort geben müssen, aber ich geriet in Wut. »Hör mal«, stieß ich ungeduldig hervor, »willst du alle Männer auf Erden anspucken?«

Und dann war es wieder einmal soweit. Als wir zu Hause eintrafen, schrien wir uns an, und kaum war die Wohnungstür hinter uns ins Schloß gefallen, wirbelte Mickey zu mir herum und gab mir eine Ohrfeige. Ich ballte die Hände, dann trat ich einen Schritt zurück. Nein, keine Prügelei mehr. Ich wartete eine Weile, dann sagte ich leise: »Das reicht, Mickey. Noch ein Wort, und ich verlasse dich.«

Ihr zornrotes Gesicht verzerrte sich. »Sag das nicht noch mal!« fauchte sie. »Oder du wirst dir wünschen, du wärst nie geboren worden!«

»Soeben hast du das Wort ausgesprochen.« Ich wandte mich ab, meine Haut prickelte. Jeden Augenblick rechnete ich mit einem weiteren Angriff. Statt dessen sah sie schweigend zu, wie ich zum Telefon ging und eine Nummer wählte. Norma hatte inzwischen ein Apartment bezogen. Ich hörte das Läuten am anderen Ende der Leitung, dann ihre Stimme.

»Hallo?«

»Norma, hier ist Lee. Ich verlasse Mickey. Darf ich ein oder zwei Tage bei dir wohnen, bis ich ein Zimmer gefunden habe?«

Sie zögerte kurz. »Heute abend bin ich nicht daheim. Aber du kannst morgen kommen und bleiben, so lange du willst.«

Die Tür krachte. Mickey war weggegangen, und ich atmete auf. In dieser Situation hätte ich es ihr durchaus zugetraut, mir den Hörer aus der Hand zu schlagen.

Würde ich mich tatsächlich kampflos von ihr trennen können?

Sie kam nicht zurück, bevor ich eingeschlafen war, und sie erwachte nicht, als ich am nächsten Morgen zur Arbeit ging. Der Winter hatte begonnen, und wenn in San Antonio auch niemals Schnee liegt, so war doch ein düsterer, kalter Tag angebrochen. Nebel senkte sich auf die Stadt herab, ein rauher Wind wehte durch die Straßen. Im Büro fragte ich, ob ich abends eine Stunde früher Schluß machen dürfte, weil ich vor Mickey zu Hause sein und meine Sachen packen wollte.

Ich hoffte immer noch, ich würde problemlos ausziehen können. Vielleicht sah Mickey ein, daß es sich angesichts der unerfreulichen Wende, die unser Zusammenleben genommen hatte, nicht mehr lohnte, um mich zu kämpfen. Ich fürchtete mich weniger vor einer Prügelei als vor Tränen und flehenden Bitten.

Unser Mietshaus lag in einer Sackgasse. Die Straßenlampen brannten noch nicht, der finstere Winternachmittag warf schwarze Schatten auf die Häuser. Ich klappte den Mantelkragen hoch und beschleunigte meine Schritte. Plötzlich kamen sie aus einem Eingang und umringten mich.

Ihre Gesichter konnte ich nicht erkennen, nur eine dunkle Phalanx aus männlichen Gestalten in Lederjacken und Jeans. »Was – was wollen Sie?« stammelte ich, doch ich bekam keine Antwort. Stumm und unerbittlich näherten sie sich, harte Körper stießen mich an, Hände packten meine Schultern und zogen mich in eine Toreinfahrt.

Ich schrie, und da preßten sich grobe Finger auf meinen Mund. Sie sagten nichts. Nur das Dröhnen gestiefelter Füße hallte auf dem Pflaster. Sie drückten mich an eine Hauswand, und ich glaubte vor Entsetzen den Verstand zu verlieren. Ihr Schweigen erschien mir noch grausiger als alles andere, und ich hatte keine Ahnung, was dieser Angriff bedeuten mochte.

Ohne Vorwarnung traf mich eine brutale Ohrfeige. Ein anderer Hieb rammte meinen Solarplexus, und ich krümmte mich in heftigen Schmerzen zusammen, hatte keinen Atem, um zu brüllen. Zwischen eisernen Fäusten taumelte ich hin und her. Meine Knie gaben nach. Ein Mann griff unter meine Achseln und hielt mich fest, während dunkle Gesichter vor meinen Augen verschwammen; immer neue Schläge prasselten auf mein Gesicht, meinen Kopf, meine Brüste. Kraftlos sank ich zu Boden. Eine Stiefelspitze landete zwischen meinen Rippen, ich hörte Schritte, die sich hastig entfernten, dann wußte ich nichts mehr.

Als ich zu mir kam, nieselte dünner Regen auf meine Wangen. Es war stockdunkel, die Straße glänzte feucht im Lampenlicht. Benommen lag ich da, vernahm mein eigenes Wimmern, ohne mir dessen bewußt zu werden. Jeder Atemzug tat mir weh, und ich dachte an Mickey, an die Nacht, wo Jimmy überfallen worden war. Mickey würde auch mir helfen. Wenn ich doch nur zu ihr gelangen könnte...

Als ich mich mit Mickey im ›Flamingo Club‹ geprügelt hatte, war die Polizei sofort dagewesen. Wo steckten sie heute abend, während wehrlose Frauen durch finstere Straßen gingen?

Endlich gelang es mir, mich wenigstens aufzusetzen. Heftige Übelkeit erfaßte mich, und ich übergab mich. Ich weiß nicht mehr, wie lange es dauerte, bis ich schwankend auf die Beine kam und auf die Straße hinausstolperte. Irgendwie würde ich es schaffen, die Wohnung zu erreichen. Die Polizei? Zum Teufel, die interessierte sich nicht für mich...

Jeder Schritt war eine Qual, aber ich schleppte mich

die Treppe hinauf und drehte den Schlüssel im Schloß herum. Bei meinem Anblick stieß Mickey einen schrillen Schrei aus, nahm mich in die Arme, und ich sank an ihre Brust, dann verlor ich wieder die Besinnung.

Ich erwachte auf dem Bett, von sauberen Bandagen umwickelt, und roch ein Desinfektionsmittel. Mickey beugte sich über mich, mit einem sanften Lächeln. »Du armes Baby! Ich hab's dir so oft gesagt – als Frau kann man sich in dieser Gegend nicht sicher fühlen. Was läufst du auch in diesem Aufzug rum? Ich werde nie von Männern belästigt.« Besorgt fügte sie hinzu: »Haben sie dich vergewaltigt?«

Mühsam schüttelte ich meinen schmerzenden Kopf. »Hast du sie erkannt?«

»Nein, es war zu dunkel. Vielleicht Mexikaner...«

Vier Tage lag ich im Bett. Mickey pflegte und verwöhnte mich, erlaubte mir nicht, auch nur einen einzigen Muskel zu bewegen. Am zweiten Tag meinte ich, daß ich nun wieder arbeiten könnte, aber Mickey erwiderte: »Ich habe gestern im Büro angerufen. Du bist leider gefeuert.«

Ich starrte sie entgeistert an. Normalerweise waren meine Arbeitgeber recht großzügig, wenn man aus gesundheitlichen Gründen fehlte. »Aber – hast du ihnen nicht erzählt, daß ich einen Unfall hatte – daß ich zusammengeschlagen wurde?«

»Reg dich nicht auf«, bat sie liebevoll. »Ich kümmere ich um dich. Es gibt viele Jobs.« Ich fühlte mich zu schwach, um mit ihr zu diskutieren, und schlief wieder ein.

Am vierten Tag, gegen Abend, erwachte ich, als es an der Wohnungstür klopfte. Mickey schlich auf Zehenspitzen hinaus, schloß die Schlafzimmertür, und ich hörte ihre Stimme. »Oh, du bist es... Ja, sicher – gut.«

Ich runzelte die Stirn. Sollte ich mich bemerkbar machen? Inzwischen hatte ich zu argwöhnen begonnen, daß Mickey meine Hilflosigkeit ausnutzte und mich in ein Abhängigkeitsverhältnis zu drängen versuchte. War Norma gekommen, um sich nach mir zu erkundigen, und weggeschickt worden? Das Schlafzimmer lag an der Straßenseite des Hauses. Ich trat ans Fenster und wartete, und nach einer Weile sah ich einen Mann die Eingangsstufen hinabsteigen. Er war klein und schwarzhaarig, und er bewegte sich mit einer tödlichen Selbstsicherheit, die ich auch in der dunkelsten Nacht wiedererkannt hätte. *Eugenio!* Und plötzlich erkannte ich die furchtbare Wahrheit.

Mickeys Drohungen! Ich hatte ihr gesagt, daß ich sie verlassen wollte, und zur Antwort bekommen, dann würde ich mir wünschen, ich wäre nie geboren worden. Vielleicht glaubte sie, mit Tränen würde sie mich nicht mehr halten können... Sie mußte verrückt sein. Hastig rannte ich durch das Schlafzimmer, raffte wahllos ein paar Kleider zusammen, floh in die Küche und verschloß die Tür hinter mir. Mickey hämmerte dagegen, während ich mich anzog. »Lee! Lee, mach auf!«

»Geh weg!« schrie ich. »Sonst öffne ich das Fenster und rufe nach der Polizei!«

»Ich kann dir alles erklären!« Sie warf sich gegen die Tür. Der Riegel bebte, aber er hielt dem Angriff stand. Ich rannte zum Fenster, stieß es auf und kletterte die Feuerleiter hinunter. Zitternd blieb ich auf der Straße stehen, frierend in meiner dünnen Bluse. Ich hatte kein Geld bei mir, und ich wußte nicht, wohin ich mich wenden sollte. Das Licht der Straßenlampe brannte in meinen Augen. Schließlich ging ich müde die Straße entlang und klopfte an Pris' Tür.

Ich brauchte ihr nichts zu erzählen. Sie lieh mir einen Dollar, und ich fuhr in einem Taxi zu Normas Wohnung.

Entsetzt starrte sie mich an, dann nahm sie mich in die Arme. »Lee!« flüsterte sie. »Oh, ich hatte solche Angst! Glaubst du mir endlich? Begreifst du jetzt, wie gefährlich sie ist?«

Hilflos lehnte ich mich an sie. »Ja, ja – ich will sie nie wiedersehen.«

12.

Das mußte ich auch nicht. Norma und ich zogen in ein Apartment am anderen Ende der Stadt, und ich mied die alten Kneipen, als hätten sie niemals existiert. Mikkey lebte in einer anderen Welt.

Dean, der uns oft besuchte, holte meine Kleider und Bücher aus Mickeys Wohnung und drohte ihr mit einer Strafanzeige. Zumindest erzählte er uns das. Er behauptete auch, er hätte sie eingeschüchtert, aber ich nahm an, daß er sie gar nicht gesehen hatte und während ihrer Abwesenheit im Apartment gewesen war.

In gewisser Weise verbrachten wir Flitterwochen. Norma half mir, einen Job zu finden, und ihre Nähe erfüllte mich mit immer neuem Entzücken. Aber wir schliefen von Anfang an in getrennten Zimmern. Als wir eines Abends, noch erwärmt von unserem Liebesspiel, nebeneinanderlagen, fragte ich sie nach dem Grund. Sanft erwiderte sie: »Wir haben beide respektable Jobs, und wir wollen doch nicht, daß jemand Verdacht schöpft, oder?«

Das akzeptierte ich. Sie hatte nun mal solche Ansichten, und ich konnte nichts daran ändern. Außerdem klangen ihre Argumente überzeugend. Unser Privatleben war unsere Sache, solange wir uns dezent verhielten, und was wir taten, ging niemanden etwas an. Die Geheimnistuerei störte mich ein wenig, aber ich fand es angenehm, wieder ein gesichertes Leben zu führen und allgemein geachtet zu werden.

Jimmy war der einzige von der alten Clique, den ich hin und wieder traf. Was ich durchgemacht hatte, veranlaßte ihn, seine Absicht aufzugeben und die Maske lieber doch nicht fallenzulassen. »Es ist zwar schlimm, wenn man sich verstecken muß, aber wenn man die öffentliche Aufmerksamkeit erregt, können einem noch viel schrecklichere Dinge passieren.«

Wir gingen regelmäßig zusammen aus, was uns beiden eine gute Tarnung verschaffte. Im Scherz erwog er sogar, mir einen Verlobungsring zu kaufen. Norma und Dean sahen sich ziemlich oft, und manchmal ließ sie sich auch von Arbeitskollegen ausführen.

Eines Abends kam ich nach einem Kinobesuch heim und sah sie zu meiner Bestürzung im schwach erleuchteten Wohnzimmer auf der Couch liegen, in den Armen eines fremden Mannes. Als ich eintrat, hob sie den Kopf und warf mir einen warnenden Blick zu. Ich murmelte eine Entschuldigung, lief in mein Schlafzimmer, warf mich aufs Bett und vergrub den Kopf unter einem Kissen. Ich hatte kein Recht, ihr Vorwürfe zu machen, *ich hatte kein Recht...*

Nach langer Zeit hörte ich Norma hereinkommen. Ich setzte mich auf und fragte bitter: »Was für eine Entschuldigung hast du diesmal?«

»Warum mußt du so eifersüchtig sein?« Sie kniete neben dem Bett nieder und schlang verführerisch die Arme um meinen Hals. »Du weißt doch, daß ich in Wirklichkeit nur dir gehöre.«

»Aber – was bist du?«

Sie ließ die Arme sinken und zuckte mit den Schultern. »Denk doch, was du willst«, erwiderte sie, stand auf und ging hinaus. Mein Atem stockte, und ich rannte ihr nach, begierig, die Brotkrumen aufzupicken, die sie mir hinwarf...

Immer deutlicher erkannte ich, wie sehr sie die Gesellschaft von Männern liebte. Sie schlief nur selten mit einem ihrer Bewunderer, aber es stärkte ihr Selbstvertrauen, umworben zu werden. Und in den frühen Phasen einer Beziehung erwartete sie von mir, daß ich mich mit ihr heimlich über den jeweiligen Verehrer lustig machte. »Glaub mir«, sagte sie einmal, als wir im Bett lagen, »die meisten dieser Kerle würde es noch mehr erregen, wenn sie herausfänden, wie ich wirklich bin. Es gefällt mir, wenn ich sie auf Hochtouren bringe und dabei denke: ›O Mann, wenn du wüßtest, daß ich nur darauf warte, wieder bei meiner Lee zu sein...‹«

Und ich akzeptierte das alles. Mir blieb nichts anderes übrig. Ich erkannte, daß es immer so sein würde, daran zweifelte ich nicht. Anfangs richtete sie sich nach meinen Wünschen und besuchte sogar – in Deans sicherer Begleitung – hin und wieder eine Bar mit mir. Aber nach dem ersten Honigmond verflachte unser sexuelles Verhältnis. Manchmal schob sie mich weg und sagte in klagendem Ton: »Nicht! Du machst mich so müde!« Nur wenn ein Mann sie erregt hatte, kam sie mit dem alten wilden Verlangen zu mir, und ich war unglücklich genug, um das zu ertragen.

Ich begann sogar die Männer zu beobachten und zu überlegen, in welchem Maße sie Norma reizen könnten – so sehr, daß sie sich in meine Arme werfen würde? Und jedesmal, wenn sie danach einschlief – zufrieden wie eine Katze, die sich den Bauch mit gestohlener Milch vollgeschlagen hatte –, dachte ich, daß ich den Tiefpunkt meiner Erniedrigung erreicht hatte. Aber der stand mir noch bevor. Und er kam, wie immer in solchen Situationen, als sich die Dinge zu bessern schienen.

Ich stürzte mich in die Arbeit. Mein Job stellte eine Herausforderung dar, und ich liebte ihn. Zum erstenmal hatte ich die Möglichkeit, meine Fähigkeiten zu nutzen. Als Kate mir schrieb und ihren Besuch ankündigte, war ich außer mir vor Freude. Endlich hatte ich ein Heim, das ich ihr voller Stolz zeigen, einen Job, von dem ich ohne Schamröte erzählen, und eine Wohnungsgenossin, gegen die nicht einmal Kate etwas einwenden konnte.

Am Abend kam Dean mit Norma in unser Apartment, und wir hörten Jazz im Radio. Er zog ein Päckchen aus der Tasche und wickelte sechs kleine braune Zigaretten aus. »Pot«, erklärte er.

Ich wich zurück. Solche Marihuana-Zigaretten hatte ich schon einmal gesehen, und ich wollte keine rauchen. »Daran gewöhnt man sich nicht«, versicherte mir Dean. »Du brauchst nicht alles zu glauben, was du in der Schule gehört hast.«

»Ich weiß, aber man wird emotional davon abhängig – so sehr, daß man das Leben ohne dieses Zeug langweilig findet«, erwiderte ich, und Dean lachte schrill.

»Das Leben *ist* langweilig, Lee. Blick den Tatsachen ins Auge. Nur Trottel verzichten drauf, sich den Alltag zu versüßen. Ich hoffe, du hast zuviel Fantasie, um normal zu sein.«

»Versuch es nur dieses eine Mal«, drängte Norma sanft. »Alles wird dir anders erscheinen. Wenn du danach nicht auf den Geschmack gekommen bist, werde ich dieses Thema nie mehr erwähnen.«

Ich zuckte mit den Schultern. Immerhin war ich nicht süchtig, und ich kannte viele Leute, die es ausprobiert hatten, ohne drogenabhängig zu werden. Warum also nicht? Es war zumindest eine neue Erfahrung. Ungeschickt befolgte ich Deans Anweisungen – man mußte den brennenden Rauch tief in die Lungen saugen und darin festhalten. Zunächst wurde mir nur übel.

»Verdammt, und das soll Spaß machen?«

»Leg dich zurück und entspann dich«, riet er mir, und das tat ich nur zu gern. Ich blickte mich im Zimmer um, die Farben schienen in strahlenden Kreisen zu schwanken. Ich beobachtete, wie das Licht auf Normas goldenem Haar bebte und auf einer Armee aus strahlenden Schwertspitzen schimmerte – beleuchtet von einer helleren Sonne, als ich sie je gesehen hatte.

Dean beugte sich über mich. Mit seinem roten Haar und dem roten Vollbart erinnerte er mich an die Statue eines ziegenbockähnlichen Pans, vor der ich irgendwann gestanden hatte. Er zog Norma an meine Seite, dann küßte er mich seufzend und öffnete meine Lippen. Es spielte keine Rolle. Nichts schien eine Rolle zu spielen. Träumerisch schwebte ich im gesteigerten *Bewußtsein*, jener gleißenden, mystischen Helligkeit, in einem Blitz, der eine Wolke mit Silberrändern umgab – dem Blitz von Normas blondem Haar.

Sie wandte sich zu mir, ihre weichen Finger knöpften ihre Bluse auf. Ihre Hände schienen zu beben, verwandelten sich in die langen weißen Blütenblätter schwimmender Seerosen. Sie seufzte, und ich sah die Worte, als wären sie in die funkelnde Luft gedruckt. »Schau her, Dean, schau meine Brüste an. Ich brauche sie nur zu betrachten und der Sinn dieser Welt – ist ganz klar...«

Er gab keine Antwort, in seinem eigenen Traum verloren, küßte er mich immer noch. Ich lag in seinen Armen, zu schläfrig und zufrieden, um der Situation irgendeine Bedeutung beizumessen, fast hingerissen. Seine Küsse zeichneten inmitten jener Feuerfunken meinen ganzen Körper nach, bis wir gemeinsam in der hellen Aura glänzten.

Norma, Dean und ich waren irgendwie ineinander verschlungen, knochenlos wie gewundene weiße Schlangenkörper, wie aufblühende Blumenstengel, die ein seltsames Klingen von sich gaben.

Dean packte Norma, sein weißer, nackter Leib klammerte sich an sie, und ich sah in einer Paralyse aus wachsendem Entsetzen und Erregung, wie eine dicke grüne Schlange zwischen den Blütenzweigen des Teppichmusters hervorkroch und sich um die Körper der beiden ringelte, eine gelbgrüne Spirale, die mit Drachenklauen nach meinen Armen griff.

Und auf Deans nacktem Rücken stand in nebelhaften, rotglühenden Lettern: ALLE NORMALEN MENSCHEN SIND BISEXUELL. »Das ist verrückt«, sagte ich, aber Norma murmelte benommen irgend etwas Unverständliches, und dann war ich in den Wellen wilder Leidenschaft gefangen... Ich weiß nicht, was geschah. Irgendwann schlief ich ein.

Und dann erwachte ich. O Gott, dachte ich und umfaßte meinen schmerzenden Kopf. Welch ein Alptraum... Ich sah Norma und Dean nackt auf dem Teppich liegen, aus dessen Rankenmuster sich die Schlangen meiner Träume gewunden hatten. Auch ich war nackt, und da wußte ich Bescheid – *es war Wirklichkeit gewesen*.

Während mir dieser beängstigende Gedanke durch den Sinn ging, bewegte sich Dean und erwachte. Nachdenklich kratzte er seine Brust. Der Anblick seiner Nacktheit ließ Übelkeit in mir aufsteigen. Ich wandte den Blick ab, aber er lachte leise und versuchte, mich in die Arme zu nehmen. Wütend stieß ich ihn weg. »Verschwinde, du – du...«

»Du entwickelst eine geradezu unglaubliche Leidenschaft, wenn du high bist.« Er setzte sich neben mich, seine Arme lagen auf meinen bloßen Schultern. »Da bricht sich dein *wahres* Ich Bahn. Red mir bloß nicht mehr ein, du seist lesbisch, Lee. Letzte Nacht war ich zu high, um dich zum Ende des Wegs zu führen, aber jetzt... Komm!« Er neigte sich zu mir herab.

Entsetzt wehrte ich mich, aber es gelang mir nicht, ihn beiseite zu schieben. Was hatte ich getan? Wieso war das alles geschehen? Norma erwachte und blinzelte, dann lächelte sie, als sie mich in Deans Armen sah. Mein Ekel gab mir neue Kraft, und ich schlug nach ihm. »Verdammt, nimm deine dreckigen Pfoten weg!«

»Aber Lee!« sagte Norma herablassend. »Sei doch nicht so prüde! Nach dieser Nacht...«

Da verlor ich die Beherrschung. Wütend zerkratzte ich Deans Gesicht. »Laß mich los!« kreischte ich. Endlich gehorchte er. Ich sprang auf, griff blindlings nach einer Decke, um mich darin einzuwickeln, taumelte in die Toilette und erbrach mich.

Immer wieder übergab ich mich, bis nur noch grüner Schleim aus meinem Magen kam, und danach saß ich auf dem Toilettendeckel, von einem heftigen Schluckauf geplagt, würgte krampfhaft und haßte mich selbst. Dies war das Ende. Nichts konnte schlimmer sein...

Und ich hatte Mickey für böse und schlecht gehalten! Verglichen mit uns erschien sie mir wie ein reiner Engel. Ich konnte nicht einmal Dean oder Norma die Schuld geben, denn ich hatte es zugelassen, daß ich selbst erregt worden war. Stimmt es, daß Drogen die Hemmschwelle herabsenkten und das wahre Wesen eines Menschen zum Vorschein brachten? Hatte ich mich unbewußt schon immer nach solchen Exzessen gesehnt?

Ich betrachtete mein aschfahles Gesicht im Spiegel und trank etwas Wasser, das ich zu meiner Verwunderung nicht ausspeien mußte. Dann öffnete ich den Badezimmerschrank, suchte ein Aspirin und entdeckte – es drängte sich meinem Bewußtsein auf wie eine der Schlangen in meinem wilden Traum – ein Fläschchen, zur Hälfte mit gelbgrünen Kapseln gefüllt.

Normas Schlaftabletten. Das brauchte ich jetzt –

Schlaf. Langsam wie in Trance schluckte ich eine Kapsel. Schlaf. Einfach einschlafen, nie mehr erwachen, nie mehr an die letzte Nacht denken, Dean und Norma nie mehr sehen... Niemanden...

Ich spülte eine Tablette nach der anderen hinunter. Die nächste – noch eine... Dann war es geschafft. Jetzt konnten sie mir nichts mehr anhaben.

»Hey!« Dean klopfte an die Badezimmertür. »Beeil dich!«

Hastig versteckte ich das Fläschchen unter einem schmutzigen Handtuch. Dann wankte ich in mein Schlafzimmer, legte mich aufs Bett und schlug die Hände vors Gesicht. Ich fühlte mich erschöpft, von innerem Frieden erfüllt. Bald würde alles vorbei sein.

Nach einer Weile kam Norma herein und beugte sich über mich. »Lee?« Wie aus weiter Ferne drang ihre Stimme zu mir. »Komm und trink eine Tasse Kaffee, Liebling, dann wird's dir bessergehen.«

Und Dean sagte, eine Million Meilen weit weg. »Laß sie schlafen, Norma.«

Das letzte, was ich hörte, war Normas Vorschlag: »Frühstücken wir in irgendeinem Café, Dean, danach kannst du dich ausruhen.«

Und dann versank ich in einer wirbelnden, vibrierenden Nacht.

13.

»Öffnen Sie die Augen!« Irgend jemand zerrte an meinem Kopf, irgend jemand rief nach mir, irgend jemand schrie: »Sagen Sie doch etwas, Mrs. Chapman.«

Meine Lider schienen zusammenzukleben. Was ist geschehen, fragte ich mich in nebelhafter Abscheu. Bin ich noch nicht tot? Schwindelerregend kehrte das Bewußtsein zurück. Wo war ich? Ich stöhnte, und dann erklang eine zitternde Stimme, die ich jahrelang nicht mehr gehört hatte.

»Shirley – liebste Shirley!« Und da erinnerte ich mich an Kates Brief. Kate!

Endlich gelang es mir, die Augen aufzuschlagen. Sie beugte sich über mich. »Wo bin ich?« flüsterte ich mit schwerer Zunge.

»In einer Klinik«, antwortete eine Krankenschwester kurz angebunden. »Warum haben Sie es getan?«

Kate fuhr zu ihr herum. »Lassen Sie sie in Ruhe! Es muß ein Unfall gewesen sein.« Sie wandte sich wieder zu mir und ergriff meine Hand. »Als ich an deiner Wohnung läutete, rührte sich niemand. Die Tür war nicht verschlossen, und so ging ich hinein. Deine Freundin glänzte durch Abwesenheit, du warst ganz allein. Ich konnte dich nicht wecken, bekam es mit der Angst zu tun und rief einen Krankenwagen.«

Sie umarmte mich, und da merkte ich, daß ich ein kurzes Kliniknachthemd trug. Mein Magen schmerzte, mein Kopf fühlte sich an, als würde er jeden Moment platzen. Wenn ich mich bewegte, wurde es noch schlimmer.

»Die wollen mir einreden, es sei ein Selbstmordversuch gewesen«, sagte Kate ärgerlich. »Aber ich erklärte ihnen, du würdest mich mögen und niemals zulassen, daß ich deine Leiche finde.«

Das klang idiotisch, und ich brachte ein schwaches Lächeln zustande. »Ich – ich wollte mich nicht umbringen«, versicherte ich der Schwester. »Mir war schlecht, und ich wollte schlafen – das war alles.« Ein Selbstmordversuch? Ich mußte verrückt gewesen sein. Das durften sie nicht erfahren, sonst würden sie mich in einer psychiatrischen Anstalt einsperren.

»Hatten Sie getrunken, Miß Chapman?« erkundigte sich die Schwester in geschäftsmäßigem Ton.

»Nein – mir war nur übel.«

Sie schüttelte den Kopf. »Sie müssen mit dem Arzt reden«, sagte sie, dann verließ sie das Zimmer und ließ mich mit Kate allein.

Kate sah aus, als hätte sie geweint. »O Lee«, wisperte sie, »warum hast du es getan?«

Ich drückte ihren Kopf an meine Brust, und zum erstenmal, seit ich denken konnte, weinte ich wie ein kleines Kind.

Der Arzt akzeptierte meine Behauptung, ich wäre vor Übelkeit groggy gewesen und hätte versehentlich zu viele Schlaftabletten geschluckt. Wahrscheinlich fand er es zu mühsam, die Polizei zu verständigen, und zog es vor, an einen Unfall zu glauben. Am nächsten Tag wurde ich entlassen. Ich fühlte mich schwach und elend, Kate brachte mich auf die Ranch.

Sie wohnte mit Rafe im Hauptgebäude, Mutter war nach Grandpas Tod in das kleine Haus gezogen, das sie für das junge Paar gebaut hatten. Kate quartierte mich in meinem alten Zimmer ein und machte ein großes Getue um mich, Mutter und Rafe durften mich nur für ein paar Minuten besuchen.

Am nächsten Morgen fuhr mein Bruder weg, um Rinder zu kaufen, und sobald ich seinen Laster davonrattern hörte, kam Kate mit einem Kaffeetablett in mein Zimmer. Langsam tranken wir unsere Tassen leer, unterhielten uns über Pferde und das Juniwetter. Mit scheuem Lächeln erzählte sie mir, nun würde sie endlich das ersehnte Baby erwarten, und ich litt an heftigen Gewissensbissen, weil ich ihr einen solchen Schock versetzt hatte.

Schließlich stellte sie mit leisem Klirren ihre Tasse ab und beugte sich vor. »Warum hast du es getan, Lee?« fragte sie sanft. »Ich weiß, du warst nicht glücklich, als wir uns das letzte Mal sahen, aber – kann es denn so schlimm gewesen sein?«

Ich schluckte und starrte auf die Steppdecke.

»Kannst du mir's nicht sagen?« Tränen schimmerten in Kates großen dunklen Augen. »Ich ertrage es nicht, dich so verzweifelt zu sehen. Wir kennen uns seit der Kindheit, und du weißt, daß ich dich liebe. Willst du's mir nicht anvertrauen?«

»Kate, diese ganze Geschichte begann, als ich noch auf dem College war.«

»Das weiß ich«, antwortete sie leise.

Schließlich brachte ich es über die Lippen. »Kate, ich bin lesbisch.«

Sie saß ganz still da und schaute mich an. Zwischen ihren geraden Brauen bildete sich eine winzige Falte. Dann flüsterte sie bedrückt: »O nein!« Von allen Reaktionen – Schock, Ekel oder Zorn – hatte ich diese am wenigsten erwartet. Sie schien nicht einmal überrascht zu sein. Eine Zeitlang dachte sie nach, dann fragte sie: »Dieses Mädchen im Studentinnenheim? Norma? Ihr habt im selben Zimmer gewohnt.« Ihre roten Lippen preßten sich sekundenlang zusammen. »Lee, ich habe mich schon über dich gewundert, als du noch ein Teenager warst – so ein komisches, überspanntes kleines Ding...« Zögernd fügte sie hinzu: »Ich glaube, du weißt nicht, warum Ronny von der Einberufungsbehörde abgelehnt wurde. Wir haben es deiner Mutter nie erzählt.«

»Wegen seines Asthmas, nicht wahr?«

»Nein.« Mehr sagte sie nicht.

Ich dachte an die Vergangenheit. Jahrelang hatte ich Ronny nicht gesehen, aber es schien zu stimmen, was Kate andeutete.

»Ihr hattet alle eine merkwürdige Kindheit. Sogar Rafe – die Erkenntnis, daß es nicht seine Schuld ist, hilft mir. Er kann keine Gefühle zeigen. Als wir damals unser Baby verloren, verkroch er sich einfach in seinem Schneckenhaus.«

Ich schwieg. Wie konnte ich Kate, der guten, anständigen Kate, von dem Drogenrausch erzählen und das Grauen schildern, das ich gesehen und an dem ich teilgenommen hatte? Bis zum heutigen Tag erinnere ich mich nicht an die Einzelheiten, und ich bin froh darüber. Was mir meine Fantasie vorgaukelte, gefiel mir nicht, aber die Wirklichkeit mochte noch schrecklicher gewesen sein.

»Vielleicht fühlst du dich besser, wenn du darüber sprichst«, meinte Kate, aber ich schüttelte den Kopf.

»Du haßt mich nicht?«

»Natürlich nicht!« erwiderte sie hastig, mit Nachdruck und fast herausfordernd. »Ich halte dich nicht für pervers. Vielleicht sind viele Lesbierinnen verdorben, aber das bist du nicht – weder verdorben noch böse.« Sie neigte sich herab und küßte mich. Ich gab ihr keine Antwort, und sie fuhr ärgerlich fort: »Heutzutage sind die Leute viel zu sexbesessen. Sie behaupten, alles würde sich immer nur um Sex, Sex, Sex drehen. Ich nehme dir nicht übel, daß du Liebe gesucht hast, Lee.«

Zärtlich umarmte sie mich. »*Ich* liebe dich, und jeder, der da was hineingeheimnissen will, soll zum Teufel gehen!«

Stumm erwiderte ich ihren Kuß. Wenn Kate gegenüber der miesen Seite meiner Veranlagung blind bleiben wollte, um so besser.

Am Abend fragte sie: »Lee, hast du von deinem Großvater Geld geerbt?«

»Mutter hat den Großteil für mich angelegt.«

»Hast du schon mal dran gedacht, dieses Geld für eine psychiatrische Behandlung zu verwenden?«

Ich dachte darüber nach. Die Psychologin auf dem College hatte mir nicht geholfen, was allerdings nicht bedeutete, daß es keine ärztliche Hilfe für mich gab. Als ich mit Mutter darüber sprach, starrte sie mich entsetzt an. »Ein Psychiater? Der behandelt doch nur Verrückte!«

»Nein, seelisch gestörte Menschen, die ihr Leben nicht in die Reihe kriegen, Mom, und dazu gehöre ich.«

Sie runzelte die Stirn, wie immer blind für mein wahres Wesen, und sah nur das Bild von der Tochter, das ihr vorschwebte. »Dir fehlt gar nichts, du bist nur selbstsüchtig. Du brauchst einen Ehemann und eine Familie, mein Mädchen, die würden dir diese Flausen schon austreiben. Dann hättest du viel zuviel zu tun, um dir immer nur über deine eigene Person den Kopf zu zerbrechen.« Sie musterte mich von oben bis unten. »Du warst schon immer ein widerspenstiges Ding. Schau dich doch an, wie du in diesen alten Reithosen rumläufst und deiner Mutter Widerworte gibst! Mit diesem Benehmen wirst du keinen Mann kriegen, Mädchen, und je früher du das begreifst, desto besser. Wie unscheinbar du aussiehst! Dabei könntest du so viel aus dir machen.«

»Mom, bitte...«

»Ich meine es nur gut mit dir. Und es ist an der Zeit, daß dir mal jemand die Wahrheit sagt. Mit deinem rebellischen Gerede und deinem Verhalten verjagst du alle Männer, und dann bekommst du einen Nervenzusammenbruch, weil du eine alte Jungfer bist.«

Ich senkte stumm den Kopf.

»Ja, eine alte Jungfer. Ich sag's, wie's ist. Warum sollte ich mir ein Blatt vor den Mund nehmen? In deinem Alter hatte ich schon zwei Kinder, und Joe war unterwegs. *Das* brauchst du – keinen Irrenarzt, der dir einredet, deine Eltern wären an all deinen verrückten Launen schuld!« Eindringlich starrte sie mich durch ihre Brille an. »Dein Granddaddy hat dir das Geld für nützliche Zwecke hinterlassen, und ich soll bestimmen, wozu es verwendet wird. Wenn du verheiratet bist und Möbel und Babysachen kaufen mußt – dann kannst du zu mir kommen und darum bitten. Vorher nicht.«

Auf seltsame Weise war ich fast erleichtert. Nun konnte Kate mir nicht vorwerfen, daß ich mich geweigert hatte, Hilfe zu suchen.

Ein Tag nach dem anderen verstrich. Ich wußte, ich müßte meine Sachen aus San Antonio holen. Nie wieder könnte ich in Normas Apartment wohnen oder ihr gegenübertreten, ohne das Grauen jener Nacht vor meinem geistigen Auge zu sehen. Auf der Ranch hatte ich nur meine alte Garderobe aus der High School-Zeit. Nachdem ich die Fahrt Woche um Woche verschoben hatte, erbot sich Kate schließlich, mich zu begleiten.

Ich klopfte an die Tür, nichts rührte sich. Nachdem ich eine Weile gewartet hatte, benutzte ich meinen Schlüssel. Norma kam aus ihrem Zimmer, und starrte mich verblüfft und dann in wachsender Wut an. »Du!« schrie sie. »Das hätte ich mir denken können! Du verschwindest wortlos, bleibst drei Wochen lang weg, und dann spazierst du seelenruhig herein, als wäre nichts gewesen. Und wer sind Sie?« fragte sie Kate.

»Um Himmels willen, Mrs. Garland«, erwiderte Kate ärgerlich, »ich habe dieses Mädchen halb tot in dem Zimmer da drüben gefunden und einen Krankenwagen gerufen. Wissen Sie nicht, daß Lee neunzehn Schlaftabletten geschluckt hat? Und Sie sind einfach weggegangen und haben sie liegenlassen!«

Norma wurde leichenblaß. »Oh, mein Gott!« keuchte sie, rannte zu mir und riß mich in die Arme, aber ich stieß sie weg. »Lee, Lee, es tut mir so leid! Ich war außer mir vor Sorge, ich dachte, du wärst davongerannt oder sogar zu Mickey zurückgekehrt.«

»Ja, du warst sicher halb krank vor Angst. Wo ist Dean?«

»Ich habe ihn seit jenem Tag nicht mehr gesehen.«

»Das ist aber eine Überraschung... Kann ich meine Sachen holen?«

»Lee – du verläßt mich?«

Ich haßte es, in Kates Anwesenheit mit Norma zu streiten, aber was blieb mir anderes übrig? »Du weißt doch, daß es sein muß.«

Sie wandte sich zu Kate und musterte sie eisig. »Wenigstens wechselst du hin und wieder deinen Typ. Das ist jedenfalls kein wilder Stier wie Mickey.«

»Hüte deine Zunge!« fauchte ich. »Das ist meine Schwägerin, Kate Chapman.«

»Oh, die berühmte Kate...«, grausam kräuselte Norma die Lippen. »Ich habe viel von Ihnen gehört.«

Ruhig erwiderte Kate ihren Blick. »Und ich über Sie, Norma.«

»Sicher sind Sie froh, daß Sie Lee von mir loseisen können.«

»Ich finde, Sie sind nicht die passende Gesellschaft für meine Schwägerin«, entgegnete Kate gelassen.

»Und jetzt soll ich wohl in Tränen ausbrechen? Lee, willst du wirklich in dieses Nest zurückgehen, in diesen Eichhörnchenkäfig? Dort wirst du doch verrückt!«

»Darüber möchte ich nicht diskutieren«, antwortete ich und ging zu meinem ehemaligen Schlafzimmer. »Ich will nur meine Sachen packen.«

»Ich fürchte, da kann ich dich jetzt nicht reinlassen«, sagte Norma kühl.

»Oh, ich habe schon eine Nachfolgerin – oder einen Nachfolger?«

Sie lächelte spöttisch. »Das möchtest du gern wissen, was?«

»Es ist ihr verdammt egal, und mir auch«, mischte sich Kate ein. »Komm, Lee. Mrs. Garland, vielleicht könnten Sie Lees Sachen auf die Ranch schicken. Natürlich bezahlen wir das Porto«, fügte sie rücksichtsvoll hinzu. Sie sah, daß ich zitterte und legte einen Arm um meine Schultern. »Gehen wir. Du bist noch nicht stark genug, um eine Szene zu verkraften.«

»Arme kleine Lee«, murmelte Norma und stieß die Schlafzimmertür auf. »Geh ruhig hinein, ich hab' nur Spaß gemacht. Mit diesem Trick bringe ich dich immer wieder auf die Palme, nicht wahr?«

Ich erinnerte mich an jenen ähnlichen Vorfall auf dem College. »Du schmutziges, sadistisches Biest...«, begann ich, aber Kate fiel mir ins Wort.

»Bitte!«

Schweigend beobachtete Norma, wie wir meine Sachen packten, dann fragte sie: »Verläßt du mich wirklich, Lee?«

»Ich halte das für die beste Lösung.«

Sie starrte Kate an und zischte erbost: »Seit du mir zum erstenmal von Kate erzählt hast, war mir klar, daß du eines Tages bei ihr landen würdest. Du hast immer nur sie geliebt, was? Selbst wenn es dich einen vorgetäuschten Selbstmordversuch gekostet hat, sie zu erobern...«

Ich stürzte mich auf sie. All die Demütigungen, all die Beleidigungen, all die grausamen Witze hatte ich erduldet, sogar den Anblick von Norma in Deans Armen. Nicht Haß gegen sie, sondern gegen mich selbst war damals in mir erwacht. Aber dieser Angriff auf Kate, die gute, unschuldige Kate... »Du darfst es nicht einmal wagen, ihren Namen auszusprechen!« schrie ich.

»Lee! Shirley!« flehte Kate, doch da schlossen sich meine Hände schon um Normas Hals. Sie rang nach Luft, ihr Körper erschlaffte. In der nächsten Sekunde riß Kate mich von ihr weg. »Nein, Lee! Du bringst sie um!«

Ächzend sank Norma auf die Bettkante. »Schaffen Sie sie hinaus, Kate – sofort! Hoffentlich werden Sie glücklich mit ihr – glücklicher, als es mir vergönnt war.«

Ich zitterte so heftig, daß ich kaum gehen konnte. Kate trug meinen Koffer zum Kombiwagen, den ich in die Stadt gefahren hatte, verfrachtete mich auf den Beifahrersitz und übernahm selbst das Steuer. »Tut mir leid, daß ich dir diese gräßliche Szene zugemutet habe, Lee. Ich hätte deine Sachen allein holen sollen.«

Ich schluchzte hemmungslos. »Ich ertrage es nicht, was sie über dich gesagt hat.«

Kate stoppte den Wagen, wandte sich mir zu, und mitten in San Antonio, im hellen Tageslicht umarmte und küßte sie mich. »Shirley, beruhige dich doch! Glaubst du, es interessiert mich, was sie denkt?«

Und da erkannte ich, daß Kates reine Unschuld sogar gegen solche Schmähungen gefeit war. Ihre unbefangene Sorglosigkeit erlaubte ihr, etwas zu tun, das ich nicht einmal im Dunkeln gewagt hätte. Sie nahm mein Taschentuch, wischte mir die Wangen ab und küßte mich immer wieder, ohne sich um die neugierigen Blicke der Passanten zu kümmern. »Diese neurotische kleine Bestie – diese verdammte Norma!« schimpfte sie. Meine inneren Kräfte kehrten zurück, und ich beruhigte sie. Solche Flüche paßten nicht zu Kate.

14.

Als ich ein Pferd kaufen wollte, lernte ich Tim Raeder kennen.

Seit sechs Wochen war ich wieder daheim und wohnte mit Mutter in dem kleinen Haus. Es tat mir gut, die Großstadtblässe abzulegen und ganze Tage auf dem Pferderücken zu verbringen. Nach einem Monat entschieden Rafe und Mom, die Ranch wäre mir ein neues Reitpferd schuldig. Die alte Penny zeigte sich den Anforderungen, die ich an sie stellte, nicht mehr gewachsen, und sollte den Rest ihrer Tage auf der Weide verbringen. Ein anderes Pferd stand mir nicht zur Verfügung, und so fuhr ich eines Tages im Kombi zur Nachbarranch, wo ich Tim traf. Als ich in den Hof bog, rief er mir aus dem Schatten einer großen Nissenhütte zu: »Wollen Sie zu mir?«

»Das weiß ich nicht«, erwiderte ich, während ich ausstieg. »Sind Sie Tim Raeder?«

»Der bin ich.« Er kam auf mich zu und wischte sich mit einem Taschentuch über die Stirn. Nackt bis zur Taille, trug er verwaschene, fast weiße Bluejeans und alte Stiefel. Er war dunkelbraun wie ein Mexikaner, und die Sonne hatte sein blondes Haar gebleicht, so daß es heller schimmerte als seine Haut. »Sind Sie nicht die Enkelin vom alten Maddox? Ich war mit Ihren Brüdern auf der Schule.« Wir schüttelten uns die Hände, und der kräftige Druck seiner Finger gefiel mir. »Was kann ich für Sie tun, Lee?« Er führte mich in die Nissenhütte, wo es nach warmem Heu und Pferden roch. Ich erklärte mein Anliegen, während wir zum hinteren, durch ein Geländer abgetrennten Teil des Raumes gingen, und Tim nickte. »Ich glaube, ich habe genau das richtige Pferd für Sie – falls Sie glauben, Sie werden mit ihm fertig.«

»Ich will keinen alten Lehnstuhl«, entgegnete ich lächelnd.

»Natürlich nicht. Ich erinnere mich, daß Sie früher bei den Rodeos am Faßrennen teilgenommen haben. Nun, wie wär's mit diesem Burschen da drüben?« Er zeigte mir einen kräftigen kleinen Fuchs, der still an einem Ende des abgeteilten Raumes stand. In seiner Nähe loderten Flammen in einer altmodischen Schmiede. »Ich wollte gerade einen Huf neu beschlagen«, fügte Tim hinzu. »Sobald ich damit fertig bin, können Sie ihn ausprobieren.«

Ich ging zu dem Hengst, sprach mit ihm und klopfte ihn auf den Hals. Tim sah grinsend zu: »Offensichtlich verstehen Sie was von Pferden. Wenn ich andere Mädchen an so ein Tier ranlasse, schleichen sie sich lautlos näher und geben ihm einen ganz leichten Klaps, so daß es sich einbildet, eine Fliege sei auf ihm gelandet. Und wenn es dann ausschlägt...«, seine Stimme nahm einen hohen, schrillen Klang an, »...aber ich habe ihn doch nur ein kleines bißchen gestreichelt!«

Wir lachten einträchtig über Leute, die nicht wußten, daß Pferde kitzlig sind. Dann begutachtete ich den Fuchs, den länglichen seidigen Kopf, die großen klugen Augen, die helle Mähne, die emporflog, wenn er den Kopf herumwarf. »Hallo, mein Freund«, sagte ich leise. »Du siehst wirklich nett aus.« Ich wandte mich zu Tim. »Wie heißt er?«

»Merlin.«

»Er hat tatsächlich einen weisen Ausdruck im Blick.«

»Manche Leute machen sich über mich lustig, weil ich meinen Pferden literarische Namen gebe, aber ›Lucky‹ oder ›Jim‹ oder ›Star‹ oder ›Buck‹ hängen mir

zum Hals raus. Da drüben sehen Sie Gawain und Gala-
had, und meine beste Zuchtstute nennt sich Morgan le
Fay.«

Lächelnd liebkoste ich Merlins Nüstern. »Sicher sind
Sie mit ›König Arthurs Tafelrunde‹ aufgewachsen.«

»Welcher Junge nicht? Setzen Sie sich doch dort auf
die Bank. Es dauert nicht lange, dann ist das Hufeisen
dran. So, Merlin... Eigentlich müßte ich ein Hemd anziehen, wenn eine Lady zu Besuch kommt, aber...«

»Bei einer Temperatur von über dreißig Grad im
Schatten würde ich Sie für verrückt halten, wenn Sie
ein Hemd anhätten. Außerdem bin ich keine Lady.«

»Danke.«

»Beschlagen Sie alle Ihre Pferde selbst?«

»Seit mein Vater zu schwach ist, um einen Hammer
zu schwingen. Diesen Harrison in der Stadt lasse ich
nicht einmal auf die Ackergäule los. Ihr Granddaddy
hat seine Pferde auch selber beschlagen, und ich
nehme an, das hat er auch Jesse und Joe beigebracht.
Aber jetzt ist nur mehr Rafe daheim, nicht wahr?« Mit
einer Zange griff er nach dem rotglühenden Eisen.
»Kommen Sie her, Lee, halten Sie Merlins Geschirr.
Manchmal scheut er, wenn ich mich als Schmied betäti-
ge.«

Ich umklammerte das Zaumzeug, während Tim auf
den Huf einhämmerte. Merlin zuckte bei jedem Schlag
zusammen, machte deswegen aber keinen nervösen,
sondern einen intelligenten, feinfühligen Eindruck auf
mich. Ich hatte immer Würfelzucker für Penny in der
Hosentasche. Nun gab ich ihm ein Stück, und er fraß es
mir behutsam aus der Hand. Da wußte ich, daß ich
großartig mit Merlin auskommen würde.

Tim hatte den Huf gekühlt und hämmerte jetzt kleine
Nägel in das Eisen. Der Hengst stand ganz still da. Ich
hielt das Zaumzeug und beobachtete Tim. Er hatte ei-

nen Körper wie ein Akrobat – oder wie ein Turnierreiter. Als er fertig war, gab er Merlin einen Klaps auf die Flanke. »Führen Sie ihn in den Corral hinaus, Lee, dann satteln wir ihn, und Sie machen einen Proberitt.«

Lächelnd streichelte ich Merlins Gamasche. »Ich habe mich schon ihn ihn verliebt.«

Tim erwiderte mein Lächeln, griff nach einem blauen Baumwollhemd und schlüpfte hinein. »Glücklicher Merlin! Wissen Sie, daß er genau zu Ihrem Haar paßt? Ich wollte ihn an die Eagle Ranch verkaufen, aber die meinten, er sei zu hübsch für ein Ackerpferd.«

Er wollte einen Sattel von einem Wandgestell nehmen, aber ich sagte: »Ich hab' einen eigenen im Wagen.« Ich lief zum Kombi hinaus und er folgte mir und hob meinen Sattel heraus, ehe ich eine Hand danach ausstrecken konnte. »Hey, ich mag Mädchen, die ihre Pferde selber satteln können, doch das bedeutet noch lange nicht, daß ich zuschaue und Daumen drehe, wenn eine Lady so ein Ding durch den ganzen Hof schleppt.«

Irgendwie mochte ich seine Höflichkeit. Er legte den Sattel auf Merlins Rücken, zog den Bauchgurt stramm und strich anerkennend über das polierte Leder, dann half er mir beim Aufsteigen. Ich merkte, daß er meine Beine musterte, aber als ich die Stirn runzelte, blickte er grinsend in die andere Richtung. »Sie sehen in Reithosen viel besser aus als die meisten Frauen, Lee. Warten Sie, bis ich Tristan gesattelt habe. Ich lasse keine Frau auf einem fremden Pferd losreiten, ehe ich beobachtet habe, wie sie damit umgeht. Sie sind sicher okay, Lady – aber ich möchte nicht, daß irgendwer verletzt wird, und ich lasse von niemandem, Mann oder Frau, meine Pferde mißhandeln. Die reite ich selber zu.«

Statt mich zu ärgern, wußte ich seine Fürsorge zu schätzen. Alle Menschen, die Pferde lieben, hätten ge-

nauso gedacht. Ich wartete, während er ein schwarz-
weißes Pony in den Corral führte. Während Tim ihm
einen schwarzen Sattel auf den Rücken warf, sagte
er: »Wagen Sie es bloß nicht, über Tris zu lachen! Der
ist das schlaueste Pony in ganz Texas und kann
meine Rinderherde großartig bewachen.«

»Ich habe nicht gelacht«, erwiderte ich wahrheits-
gemäß, aber es stimmte – der Anblick des lebhaften
schwarzweißen Tiers hob meine Laune. »Tris sieht
wie ein hübsches, frischgestrichenes Schaukelpferd
aus.«

Als wir den Corral verließen, lenkte er das Pony an
meine Seite und musterte mich anerkennend. »Sie
reiten wie ein Mann«, sagte er, dann fügte er hastig
hinzu: »Das habe ich als Kompliment gemeint.«

Wir galoppierten über die Wiesen. Penny war ein
gutes Pferd, aber Merlin bewegte sich geschmeidiger
und reagierte schneller auf die Zügel. Ich mußte sie
kaum anziehen, weil er auf die geringste Verlagerung
meines Gewichts und den schwächsten Druck meiner
Knie reagierte.

»Mögen Sie ihn?« fragte Tim, als wir die Pferde zü-
gelten.

»Welche Frage! Wenn wir uns Merlin leisten können, kaufe ich ihn.«

»Ich mache Ihnen einen guten Preis, weil's mir gefällt, daß er einem Menschen wie Ihnen gehören
wird.« Wir wurden uns rasch einig, und ich schrieb
einen Scheck aus. »Wollen Sie nach Hause reiten,
Lee?«

»Das würde ich gern tun, aber das Auto...«

»Sie reiten, und ich fahre.«

»Aber dann müßten Sie zu Fuß zurückgehen.«

»O nein, ich bin viel schlauer. Ich zieh meinen
schicksten Anzug an, bring Ihnen den Wagen gegen

sieben, und dann fahren wir in die Stadt und suchen uns die größten Steaks und den besten Film von San Antonio aus.«

»Ich ...«

Er grinste. »Nach all der Mühe, die ich mir gemacht habe, um nach dieser neuen Methode um ein Rendez-vous zu bitten, können Sie doch nicht sagen, Sie hätten schon eines.«

Verdammt, da war dieser Gedanke wieder. Kaum begann ich mich in der Gesellschaft eines sympathi-schen Mannes wohlzufühlen, fiel mir ein, daß er ein In-teresse hatte, das ich niemals teilen konnte.

»O Gott, Sie sind doch hoffentlich nicht verheiratet?«

Ich schüttelte den Kopf.

»Also, dann – mit Krawatte sehe ich fast wie ein Mensch aus, ehrlich.«

Was konnte ich darauf antworten? Als ich auf Merlin nach Hause ritt, dachte ich nicht mehr an seine Vor-züge. Hier auf dem Land konnte man nichts geheim-halten. Und wenn ich mich ständig weigerte, mit Män-nern auszugehen ... Nun, nicht alle Leute waren so un-erfahren wie Mutter und Kate.

Die Sonne ging unter, als ich mit Merlin zu Hause eintraf. Mutter trat vor die Haustür, während der Hengst langsam die Auffahrt hinauftrabte. »Lee, wo warst du denn, um alles in der Welt? Kate liegt im Kran-kenhaus! Sie hat ihr Baby verloren.«

Entsetzt schwang ich mich aus dem Sattel. Oh, die arme Kate! Sie hatte sich dieses Baby so sehr ge-wünscht. »Ich fahre sofort hin ...«

»Sei nicht dumm. Vorhin haben sie mich wegge-schickt. Vor morgen früh darf niemand zu ihr. Ist das dein neues Pferd?«

»Ja. Es heißt Merlin.«

Sie ging zu ihm und tätschelte vorsichtig seine Nüstern. »Merlin? Er sieht sanft und klug aus, aber das ist ein alberner Name für ein Pferd. Was soll der denn bedeuten? Wie gefällt dir der junge Raeder?« Ich erzählte, wir seien für den Abend verabredet, und sie lächelte zufrieden. »Er ist eine gute Partie. Zweiunddreißig und noch nicht verheiratet – also nehme ich nicht an, daß er ein junges Ding haben will. Und die Ranch ist völlig schuldenfrei.«

»Großer Gott, Mom!« Ein einziges Rendezvous – und sie sah mich schon vor dem Traualtar!

»Schau nicht so verächtlich drein! Er ist der einzige Junggeselle weit und breit, abgesehen von ein paar nichtsnutzigen Tagedieben, und wohnt in deiner Nachbarschaft und ist im richtigen Alter. Du könntest es schlechter treffen, junge Lady!«

Irgendwie machte mir das Rendezvous Spaß. Während ich in San Antonio gelebt hatte, war ich immer nur in die Bars im Zentrum gegangen. Tim trank keinen Alkohol. Er führte mich in ein Steak House am Stadtrand und erklärte, er würde es gern sehen, wenn ein Mädchen beim Essen tüchtig zulangte. Auch der Film, ein Western, gefiel mir. »Die Cowboys kann ich nicht ausstehen, aber ich sehe gern Pferde, und diese Ballerei finde ich einfach toll. Wahrscheinlich werde ich nie erwachsen.« Wir lachten, bis wir Seitenstechen bekamen, und aßen Popcorn wie heißhungrige Kinder.

Auf der Rückfahrt stoppte er den Wagen, und ich dachte seufzend: Jetzt muß ich für mein Vergnügen bezahlen. Aber er bot mir nur eine Zigarette an und rauchte selber eine. »Lee, warum sind Sie nicht verheiratet?«

»Alle ledigen Mädchen hassen diese Frage.«

»Es geht mich natürlich nichts an – aber ich würde mir gern vorstellen, Sie hätten auf den Richtigen gewartet und ihn bis jetzt noch nicht gefunden.«

»So ungefähr.« Ich lächelte und machte mir nicht die Mühe, ihm zu erklären, daß es für mich nie den ›Richtigen‹ geben würde.

»Nun, wie wär's mit mir? Ich weiß, es ist noch zu früh. Aber ich sag' Ihnen schon jetzt, daß wir uns sehr oft sehen werden, Lee. Und ich werde mein Bestes tun, um Ihnen klarzumachen, daß Sie mit gutem Grund so lange gewartet haben.« Er griff nach dem Zündschlüssel, um den Motor zu starten, dann ließ er ihn wieder los und zog mich an sich. Mit sanften Fingern hob er mein Gesicht zu sich empor. »Ich glaube, du bist das Mädchen, auf das *ich* gewartet habe«, flüsterte er und küßte mich, dann brachte er mich nach Hause.

Ich traf mich noch oft mit Tim, und jedes Rendezvous war erfreulicher als das vorangegangene. Wir unternahmen nichts Aufregenderes, als in Restaurants zu essen, ins Kino zu gehen oder auszureiten. Und am besten gefiel mir, daß sich Tim auf der Heimfahrt mit Gute-Nacht-Küssen begnügte. Sicher, er investierte jedesmal ein bißchen intensivere Gefühle, und für ihn waren es bestimmt viel mehr als freundschaftliche Abschiedsküsse. Seltsamerweise machte mir das nichts aus. Wir verstanden uns großartig, und ich war noch nie im Leben so gern mit einem Mann zusammengewesen. Aber das bereitete mich nicht auf die Ereignisse an jenem Freitag vor, bevor Kate nach Hause kam.

Für den Abend war ich mit Tim verabredet, aber ich mußte ihn anrufen und absagen.

»Meine Schwägerin Kate kommt am Samstag nach Hause, und Rafe ist wieder mal unterwegs, um Rinder zu kaufen. Das Haus sieht wie ein Schweinestall aus, nachdem er so lange allein darin gewohnt hat. Ich muß saubermachen und morgen bei Kate bleiben, damit sie nicht allein ist.«

Am Nachmittag hatte ich das ganze Haus blitzblank geputzt. Ich steckte gerade ein paar von Rafes Jeans in den Trockner der Waschmaschine, als ich Tim über den Hof schlendern sah. Erfreut trat ich vor die Tür und winkte ihm. Ich trug eine von Kates Schürzen, und er musterte mich lachend.

»Ich hätte nie gedacht, daß du der häusliche Typ bist.«

»Bin ich auch nicht. Aber ich kann Kaffee machen – oder dir ein Bier einschenken, falls dir das lieber ist.«

»Ein Kaffee wäre großartig.«

Ich stellte die Tassen auf das rosa Tischtuch und kam mir so vor wie die kleine Lee, die früher mit Puppengeschirr gespielt hatte, um Mom einen Gefallen zu tun. Sie war stets entzückt gewesen, wenn ich mich mit mädchenhaften Dingen beschäftigt hatte. Auf Tim übte diese Tätigkeit die gleiche Wirkung aus – er strahlte. »Du bist so schön mit deinem kastanienbraunen Haar – komm, setz dich zu mir.« Ich erfüllte seinen Wunsch, und da fragte er unvermittelt: »Lee – willst du mich heiraten?«

Als er mich in die Arme nahm, fürchtete ich mich plötzlich. Es war nicht die alte Angst vor der männlichen Sexualität, sondern ein neues, seltsames Gefühl »Darauf – kann ich dir keine Antwort geben. Ich habe nie ans Heiraten gedacht.«

»Wenigstens sagst du nicht nein«, erwiderte er sanft. »Und bei einem Mädchen wie dir bedeutet das wahrscheinlich schon eine ganze Menge.«

Nachdem er gegangen war, dachte ich darüber nach. Zum erstenmal fragte ich mich, ob ich mich ändern könnte.

Wollte ich das? Ich fühlte mich glücklich, so wie ich war.

Das hatte ich mir schon immer gesagt. *Ich fühle mich*

glücklich, so wie ich bin. Aber ich war nicht glücklich, war es nie gewesen.

Und ich hatte Tims Antrag nicht abgelehnt.

Am nächsten Tag kam Kate nach Hause, und es freute mich, daß ich zur Abwechslung einmal *sie* verwöhnen konnte. »Wo hast du gelernt, kranke Leute zu pflegen?« fragte sie. »Du stellst dich so geschickt an, als hättest du das dein Leben lang getan.«

»Mickey ist Krankenschwester. Sie hat mir einiges beigebracht.«

»Mickey – das Mädchen, mit der du so viele Jahre zusammengelebt hast?«

Ich erzählte ihr von Mickey und ließ die Prügelszenen aus. Inzwischen hatte sich meine Meinung über die einstige Gefährtin geändert, ich betrachtete sie nun mit etwas toleranteren Augen. Aber Kate schüttelte den Kopf. »Ich begreife nicht, wie eine Frau mit einer solchen Ausbildung so ein Leben führen kann. Menschen aus unteren Schichten, die niemals einen anständigen Beruf gelernt haben – ja. Aber wenn Menschen aus guten Familien mit interessanten Zukunftsperspektiven so tief sinken, weichen sie ihrer Verantwortung aus.«

»Ich habe auch so gelebt«, erinnerte ich sie. Liebevoll nahm sie meine Hand. »Wärst du ein Junge, würde ich sagen, du hast dir die Hörner abgestoßen. Aber jetzt bist du wieder zu Hause – für immer.«

Ich antwortete nicht. Plötzlich verspürte ich das Bedürfnis, meine alten Freundinnen zu verteidigen, doch dieser Wunsch verflog sofort. Es war schön, daheim zu sein. Ich war auf dieser Ranch aufgewachsen und dann weggegangen, aber sie hatte mich nie losgelassen, und ich gehörte hierher.

»Und jetzt«, bat sie in einem Ton, der deutlich ausdrückte, daß sie das Thema für abgeschlossen hielt, »erzähl mir von Tim.« Sie neckte mich, als ich rot wurde, doch sie war nicht Mom. Von Kate ließ ich mich sehr gern necken.

Rafe war für vierzehn Tage verreist, und ich lud Tim zweimal zum Dinner ein. Kate und Mutter mochten ihn auf Anhieb.

Eines Abends hörte ich Kate weinen und ging in ihr Zimmer. Sie schlief und warf sich stöhnend im Bett umher, als würde sie geschlagen. Ich schüttelte sie behutsam. »Kate, Kate, wach auf, Schätzchen!«

Sie öffnete die Augen und blickte sich angstvoll um. »O nein – o nein... Ich glaube – ich habe geträumt«, stammelte sie verwirrt. Tränen rollten über ihre Wangen.

»Soll ich dir eine von den Pillen geben, die dir der Arzt verschrieben hat?«

»Nein, nein, dann könnte ich nicht aufwachen, wenn ich wieder träume.«

»Dann trink was.« Ich brachte ihr einen Brandy, sie nahm einen Schluck und rümpfte die Nase, aber ich drängte sie, das Glas zu leeren. Sie zog mich auf die Bettkante hinab. »Geh nicht weg, Lee! Ich habe Angst. Wenn ich die Augen schließe, werde ich wieder träumen...«

»Was hast du geträumt, Kate?«

»Es war gräßlich... Die Babys weinten in einem anderen Zimmer – meine Babys, und ich schlug und trat gegen die Tür. Meine Hände bluteten, aber ich konnte nicht hinein...« Sie erschauerte und klammerte sich an mich. »Bleib hier, Lee!«

»Natürlich.« Ich legte mich zu ihr ins Bett und umarmte sie.

»Als du noch klein warst, hast du gern in einem Bett

mit mir geschlafen.« Sie drückte mich an sich. »Du warst so nett, Lee, wie eine liebe, liebe Schwester.« Ihr Körper war sanft und weich, warm vom Schlaf, voller Rundungen. Sie küßte meinen Hals und lachte. »Dein Haar riecht genauso wie damals in deiner Kindheit. Halb nach Pferden, halb nach dir selber.«

»Ich müßte es waschen, wenn ich ausgeritten bin.«

»Nein.« Sie legte ihre Wange an meine. »So hab ich's nicht gemeint. Es gefällt mir. Es... nun, es duftet so sauber, so lebendig. Es ist wie du, und ich liebe es.«

Ich ertrug es nicht länger, preßte sie an mich, bis sie nach Luft schnappte, und küßte sie. Vielleicht lag es am Brandy. Jedenfalls öffnete sie die Lippen – weich und heiß und süß, und ihr Mund verschmolz mit meinem. Ihre Muskeln spannten sich an, fast verzweifelt klammerte sie sich an mich. Es war nicht auszuhalten. Mit einem Schluchzen schmiegte ich mich an sie, meine zitternden Hände wanderten zu ihren Brüsten, und ich beugte mich hinab, um sie zu küssen – volle, immer noch feste Brüste, nicht klein und spitz wie bei jungen Mädchen, sondern rund und reif. Meine Lippen umschlossen eine Knospe, eine wilde Freude durchströmte meinen ganzen Körper. Reglos lag Kate in meinen Armen.

Dann schrie sie schmerzlich: »Nein!« Mit aller Kraft schob sie mich weg. Benommen setzte ich mich auf und starrte im Mondlicht ihr bleiches Gesicht an. Sie versuchte zu lächeln, mit bebenden Fingern strich sie über meine Wange. »Nein, Liebes... Ich – ich wollte dich nicht zum Narren halten, aber – das möchte ich nicht...«

Mir war zumute, als hätte sich Eiswasser über mich ergossen. Was hätte ich da beinahe getan? Mit Kate – ausgerechnet Kate! Ich liebte sie – innig und ohne

Hintergedanken –, und was hatte ich versucht? »O Kate«, flüsterte ich. »Vergib mir.«

»Still!« Sanft legte sie eine Hand auf meine Schulter. »Still, Liebes. Alles ist gut. Aber das – nein. Das nicht.«

Ich ertrug ihre Freundlichkeit nicht. Wütend stieß ich hervor: »Am liebsten würde ich sterben.«

»Nicht, Shirley...«, flehte sie hilflos.

»Ich kann mir selber nicht verzeihen. Soll ich gehen?«

Sie schüttelte den Kopf und biß sich auf die Unterlippe, Tränen schimmerten in ihren dunklen Augen. »Was mich am allermeisten bedrückt...«, sagte sie unglücklich, »ich wollte es. Und deshalb darf ich dir keine Vorwürfe machen, Shirley.« Plötzlich warf sie sich auf die andere Seite und begann zu schluchzen.

Ich kniete neben ihr auf dem Bett und wagte nicht, sie zu berühren. »Wein doch nicht, Kate!« flehte ich. Nie hätte ich gedacht, daß ich mir die Philosophie dieses Widerlings namens Dean einmal zu eigen machen würde, aber irgendwie mußte ich Kate helfen. »Hör mir zu, Schätzchen. In jedem Menschen steckt eine homosexuelle Veranlagung, genauso, wie viele Lesben normale sexuelle Gefühle entwickeln können. Du bist nicht schwul, Kate. Ich habe dich überrumpelt, und da ist ein neues Gefühl in dir erwacht, etwas, an das du nie gedacht hast.«

»Doch, ich habe daran gedacht«, entgegnete sie leise. »Als ich fünfzehn war. Ich hatte eine Schulfreundin. Wir schliefen ein paarmal in einem Bett und...« Sie schluckte. »Wir nannten es ›Ehe spielen‹, aber wir wußten, was es in Wirklichkeit war. Es geschah nicht oft, und – später vergaß ich es beinahe. Jedenfalls wollte ich es nie wieder tun.« In ihrem Gesicht zuckte es. »Aber – deshalb konnte ich dich so gut verstehen, als du mir von Norma erzähltest.«

Auch mir wurde nun einiges klar. Von Anfang an mußte ich diese Neigung in Kate gespürt haben. Vielleicht war sie aus diesem Grund nicht erstaunt über mein Geständnis gewesen. Auf alle Fälle mußte ich sie davor schützen.

Sie stieg aus dem Bett und schlüpfte in ihren Morgenmantel. »Ich kann nicht mehr schlafen. Trinken wir Kakao.«

Wir saßen am Küchentisch und alles, was ich ihr bisher verschwiegen hatte, brach aus mir heraus. Schließlich sagte sie: »Ich will nicht neugierig sein, Lee – aber vorhin hast du behauptet, die meisten Lesbierinnen könnten heterosexuelle Gefühle empfinden. Warst du schon mal an einem Mann interessiert?«

Ich wollte das verneinen, aber da wir gerade unser Innerstes nach außen kehrten, entschloß ich mich zur Offenheit. »Ein- oder zweimal . . .«, dann brachte ich es doch nicht fertig, jene Nacht zu schildern, wo das Marihuana ungeahnte Leidenschaften in mir entfacht hatte. Aber ich berichtete von David.

»Oh, der arme Junge«, meinte sie.

»Wirklich, Kate, es *ist* komisch! Wie kann man dieses – Arrangement zwischen Mann und Frau ernst nehmen? Ich weiß, die Mädchen, die Männer lieben, zeigen nicht, wie lächerlich sie's finden. Aber sei mal ehrlich – kommt's dir nicht auch idiotisch vor?«

Sie schüttelte den Kopf. »Ich begreife nicht, daß du so denkst. Was empfindest du eigentlich für Tim?«

»Ich mag ihn«, antwortete ich nachdenklich, »sogar sehr. Nie hätte ich geglaubt, daß mir ein Mann einmal so viel bedeuten würde.«

Kate ergriff meine Hand. »Willst du versuchen, dieses Gefühl zu kultivieren?« Sie legte einen Arm um meine Schultern und wandte das Gesicht ab. »Die meisten Frauen entwickeln keine erotischen Emotionen, ehe sie längere Zeit verheiratet waren. So etwas muß man lernen – wie so viele andere Dinge. Vielleicht hast du dich davor gefürchtet und dir niemals eine Chance gegeben, dich nie richtig entspannt, wenn du mit einem Mann zusammen warst. Wenn du dir die Zeit läßt und dich bemühst...«

»Glaubst du wirklich?« Ich runzelte die Stirn. Wenn sie es geschafft hatte, ihre lesbischen Neigungen zu überwinden, müßte es mir doch auch gelingen. Meine Fehlschläge mit David und das Erlebnis mit Dean hatten mich in meiner Überzeugung bestärkt, daß ich nichts mit einem Mann zu tun haben wollte. Jetzt dachte ich anders darüber. »Ich – werde es versuchen«, sagte ich langsam.

»Und wir bleiben die besten Freundinnen!« rief sie eifrig. »O Lee, ich bin so froh! Wenn du nicht dazu bereit wärst, hätte ich das Gefühl, ich...« Sie errötete und vollendete den Satz nicht. Ich wollte protestieren. Sie glaubte doch nicht, ich würde mich ihr nach dieser Nacht noch einmal aufdrängen? Aber dann schwieg ich. Plötzlich fragte ich mich, ob sie meine oder ihre eigenen Emotionen fürchtete.

Die Situation war nicht so wie damals, als Norma mir das Versprechen abgerungen hatte, es mit David zu versuchen. In Tims Gesellschaft dachte ich nie daran, ich genoß es einfach, mit ihm zusammenzusein, in der Gewißheit, daß früher oder später etwas geschehen würde – und so kam es auch.

Eines Tages zeigte er mir zwei erstklassige Zuchtstiere, die er für die Ausstellung auf dem Jahrmarkt gemästet hatte. Die meisten Tiere trotteten auf der Weide herum, aber die Spezialrinder, die später dem Publikum vorgeführt werden sollten, hatte man im großen Stall untergebracht.

Die Bullen waren riesig, fett und schläfrig, mit Kraushaar bedeckt und sanft genug, um leise zu muhen, als ich die gestutzten Hörner tätschelte. Tim setzte sich auf einen weichen Heuberg und zog mich neben sich hinunter.

»Die Strohhalme werden an meinem Kleid hängenbleiben«, klagte ich.

»Wen interessiert das schon?« Er nahm mich in die Arme. Das Heu duftete süß und sommerwarm, das Licht, das durch die Dachluken hereindrang, war voller tanzender Insekten.

»Hast du als kleiner Junge versucht, Sonnenstrahlen zu fangen?«

Tim nickte und gab mir geistesabwesend einen Kuß hinters Ohr. Er zeigte auf eine alte Schaukel, die von einem Deckenbalken herabhing. »Dort hab' ich mich in meiner Kindheit hoch in die Lüfte emporgeschwungen wie ein Akrobat auf dem Trapez, und mich dann ins Heu fallen lassen.«

Ich erschauerte. »Ich leide unter Höhenangst. Deshalb gehe ich nie in den Zirkus.«

Er lachte. »Wie schön, daß du wenigstens *eine* weibliche Schwäche hast – abgesehen von mir natürlich.«

Er drückte mich an sich, seine Hände glitten über meine Hüften. Plötzlich warf er mich nach hinten, so daß ich unter ihm lag. Das Gewicht seines warmen Körpers preßte mich ins weiche Heu. Wir versanken in der daunenartigen Tiefe, unsere Lippen fanden sich. Dann küßte er meinen Hals, öffnete die obersten Knöpfe meines Hemds, um meine Brüste zu liebkosen. Zögernd schlang ich die Arme um seinen Hals, und er blickte mir lächelnd in die Augen.

Ich staunte über mich selbst, weil ich nicht protestierte, aber meine Gefühle verblüfften mich noch viel mehr. *Ich liebte Tim!* Seine Hände auf meinem Körper waren stark, fast tröstlich. Sie schoben sich unter meinen Rücken, öffneten den Verschluß meines BHs, umschlossen die weichen Wölbungen meines Busens, wanderten dann unter dem Kleid über meine Beine. Ich verspürte keine ekstatische Erregung, nur Zärtlichkeit, aber auch keinen Abscheu, als er mich seufzend an sich preßte, als ich das harte Zeichen seiner erwachten Leidenschaft fühlte.

Seine Lippen kehrten zu meinen zurück und er küßte mich, als wollte er lebensspendende Kräfte aus meinem Mund saugen. Nach einer Weile stützte er sich auf einen Ellbogen. »Lee«, flüsterte er, »Lee, bitte...«

Ich dachte an David und mit einem Anflug des alten Ekels an Kate und Rafe im Heu... Doch dann sagte ich mir: *Ich liebe Tim. Vielleicht – heirate ich ihn sogar. Wäre das fair – ohne zu wissen, daß wir eine gute Ehe führen können?*

»Lee, Lee, ich liebe dich so sehr...«

Ich nickte und wisperte: »Ich liebe dich auch, Tim, und ich möchte dich glücklich machen. Du – du begehrst mich?«

»Ich kann dir gar nicht sagen, wie...« Sein Gesicht war so schrecklich ernst, und er zitterte am ganzen Körper, als er sich wieder herabneigte, um mich zu küssen. Unglaublich sanft liebkosten mich seine Hände, so daß ich es kaum spürte. Ich sehnte mich danach, ihm Freude zu bereiten, küßte seine nackte, vor Schweiß glänzende Schulter, zog seinen Kopf zu mir herunter und preßte meinen Mund auf seinen. Immer schwerer lag sein Gesicht auf mir, sein Knie schob sich fordernd zwischen meine Beine. Ich wandte den Kopf zur Seite, voller Angst, ein hysterischer Anfall würde mich überwältigen. Krampfhaft biß ich in meine Unterlippe.

Sein Körper, schlank und muskulös, paßte irgendwie perfekt zu meinem, die intime Nähe erfüllte mich beinahe mit ungeduldiger Erwartung. Unsere Zungen verschmolzen miteinander, pulsierten in heftigem

Rhythmus. Und dann schnappte ich plötzlich nach Luft, warf den Kopf nach hinten, ein unerträglicher Schmerz verscheuchte alle Freuden.

»Nein – o nein!« keuchte ich und versuchte, mich aus Tims Armen zu befreien.

Doch er hielt mich fest, zielstrebig erstickte er meinen Schrei mit einem Kuß und bewegte sich mit intensiver, gräßlicher Beharrlichkeit, die wiederholte Schmerzwellen durch meinen Körper jagte. Nach dem ersten Schrei wehrte ich mich nicht mehr, ließ es geschehen, mit dem Gefühl, von einem Hammer geschlagen zu werden. Endlich verkrampfte er sich mit einem Jubellaut, schwer und schlaff fiel sein Körper auf mich herab.

Ich spürte nichts, nur Erleichterung, weil es vorbei war, und Übelkeit. Es kam mir so vor, als wäre ich zerrissen. Tim schaute mich an und es gelang mir, meine bleischweren Arme um seinen Hals zu legen und ihn zu küssen. Aber eine wilde Verzweiflung erfaßte mein Herz. *Das* war es, was normale Mädchen wollten? Ich küßte ihn, eifrig bemüht, den Tim, den ich liebte, mit jenem brutalen Tier in Einklang zu bringen. Er lächelte, erschöpft und zerknirscht. »O Lee, ich hatte nicht die leiseste Ahnung, daß du noch Jungfrau warst – du hast so erfahren auf mich gewirkt, so leidenschaftlich.« Er erwiderte meine Küsse, dann verzog er schmerzlich die Lippen. »Hab' ich dir weh getan?«

»Das macht nichts.« Ich drückte ihn an mich.

»Armer Liebling! Du hättest es mir sagen sollen. Dann hätte ich bis zur Hochzeitsnacht gewartet.«

Ich unterdrückte einen ironischen Laut. Glaubte er, der Trauschein hätte die Schmerzen gelindert? Beinahe hätte ich ihm diese Frage gestellt, aber ich schwieg. Die Männer waren so seltsam.

»Wie kann eine Jungfrau so sinnlich sein?« wunderte er sich. »Vermutlich ist das angeboren.«

Ich begann mich ein wenig besser zu fühlen. Es war schlimm gewesen, aber ich hatte es überstanden. Nun klammerte ich mich an die Erinnerung, daß ich vor dem Schmerz eine so beglückende Erregung empfunden hatte. Das nächste Mal würde es klappen.

15.

Drei Tage später gaben Tim und ich unsere Verlobung bekannt. Er schenkte mir einen Ring. Der Diamant war nur ein winziger Splitter, aber tausend Lichter funkelten darin. Und Tim umarmte und küßte mich immer wieder mit unverminderter Leidenschaft.

Als wir es meiner Mutter erzählten, nahm ihr Gesicht einen sanften Ausdruck an wie nie zuvor. Kate küßte mich, ihre Augen strahlten vor Glück. Sogar Rafes Lippen streiften meine Wange, dann schlug er Tim auf die Schulter. »Also hat meine Schwester, diese alte Jungfer, endlich einen Mann gefunden!«

Tim drückte mich lächelnd an sich. »Sie hat eben auf mich gewartet.«

Aus Angst vor den Klatschmäulern lud er mich nicht in sein Haus ein, aber in einem Motel außerhalb der Stadt erneuerten wir unser Gelübde. Er war so lieb und sanft, daß ich ihn inbrünstiger liebte denn je. Und ich hoffte inständig, diesmal würde es besser funktionieren. Ich empfand keinen allzu heftigen Schmerz, aber auch keine Freude. Und er schaute mich so unglücklich an, daß ich es kaum ertrug.

Nach einem halben Dutzend solcher Fehlschläge haßte ich mich selbst. Ich erinnerte mich, wie ich mich in Mickeys Armen verhalten hatte, wie ich zu den Höhen wilder Ekstase emporgestiegen war, und ich stöhnte und wand mich unter Tims Körper. Danach keuchte ich leise, versuchte vor ihm und auch vor mir selbst zu verbergen, daß mein Herz kein bißchen schneller schlug.

Hellwach lag ich neben ihm, auf meinen Lippen immer noch das Gefühl seiner heißen Küsse, verbittert und enttäuscht, weil ich ihn liebte – liebte – liebte und weil mein Körper nichts davon wußte.

Als das Hochzeitsdatum festgesetzt war und der Termin unbarmherzig näherrückte, wandte ich mich in meiner Verzweiflung an Kate. »Ist es fair, ihn zu heiraten, wenn ich ihm im Bett nur was vorspiele?«

»Es kommt auf die Liebe an, Lee«, antwortete sie langsam, »nicht auf den Sex. Ich will dir was erzählen. In den letzten fünf Jahren hab' ich nichts dabei gefühlt. Überhaupt nichts, ich tu's nur, um Rafe glücklich zu machen. Andere Frauen haben mir gesagt, in ihrer Ehe sei es genauso. Wenn man einen Mann liebt, will man ihn beglücken und kümmert sich nicht um das eigene Vergnügen. Sex ist nicht so wichtig.«

Bedrückt dachte ich: *Aber ich habe erfahren, was Sex bedeuten kann. Geben und Nehmen. Reine Freude. Soll ich mich mit weniger begnügen?*

»Vergiß nicht – du liebst Tim«, fuhr sie eindringlich fort. »Lee, du mußt positiv denken. Du wirst ein schönes Heim haben, zu deinem Ehemann gehören und ihm etwas *geben*. Denk nicht immer nur dran, was *du* haben willst.«

»Aber – würde ich Tim nicht betrügen?«

»Er liebt dich, Lee. Und du wirst eine wundervolle Ehefrau sein. Außerdem«, fügte sie mit schlecht verhohlener Bitterkeit hinzu, »die Männer merken den Unterschied nicht. Sie können nicht feststellen, ob sie ihren Frauen Befriedigung schenken oder nicht.«

Das bestürzte mich. »Ist das nicht furchtbar zynisch, Kate?« fragte ich und dachte an Norma.

Sie verzog die Lippen. »Nein, nein. Nur realistisch.«

Seltsam, daß Normas Selbstsucht und Kates Güte ins selbe Fahrwasser mündeten – beide nahmen Zuflucht zu Täuschungsmanövern, um Männer glücklich zu machen, auch wenn sie selbst nichts dabei empfanden – einer Gesellschaftsordnung zuliebe, die für einen geregelten Gang aller Dinge sorgte. Es lief aufs selbe hinaus. Und trotzdem war Kate lieb und gut und Norma ein Biest. Ich fühlte mich verwirrt und elend.

Und dann stand das Rodeo vor der Tür. Als Tim und ich die gleichen Hemden kauften, um zusammen bei der Parade mitzureiten, erklärte er: »Normalerweise ist das alles, was ich tue. Die Wettkämpfe überlasse ich den Profis, aber diesmal will ich Tristan vorführen. Er ist das beste Arbeitspferd von Texas, und das will ich beweisen. Außerdem hab ich schon genug wilde Pferde zugeritten, und diesmal hat dein Bruder Rafe darauf gewettet, daß ich nicht am Ritt auf Wildpferden teilnehmen werde. Eine solche Herausforderung nehme ich immer an!«

Zuerst fanden die harmloseren Ereignisse statt – die Parade, der Aufmarsch der Musikkapellen und das Faßrennen der Mädchen. Am zweiten Tag standen die Spezialwettbewerbe auf dem Programm. Man führte die Arbeitspferde vor, die darauf trainiert waren, eine Kuh aus einer Herde herauszuholen, ohne ein Wort oder Zeichen von seiten des Reiters, Kälber und andere Tiere wurden mit Lassos eingefangen. Der letzte Tag blieb den spektakulären, gefährlichen Shows vorbehalten, an denen sich zumeist nur Profis beteiligten – sie ritten auf wilden Stieren und packten sie bei den Hörnern, rangen mit Kälbern, und zuletzt sprangen sie auf Wildpferde.

Tim hatte mit Tristan im Wettbewerb der Arbeitspferde den dritten Preis gewonnen, und ich bat ihn, sich damit zufriedenzugeben. Aber ich war insgeheim sehr stolz auf ihn, als er sich für den Ritt auf den Wildpferden meldete.

Er sollte erst gegen Ende des Wettkampfs an die

Reihe kommen, und während ein schlanker Cowboy nach dem anderen auf einem wütenden, sich heftig aufbäumenden und nach allen Seiten ausschlagenden Pferd durch das Gatter in die Arena stürmte, hielt ich den Atem an und ballte die Hände. Viele wurden abgeworfen, aber einige blieben die verlangten zwei Minuten lang auf dem Pferderücken und sprangen dann hinunter. Schließlich hörte ich den erwarteten Ruf, und das Herz schlug mir bis zum Hals. »Nummer vierundzwanzig! Tim Raeder!«

Das Pferd, eine rostbraune Furie, raste durch das Gatter, eine schwarzweiße Gestalt klammerte sich daran fest. Es sprang umher, krümmte sich, bäumte sich auf, aber der Reiter blieb sitzen. Das Publikum brüllte. Dann tänzelte das Wildpferd mit seltsamen Schritten seitwärts, Tim verlor das Gleichgewicht und flog in hohem Bogen durch die Luft. Hart schlug er auf dem Sandplatz auf, rutschte darüber, rollte einmal um die eigene Achse und blieb reglos liegen.

Schreiend rannte ich von der Tribüne zur Arena hinab, ehe ich wußte, was ich tat. Der Rodeoclown eilte herbei, zwei Reiter trieben den zitternden Rostbraunen durchs Gatter hinaus. Tim rappelte sich auf, grinste leicht benommen und humpelte in meine Richtung, von tosendem Beifall begleitet.

Als er die Arena verließ, warf ich mich in seine Arme und er drückte mich fest an seine Brust. »O Lee, als ich dich schreien hörte, wußte ich, was für ein verdammter Narr ich bin. Da riskiere ich Kopf und Kragen, nur um mich vor diesen Leuten zu produzieren. Und dann lag ich im Staub, und da erkannte ich, wie schrecklich es wäre, meine Zukunft mit dir zu verlieren.« Zärtlich streichelte er meine bebenden Schultern. »Ich wußte nicht, wie sehr ich dich liebe – bis zu dem Augenblick, wo du schreiend herunterliefst. Aber das beweist mir auch, wie viel ich dir bedeute, und darüber bin ich unendlich froh.«

Da wurde mir bewußt, daß ich ganz automatisch gehandelt hatte. Meine Zweifel schwanden. Ich liebte Tim.

Ein Cowboy kam zu ihm und klopfte ihm auf die Schulter. »Ein guter Ritt, Raeder! Nach der Show gehen wir alle Steaks essen. Bringen Sie doch Ihr Mädchen mit!«

Das Lokal war voller Reiter und deren Freundinnen. Sie lachten, schrien und redeten endlos über ihre Leistungen oder Mißerfolge. Tim geriet in Hochstimmung. Ein dünner Junge namens Buddy Slade versuchte unter dem Tisch meine Knie zu streicheln, aber ich hatte nur Augen für meinen Verlobten und das Gefühl, ich selbst wäre auf jenem wilden Pferd geritten.

Die anderen Mädchen trugen hübsche geblümte Kleider. Ich war die einzige in Reithosen. Gleichgültig musterte ich sie, und da fiel mir ein kleines Ding von etwa siebzehn Jahren auf, das mich fasziniert beobachtete. Wahrscheinlich wußte sie gar icht, warum.

Tim hielt fast die ganze Zeit meine Hand unter dem Tisch. Als wir im Laster saßen, wandte er sich zu mir. »Lee, o Lee – ich habe kein Recht, dich darum zu bitten, aber – komm heute abend mit mir nach Hause. Eine schönere Nacht wird es niemals für uns geben. Wir werden uns ein Leben lang daran erinnern.«

Immer noch unter dem Eindruck des ereignisreichen Tages, immer noch in Feiertagsstimmung, nickte ich. Nachdem wir die Pferde aus dem Anhänger geführt und im Stall festgebunden hatten, legte er einen Arm um meine Taille. »Wir haben so viele schöne Jahre vor uns. O Lee!« Er zog mich an sich und zitterte vor Erregung. Und ich klammerte mich an das Glücksgefühl, das ich empfunden hatte, als er durch das Gatter auf mich zugehinkt war – verschwitzt, mit gerötetem Gesicht, lachend.

Ich folgte ihm ins Haus und ins Schlafzimmer.

Es sah wie ein Schlafzimmer aus, nicht wie ein Schlachtfeld... Aber Sie wissen bereits, wie diese Geschichte zu Ende ging. Und mit dem Ende begann meine Niederlage.

Die Nacht erschien mir wie eine halbe Ewigkeit, aber als der kalte, regnerische Morgen graute, hatte ich einen Entschluß gefaßt. Trotzdem brauchte ich fast den ganzen Tag, um ihn zu verwirklichen. Schließlich zog ich langsam den Ring vom Finger, steckte ihn in ein Kuvert, klebte es zu und adressierte es an Tim. Ich legte es so hin, daß meine Mutter es finden mußte, dann ging ich zu Kates Haus. Eine kühle, düstere Abenddämmerung brach herein.

Entsetzt starrte sie mich an. »Lee, was ist passiert? Du siehst schrecklich aus.«

»Letzte Nacht habe ich mit Tim Schluß gemacht.«

»O Lee! Warum?«

»Das weißt du«, erwiderte ich müde. »Weil ich nicht für die Ehe geschaffen bin.«

»Ich auch nicht«, sagte sie mit ruhiger Stimme. »Das ist mir schon vor langer Zeit klargeworden. Aber ich habe gegenüber der Welt eine gewisse Verantwortung – und meine Selbstachtung.« Flehend legte sie mir die Hände auf die Schultern, und da fiel mir zum erstenmal auf, wie klein Kate war, die mich in meiner Kindheit um Haupteslänge überragt hatte. »Versuch es doch, Lee! Versöhn dich mit ihm! Du kannst es, wenn du's wirklich willst.« Sie stellte sich auf die Zehenspitzen und küßte mich. Ich umarmte sie, und sie klammerte sich an mich. In der nächsten Sekunde küßten wir uns leidenschaftlich, hungrig preßte sich ihr Körper an meinen. Abrupt stieß sie mich weg und schaute verängstigt zu mir auf. »Was tust du?«

»Ich machte mir nichts mehr vor. Und wieso, um Himmels willen, hältst du immer noch an deinem Selbstbetrug fest? Für mich hat es immer nur dich gegeben. Und ich wußte in all diesen Jahren, daß du Rafe nicht liebst. Willst du dein ganzes Leben auf dieser Ranch vergeuden – innerlich tot?«

Sie preßte die Hände auf den Mund, um das Zittern ihrer roten Lippen zu verbergen, und schüttelte hilflos den Kopf. »Nicht... Es ist schon schwer genug für mich – du hast mich überrumpelt. Ich – ich liebe dich, Lee, aber nicht – so.«

Ich legte die Arme um ihre Taille. »Küß mich!« verlangte ich. »Küß mich noch einmal, und dann wiederhole, was du soeben gesagt hast!«

»Ich – kann es nicht.« Sie schwankte in meinen Armen, der Kapitulation nahe, dann riß sie sich plötzlich los. »Hör auf, Lee! Tu das nie wieder! Ich bin eine schwache Närrin, aber ich weiß, was richtig ist und was nicht!«

»Kate, Kate, glaubst du, ich wüßte nach all den Jahren nicht, wer lesbisch ist und wer nicht? Wenn du es nicht wärst, hättest du nicht so auf meine Liebkosungen reagiert. Deine Ehe mit Rafe ist ein schrecklicher Irrtum, eine Farce. Du bist nur seine Frau geworden, um ein konventionelles Leben zu führen – und weil du Angst vor dem hattest, was du in meinen Armen empfinden könntest.«

»Nein! Ich habe ihn geliebt!«

Fast brutal packte ich sie bei den Schultern. »Aber jetzt liebst du ihn nicht mehr.«

Sie versuchte sich zu befreien. »Willst du mein Leben zerstören?«

»Ich bemühe mich, es zu *retten*, Kate. Ich will dir helfen, dein wahres Ich zu finden! Gesteh dir die Wahrheit ein, ehe es zu spät ist, ehe du dein Leben ohne Liebe und Freude vertust und dich in eine verbitterte, vertrocknete alte Frau verwandelst – wie meine Mutter.«

»So etwas darfst du nicht von mir sagen!« rief sie. »O Lee, ich hätte dir so gern geholfen. Du bist krank.«

»Du willst wohl sagen, daß du hoffst, ich sei krank. Du erträgst den Gedanken nicht, daß es für gewisse Menschen ganz natürlich ist, so zu sein wie ich es bin. Denn wenn die Homosexualität okay wäre, müßtest du eine Entscheidung treffen und Mut zeigen.«

»Wenn ich so bin«, entgegnete Kate vrzweifelt, »warum habe ich dann versucht, dich in Tims Arme zu treiben?«

Ich schaute ihr in die Augen. Es war an der Zeit, die Wahrheit zu sagen, die ganze Wahrheit und nichts als die Wahrheit, und wenn ich dafür sterben mußte. »Weil du dich vor deinen Gefühlen vor mir gefürchtet hast – erinnerst du dich? Wenn ich heterosexuelle Neigungen entwickelt hätte, wärst du deine Sorge losgeworden – die Angst vor deiner lesbischen Veranlagung.« Sofort wußte ich, daß ich zu weit gegangen war. Es gibt Wahrheiten, die für manche Leute zu schmerzlich sind.

Kates Gesicht verzerrte sich. Sie glaubte mir. Für ein paar Sekunden fiel die Maske, der Spiegel zerbrach, die wahre Kate schaute mich an, von heftigen Emotionen zerrissen.

Dann setzte sie die Maske mit eiserner Willenskraft wieder auf und zeigte mir das schöne, süße Puppengesicht der Kate, die ich kannte. Warum hatte ich nie gemerkt, daß ihre warmherzige Freundlichkeit nur Tarnung ihrer Schwäche war – genauso drastisch wie Normas Verkleidung? Aber nun nahm das süße Gesicht wütende Züge an. Sie trat einen Schritt auf mich zu, schwang einen Arm hoch und schlug mich hart ins Gesicht. Meine Unterlippe sprang auf, Blut rann über mein Kinn. »Verschwinde von hier! Raus mit dir, du bist schmutzig, verdorben, pervers!« Eisige Kälte lag in den schönen Augen. »Und ich dachte, eine Freundschaft mit einer Frau von deiner Sorte könnte rein und anständig sein! Verschwinde aus meinem Leben! Für immer! Verlaß mein Haus! Ich will dich nie wiedersehen.«

»Kate...«

»Raus, du verdammtes schwules Biest!«

Und da ging ich.

Die Straße verschwamm vor meinen Augen, während das Auto nach San Antonio raste. Nun kehrte ich dahin zurück, wo ich hingehörte, bevor es zu spät war. Ich erinnerte mich an Normas zerknirschten Brief. Wenn sie nach Hause kam, würde ich dasein. Den Wagen ließ ich an der Stelle stehen, die Mutter mir genannt hatte. Einer der Rancharbeiter würde ihn zurückfahren, wenn sie das nächstemal in die Stadt kamen.

Ich erreichte das Apartmenthaus gerade noch rechtzeitig, um Normas großes silberblaues Auto am Gehsteigrand halten zu sehen. Sie stieg aus, und ich wollte zu ihr laufen, doch dann erstarrte ich. Ein Mann kletterte aus dem Wagen und legte besitzergreifend den Arm um ihre Taille, nahm ihr den Schlüssel aus der Hand und führte sie zu den Eingangsstufen. Wie gelähmt stand ich da. Licht flammte in ihrer Wohnung auf, dann erlosch es wieder.

Es gab nur einen einzigen Ort, den ich aufsuchen konnte. Die Salazar-Street.

In der Bar sah es so aus wie immer – ein paar neue Gesichter, ein paar altbekannte. Nur wenige winkten mir zu. Ich war zwei Jahre weg gewesen, beinahe eine Außenseiterin. Schließlich entdeckte ich ein Mädchen, das ich flüchtig von früher her kannte. Sie bat mich, an ihrem Tisch Platz zu nehmen. »Verdammt will ich sein! Du bist hier fast ein Fremdling geworden.«

»Ich war lange nicht in der Stadt.«

»Einsam?«

Ich nickte. »Mein Mädchen hat mich rausgeworfen.« Es tat gut, das laut und deutlich auszusprechen. Keine Geheimnistuerei, kein Täuschungsmanöver. Man muß die Karten auf den Tisch legen. Ich bin, wie ich bin. Und sie wußte es.

Sie hieß Pat – an den Zunamen konnte ich mich nicht erinnern –, ein kleines, kräftig gebautes Mädchen mit dunklem, unregelmäßig geschnittenem Haar, drahtigen sommersprossigen Armen und einer dicken Hornbrille. Zu ihrem weißen Pullover trug sie eine schwarze Kordhose, Socken und Halbschuhe. Ihre hellwachen, dunklen Augen musterten mich unter langen, dichten Wimpern.

»Hast du in letzter Zeit Mickey Searles gesehen?« fragte ich.

»Mein Gott, du mußt wirklich lange weg gewesen sein. Sie arbeitet jetzt irgendwo als Krankenschwester.«

Ich blinzelte. »Sag das noch mal!«

»Es stimmt, ehrlich. Sie hatte einen Nervenzusammenbruch. Irgend jemand erzählte mir, sie sei heroinsüchtig gewesen. Jedenfalls wurde sie in eine Klinik gebracht. Als sie zurückkam, war sie sehr verändert, viel dünner, sie trug Kleider statt Hosen, und nach einiger Zeit zog sie mit Connie in einen anderen Stadtteil. Mickey hat einen Job als Krankenschwester. Angeblich verdient sie hundertfünfzig Dollar pro Woche. Und Connie geht aufs College. Sie haben ein neues Auto, und Pris sagte – du kennst doch Pris? –, daß die beiden in einem schönen Apartment am Stadtrand wohnen. Hier sehen wir sie nicht mehr – zumindest nicht oft.«

Bestürzt erkannte ich, daß ich nie die Richtige für Mickey gewesen war. Wenn Consuelo diesen Wandel bewirkt hatte – warum war es mir mißlungen?

Pat schaute mich neugierig an. »Kennst du Mickey gut?«

»Ich habe mal mit ihr zusammengelebt.«

»Von treuer Liebe und diesem ganzen Quatsch halte ich nicht viel. Jetzt bist du ganz verzweifelt, weil dir dein Mädchen den Laufpaß gegeben hat. So was will ich mir ersparen. Ich interessiere mich nicht für Romanzen oder Liebesaffären, nur für Sex. Heute hier, morgen dort – so bin ich nun mal.«

»Darauf trinke ich«, sagte ich und bestellte noch eine Runde. »Das geht auf meine Rechnung.«

Nach dem nächsten Drink drehte Pat ihr Handgelenk um und schaute auf ihre Uhr. »Jetzt geh ich ins Bett. Morgen muß ich arbeiten.«

»Die Bar wird ohnehin gleich geschlossen«, erwiderte ich müde. »Ich werde mal sehen, wo ich schlafen kann.« Pris und Jody würden mich sicher für eine Nacht aufnehmen. Morgen wollte ich mir eine Wohnung und eine Stelle suchen.

Sie zuckte mit den Schultern. »Ich hab' ein großes Bett. Schlaf bei mir, wenn du willst. Morgen zeige ich dir, wo ich arbeite. Die wechseln dort ständig das Personal.«

»Wo arbeitest du?«

»In einem billigen Warenhaus. Man verdient nicht viel, aber genug zum Leben, und in meiner Privatsphäre kann ich tun, was ich will.«

Pat schwankte, als wir auf die Straße traten, und ich hielt sie am Arm fest. Sie schmiegte sich an mich. Ein paar Soldaten, die auf den Bus warteten, beobachteten uns, und einer rief mir zu: »He, schönes Kind, mit der kannst du nicht viel anfangen! Halt dich lieber an mich!«

»Zum Teufel mit euch blöden Kerlen!« schrie Pat.

»Hallo, Mädchen, was hat sie denn, was ich nicht habe?«

Ich drehte mich zu ihm um und sagte laut und deutlich: »Sie würden staunen, wenn Sie das wüßten, Mann.«

Dann kehrten wir ihnen den Rücken und bogen in eine Seitenstraße. Schwankende Lampen warfen Lichtkreise auf das Pflaster, und darin sah ich Spiegelbilder von Nächten wie dieser, von fremden Betten, fremden Körpern, von sonderbaren Augenblicken, wo man orientierungslos erwachte.

»Die Straße ist nicht lang. Wir sind bald da.« Pat drückte verheißungsvoll meine Hand, und ich lächelte.

Ich wußte, daß sie sich irrte.

Es war eine sehr lange Straße.

Und ich würde niemals ihr Ende erreichen.

HEYNE
BÜCHER

JACKIE COLLINS

In ihren Romanen beschreibt die berühmte amerikanische Autorin die schillernde mondäne Welt, die von der Lust und Gier nach Geld, Macht und Luxus geprägt ist. Eine unvergleichliche Mischung aus Spannung, Action und Erotik.

WILHELM HEYNE VERLAG MÜNCHEN

Erotische Romane von

MIRIAM
GARDNER

*Die amerikanische Schriftstellerin
erzählt faszinierende Geschichten von
aktiven und zugleich zärtlichen, sensiblen
Frauen, die ungewöhnliche Liebes-
beziehungen eingehen. Männer spielen
dabei nur eine Nebenrolle...*

**Gefährtinnen
der Liebe**
01/6730

**Die zärtlichen
Frauen**
01/6887

**Schwestern
der Liebe**
01/6797

**Die zärtlichen
Gefährtinnen**
01/7626

**Tempel
der Freude**
01/7704

**Schwestern
der Begierde**
01/7787

Wilhelm Heyne Verlag München